Janette Oke

Liebe trägt durch Freud und Leid

Janette Oke

LIEBE TRÄGT DURCH FREUD UND LEID

Erzählung

Verlag Schulte + Gerth Asslar

Die amerikanische Originalausgabe erschien unter dem Titel
„Love's enduring Promise" im Verlag Bethany House Publishers,
6820 Auto Club Road, Minneapolis, Minn. 55438, USA

Aus dem Amerikanischen übersetzt von Beate Peter

Best.-Nr. 15 365
ISBN 3-87739-365-9
1. Auflage März 1985
2. Auflage September 1985
3. Auflage 1986
4. Auflage 1987
5. Auflage 1988
Umschlaggestaltung: Bethany House/Gisela Scheer
Satz: Typostudio Rücker + Schmidt
Druck und Verarbeitung: Mohndruck, Gütersloh
Printed in Germany

Ein neuer Tag beginnt

Marty wälzte sich unruhig in ihrem Bett. Ein furchtbarer Traum hielt sie gefangen und schüttelte sie. Nur allmählich kehrte sie in die Wirklichkeit zurück. Die Schrekkensbilder vor ihren Augen verblaßten. Es war ja alles gut. Sie war in Sicherheit, geborgen in ihrem warmen Bett.

Dennoch ließ eine düstere Beklommenheit sie nicht los. Der Traum war so beängstigend gewesen, so real und erdrückend. Warum träumte sie noch immer davon? Warum nur, nach so langer Zeit?

Sie schloß die Augen. Plötzlich sah sie alles wieder vor sich: den Planwagen, das zerbrochene Rad, das Schneegestöber, die im peitschenden Wind flatternde Plane – und sich, Marty, allein im Wagen unter einer erbärmlich dünnen Decke, am ganzen Leib vor Kälte zitternd. Doch schlimmer noch als der eisige Sturm, der ihr Leben bedrohte, war das verzweifelte Gefühl des Alleinseins.

„Das ist das Ende!" hatte sie gedacht. „Mutterseelenallein muß ich jetzt sterben." Und dann war sie endlich aufgewacht und hatte die Wärme der Federdecke über sich gespürt und durch das Fenster die zahllosen Sterne am frühen Morgenhimmel glitzern gesehen. Ein letztes Schaudern durchfuhr ihre Glieder, als ein starker Arm sich plötzlich sanft um sie legte.

Sie hatte ihren Mann nicht wecken wollen. Seine Arbeit nahm ihn so sehr in Anspruch, daß er seinen Schlaf dringend brauchte. Als sie in dem fahlen Licht des Mondes sein Gesicht ausgemacht hatte, sah sie, daß er noch halb im Schlaf versunken war.

Wie lieb sie ihn doch hatte! Wann immer sie ihn brauchte, er war da und umgab sie mit seiner Liebe. Oft schon hatte er ihre Unruhe gespürt und sie an sich gezogen, ohne richtig wach zu sein.

Jetzt hatte er den Schlaf abgeschüttelt und küßte sie leicht aufs Haar. „Stimmt was nicht?“ murmelte er.

„Ist schon wieder gut“, antwortete sie. „Ich hab’ bloß wieder ’nen schlimmen Traum gehabt. Ich war ganz allein, und da …“

Sein Arm zog sie noch näher. „Aber du bist nicht allein.“

„Ja, ich weiß, und darüber bin ich so froh, Clark. So froh!“

In seinen Armen ließ ihr Zittern nach, und der Traum verblich allmählich vor ihren Augen. Sie strich ihm zärtlich über das Gesicht.

„Ist schon wieder gut. Ehrlich! Komm, schlaf noch ’ne Mütze voll!“

Er fuhr ihr leicht durch das lange, offene Haar. Dann ruhte seine Hand auf ihrer Schulter. Kurze Zeit später hörte Marty ihn wieder tief und ruhig atmen. Jetzt konnte sie klarer denken. Der Traum war verflogen. Ihre Gedanken wandten sich dem Tag zu, der vor ihr lag.

Den ganzen Winter hindurch hatten die Männer der Umgebung jede freie Minute damit verbracht, Bäume im Wald zu fällen und die Stämme mit ihren Pferden auf ein unbebautes Feld zu ziehen. Es war längst an der Zeit, daß eine Schule für die Kinder am Ort gebaut wurde. Wenn ihre Kinder es je zu etwas bringen und etwas Ordentliches lernen sollten, dann war es an ihnen, eine Schule für sie ins Leben zu rufen. Ein Plan für ein einfaches Schulhaus mit einem großen Klassenzimmer war entworfen worden. Es sollte unten am Bach auf einem Grundstück gebaut werden, das Clark Davis zu diesem Zweck gestiftet hatte.

Langsam, doch unaufhörlich war die Zahl der Baumstämme am Bachufer angewachsen. Die Männer wollten das Holz bis zur Schneeschmelze bereit haben, um gleich mit dem Bau anfangen zu können, bevor ein jeder wieder zum Frühjahrspflügen auf seine Felder mußte.

Endlich waren nun genug Stämme vorhanden. Morgen sollte der große Tag sein. Die Männer hofften, die Wände aufstellen und vielleicht sogar die Dachbalken setzen zu können. Der Rest des Gebäudes würde dann im Laufe des Sommers fertiggestellt werden. Und bis zum Herbst würden die Kinder ihre eigene Schule haben!

Marty dachte einen Schritt weiter. Ein Lehrer fehlte noch immer. Lehrer waren nicht leicht zu finden. Würden sie etwa die ganze Schule bauen, um am Ende einsehen zu müssen, daß alles umsonst war? Nein. Nein, sie mußten alle dafür beten, daß sich rechtzeitig ein geeigneter Lehrer fand.

Missie würde im ersten Jahr der Schule noch nicht mit den anderen Kindern im Klassenzimmer sitzen. Im November wurde sie erst fünf Jahre alt. Marty war innerlich hin- und hergerissen. Sie wollte Missie gern noch eine Weile zu Hause behalten, doch andererseits wäre sie am liebsten auch unter den stolzen Eltern eines Erstkläßlers gewesen. Aber nein – Clark und sie hatten gemeinsam entschieden, daß Missie noch ein Jahr warten sollte. Es war kein leichter Entschluß gewesen; Missie sprach Tag und Nacht von der neuen Schule.

Zuerst hatte die Verwirklichung des Plans in so weiter Ferne gelegen, doch jetzt war es fast soweit. Die Vorfreude auf diesen Tag nahm die letzte Müdigkeit von Marty, obwohl es zum Aufstehen noch viel zu früh war. Sie wollte den Rest ihrer Familie nicht unnötig wecken. So lag sie nur einfach da und suchte sich in Gedanken ein Rezept für den Eintopf aus, den sie morgen kochen würde, um so zu dem gemeinsamen Essen beizutragen. Sie überlegte, was sie jedem ihrer Kinder am besten anziehen würde, und dachte lächelnd an all die Nachbarsfrauen, die sie morgen wiedersehen würde.

Minute für Minute kroch die Zeit dahin. Schließlich stand Marty doch auf. Langsam und mühsam erhob sie sich, denn das Kind, das sie unter ihrem Herzen trug, machte jede Bewegung zu einer Anstrengung.

„Nur noch einen Monat“, seufzte sie im stillen, „dann wissen wir endlich, wen wir hier haben werden!“

Missie wünschte sich eine kleine Schwester, während es Luke – sie nannten den kleinen Burschen jetzt bei seinem zweiten Namen – ziemlich gleichgültig war, ob er nun ein Schwesterchen oder ein Brüderchen bekam. Ein Baby war halt ein Baby. Mit Babies war nicht viel anzufangen, und er war immerhin schon groß genug, um seinen Pa auf Schritt und Tritt zu begleiten.

Marty streifte ein Paar warme Strümpfe über und schlüpfte in ihren Morgenrock. Das ganze Haus war noch recht kühl.

Zuerst warf sie einen Blick ins Kinderzimmer. Es war noch dunkel, doch in dem schwachen Licht von draußen konnte sie die beiden unter ihren Bettdecken erkennen. Sie schienen fest zu schlafen.

Dann ging sie in die Küche und zündete so leise, wie sie konnte, ein Feuer im Herd an. Mit ihrem Herd fühlte Marty sich auf eine unerklärlich tiefe Weise verbunden – beinahe wie ein Mann und sein Pferd, mußte sie denken. Sie und ihr Herd waren für Wärme und Nahrung in diesem Haus verantwortlich. Es gab keinen anderen Gegenstand im ganzen Haus, der für Marty so wichtig war wie dieser Herd.

Bald knisterte das Feuer lebhaft, und Marty setzte das Kaffeewasser auf. Es würde eine Weile dauern, bis das Wasser kochte und die Küche wärmer wurde. Marty zog den Morgenrock fester um ihre Schultern und nahm Clarks zerlesene Bibel aus dem Regal an der Wand. Sie wollte die ruhigen Minuten, die sie für sich allein hatte, zum Beten und Bibellesen nutzen.

Heute morgen spürte sie die Nähe Gottes besonders

deutlich. Der Traum hatte ihr wieder vor Augen geführt, wieviel Grund zur Dankbarkeit sie doch hatte, und der Gedanke an eine richtige Schule hier am Ort vertiefte noch ihre Freude. Gott allein verstand ihre tiefsten Empfindungen. Sie war von Herzen dankbar, daß sie ihm alles sagen konnte.

Marty nippte an ihrer Kaffeetasse. Nach und nach durchwärmte sie die heiße Flüssigkeit. Wie schon so oft, schlug sie die Bibel bei ihrem Lieblingsvers auf: „Seid getrost und unverzagt, fürchtet euch nicht und laßt euch nicht vor ihnen grauen; denn der Herr, dein Gott, wird selber mit dir ziehen und wird die Hand nicht abtun und dich nicht verlassen."

Eine große Verheißung lag in diesen Worten. Nach ihrem beklemmenden Traum fühlte Marty sich jetzt gestärkt. Allein – welch ein quälender Gedanke! Wie gut hatte sie es doch, nicht allein sein zu müssen! Sie pries ihren himmlischen Vater, der sie in seiner unermeßlichen Weisheit so bald nach Clems Tod zu Clark geführt hatte. Sie hatte erkannt, daß Clark von Anfang an für sie dagewesen war, selbst, als sie ihm in ihrem Kummer ausgewichen war. Sie hatte ihn sogar gehaßt. Warum hatte sie sich nur so erbittert gegen Gottes weise Führung gesträubt? Ma Graham hatte gesagt, daß es seine Zeit braucht, um einen großen Kummer zu verwinden, und Marty wußte jetzt, daß sie recht behalten hatte. Mit der Zeit hatte sie wieder zu lieben gelernt.

Lieben und geliebt zu werden, für immer zu jemandem zu gehören – wie wunderbar der Schöpfer das doch geplant hatte!

Hatte sie Clark je wirklich sagen können, was sie für ihn empfand? Sie hatte es oft in Worte fassen wollen, wie sehr sie ihn liebte, doch Worte waren so unzulänglich. Statt dessen suchte sie es mit ihren Augen, mit ihrem ganzen Wesen und Tun auszudrücken. Plötzlich regte sich das junge Leben unter ihrem Herzen.

„Und du“, flüsterte Marty, „du bist auch ein Teil unserer Liebe. Nicht bloß, daß es dich überhaupt gibt – auch zum Gebären und Aufziehen gehört Liebe. Wir haben dich jetzt schon richtig lieb, und dabei kennen wir dich noch gar nicht. Du gehörst zu uns. Ein Geschenk Gottes bist du. Möge Gott dich segnen, mein Kleines, daß du stark an Leib, Seele und Geist wirst! Dein Pa soll mal mächtig stolz auf dich sein. Die Hauptsache ist, daß du innerlich stark wirst, selbst wenn dein Körper schwach ist. Werd nur stark im Glauben; darauf kommt's an. Ich kenn' deinen Pa doch. Das allein zählt bei ihm. Und bei deiner Ma auch.“

Leise Geräusche vom Schlafzimmer her unterbrachen Martys geflüsterte Unterhaltung mit ihrem ungeborenen Kind. Kurz darauf trat Clark in die Küche.

„Du bist aber früh auf“, sagte Marty und begrüßte ihn mit einem Lächeln. „Konntest du auch nicht mehr schlafen?“

„Na, bei dem köstlichen Kaffeeduft hält's auch die größte Schlafmütze nicht mehr im Bett!“ lachte er. „Ich könnte mir denken, daß die Damen, die auf Männersuche sind, schlagartig mehr Erfolg hätten, wenn sie anstatt nach ihren Pariser Wässerchen nach frischem Kaffee röchen!“

Marty lächelte und wollte aufstehen.

„Bleib nur sitzen!“ Clark legte eine Hand auf ihre Schulter. „Ich kann mir selbst 'ne Tasse holen. Hab' schließlich selten das Vergnügen, vor der Stallarbeit 'ne Tasse Kaffe zu kriegen. Vielleicht solltest du das von jetzt an immer so einrichten!“

Er goß sich eine Tasse ein und setzte sich zu Marty an den Tisch. Forschend schaute er sie an. Marty konnte ihm seine fürsorgliche Liebe an den Augen ablesen.

„Alles in Ordnung?“

„Bestens.“

„Und Junior?“

Marty lachte leise. „Ich hab' mich gerade nett mit ihr unterhalten."

„Mit *ihr* hast du gesagt?"

„Laut Missie gibt's gar keine Frage: Es ist ein Mädchen."

„Hast heute nacht nicht gut geschlafen, was?"

„War nur 'n dummer Traum, nichts weiter."

„Willst du mir davon erzählen?"

„Ach, viel gibt's da gar nicht zu sagen. Ich war allein, furchtbar allein. Weißt du, Clark, ich weiß gar nicht, wie ich's ausdrücken soll, aber ich bin so froh, daß ich nie ganz allein zu sein brauchte, besonders nach Clems Tod. Ich hatte ja gleich dich und Missie – obwohl ich zuerst am liebsten nichts mit euch zu tun gehabt hätte. Und Missie, die hat mich von Anfang an so beschäftigt gehalten, daß mir zum Jammern und Klagen nicht viel Zeit blieb. Ich bin so froh, Clark. So dankbar, daß Gott mir erst gar keine Wahl gegeben hat, sondern alles für mich so wunderbar eingefädelt hat."

Clark langte über den Tisch und strich ihr über die Wangen. „Da bin ich auch mächtig froh, Frau Davis!" Es klang neckend, doch in seinen Augen stand aufrichtige Liebe zu lesen. „Hab' noch nie 'ne Frau getroffen, die besseren Kaffee kochen kann!"

„Ach, du!" lachte Marty halb entrüstet.

Clarks Augen wurden ernst. „Du hattest es mir längst angetan, bevor du die erste Kanne Kaffee hier gekocht hast. Werde nie vergessen, wie verloren und allein du da auf deinen kaputten Planwagen zugingst. Wie tapfer du deinen Kopf aufrecht hieltest, obwohl du innerlich am liebsten auch gestorben wärst. Ich hätte mit dir weinen können. Ich glaube nicht, daß überhaupt jemand dabei war, der dich besser verstanden hätte als ich. Und ich wollte dir so gern helfen!"

Marty wischte sich eine Träne aus dem Augenwinkel.

„Das hast du mir noch nie gesagt. Ich hab' immer gedacht, du hättest mich bloß wegen Missie ins Haus geholt."

„Ja, so war's auch zuerst, und mehr solltest du auch gar nicht denken. Die ersten paar Monate hab' ich's mir ja selbst einreden wollen, bis ich mir schließlich doch eingestehen mußte, daß mehr dahintersteckte."

Marty drückte seine Hand fest.

„Du bist mir vielleicht einer!" sagte sie warm.

„Und dann hast du für regelrechte Seelenqualen gesorgt. Ich wußte nicht, ob du je meine Gefühle erwidern würdest, oder ob du kurzerhand deine Koffer packen und wieder nach Osten abreisen würdest. Damals hab' ich 'ne handfeste Lektion im Beten und in Geduld üben gelernt und im Abwarten."

„Ach, Clark, das hab' ich nicht gewußt!" Sie nahm seine Hand in ihre und küßte sie. „Da muß ich halt versuchen, alles wiedergutzumachen."

Er stand auf, beugte sich über sie und gab ihr einen Kuß auf die Stirn. „Weißt du, da komm' ich ganz gern drauf zurück. Wie wär's, wenn du mir gleich heute abend meine Lieblingssuppe kochtest, mit richtig viel Fleisch drin?"

Marty rümpfte die Nase.

„Typisch Mann!" sagte sie verächtlich. „Bei denen muß Liebe immer durch den Magen gehen!"

Clark zerzauste ihr loses Haar.

„Jetzt wird's aber höchste Eisenbahn für meine Stallarbeit!" sagte er. „Die Kühe meinen sonst am Ende, ich hätte sie ganz und gar vergessen."

Er küßte sie auf die Nasenspitze und ging nach draußen.

Besinnliche Morgenstunde

Am nächsten Morgen ging die Sonne über der spätwinterlichen Landschaft auf, um das bläuliche Weiß in ein strahlendes Rotgold zu tauchen. Der Tag sah vielversprechend aus. Auf dem Weg in die Küche sprach Marty ein kurzes Dankgebet. Sie hatte schon befürchtet, daß ein Frühjahrssturm den Bau des neuen Schulhauses in letzter Minute vereiteln würde, doch heute schien ein rechter Bilderbuchtag werden zu wollen. Beschämt bat sie Gott um Vergebung für ihre Zweifel an seiner allwissenden Güte.

Clark war schon im Stall, um die Tiere zu versorgen. Das Feuer, das er im Herd gemacht hatte, verbreitete nach und nach eine wohlige Wärme im ganzen Haus. Marty beeilte sich mit ihren Frühstücksvorbereitungen.

Als sie gerade den Haferbrei auf der Herdplatte anrührte, erschien ein verschlafener Luke in der Küchentür. Sein Hemd hing ihm lose über den Hosenbund, und die Hosenträger waren hoffnungslos verdreht. Er hatte einen Schuh ungeschnürt am Fuß, den anderen trug er unter dem Arm.

„Wo's Pa?" wollte er gleich wissen.

Marty lächelte ihren kleinen Wuschelkopf an.

„Im Stall", antwortete sie. „Ich glaub' fast, daß er bald fertig ist. Mußt dich beeilen, wenn du ihm noch helfen willst. Komm, ich richte dir schnell dein Hemd!"

Sie steckte ihm die Hemdzipfel in den Hosenbund und knöpfte die Hosenträger an die richtigen Knöpfe. Dann setzte sie ihn vor sich auf einen Stuhl, um ihm die Schuhe zu schnüren.

„Geht's heute los?"

„Jawohl, kleiner Mann, heute geht's los. Bis heute abend haben wir eine eigene Schule!"

Der Kleine dachte nach. Eigentlich war es ihm egal, ob es eine Schule hier in der Nähe gab. Weil sich aber alle so doll darauf zu freuen schienen, mußte es wohl etwas Gutes sein. So lächelte er nur unbestimmt.

„Ich geh' schnell raus", sagte er und rutschte von seinem Stuhl. „Ich muß Pa doch noch helfen!"

Marty lächelte. „Klar mußt du deinem Pa helfen", dachte sie im stillen. „Ohne deine ‚Hilfe' würde der seine Arbeit ja nie schaffen! Was tät' er auch ohne dein ständiges Plappern und deine kleinen Schritte, die ihn so aufhalten!" Kopfschüttelnd lachte sie in sich hinein. „Und was tät' er ohne deine grenzenlose Bewunderung, die in deinem kleinen Augenpaar zum Ausdruck kommt!"

Sie zog dem Bürschchen seine warme Winterjacke an, streifte ihm ein Paar Fausthandschuhe über und ließ ihn zur Tür hinaus. Mit Feuereifer machte er sich auf die Suche nach seinem Pa.

Marty wandte sich wieder ihren Frühstücksvorbereitungen zu. Bald würde sie Missie wecken müssen. Die Kleine war eine rechte Langschläferin und begrüßte den Morgen selten so hellwach und unternehmungslustig wie der kleine Luke. Sie freute sich ihres Lebens, doch zog sie es vor, wenn der Tag für sie etwas später anfing. Marty hatte sie von Herzen lieb. Missie war ihr schon eine gute Hilfe und konnte es kaum erwarten, ihr „Schwesterchen" bald mitzuversorgen. Um ihretwillen hoffte Marty, daß ihr ungeborenes Kind tatsächlich ein Mädchen war.

Während sie den Frühstückstisch deckte, mußte sie an all die Nachbarsfrauen denken, die ebenfalls voller Vorfreude auf den Bau der Schule ihre morgendliche Arbeit verrichten würden. Keines ihrer Kinder brauchte nun ohne Schuldbildung durchs Leben zu gehen. Jetzt hatten sie endlich die Möglichkeit, etwas Handfestes zu lernen und zu fähigen, geachteten Bürgern heranzuwachsen.

Martys Gedanken wanderten zu den beiden Larson-Mädchen. Ihr Vater hatte gemeint, die Schule sei überflüssig. „Kompletter Blödsinn!" hatte er das Vorhaben genannt. „'n Mädchen muß kochen und putzen können, weiter nichts!" Doch in Frau Larsons Augen hatte das stumme Flehen gestanden, daß ihren Töchtern die unschätzbar wertvolle Schulbildung nicht verwehrt würde. Sie waren inzwischen dreizehn und elf Jahre alt, und wenn sie je die Schule besuchen sollten, dann galt es, keine Zeit mehr zu verlieren. Marty hielt in ihrer Arbeit inne und sandte ein Gebet zum Himmel, daß Jedd Larson doch ein Einsehen haben und seine Töchter zur Schule schicken möge.

Sie warf einen Blick zum Küchenfenster hinaus und sah ihre beiden „Männer" aus dem Stall kommen. Clarks sonst so forscher Schritt paßte sich den kurzen Beinen des kleinen Jungen an seiner Seite an. Luke hielt den Griff des Melkeimers fest umklammert in dem Glauben, seinem Pa die schwere Last zu erleichtern. Dabei plauderte und plapperte er unentwegt. Bob, der Hofhund, tollte den beiden voraus.

Marty mußte schlucken. Manchmal tat Liebe ein bißchen weh – aber, oh, welch ein süßer Schmerz!

Ein lang gehegter Traum wird Wirklichkeit

Clark Davis und seine Familie waren die ersten, die das Gelände für die geplante Schule erreichten. Da Clark das Grundstück von seinem Landbesitz dafür gestiftet hatte, war ihre Anfahrt die kürzeste gewesen. Clark spannte die Pferde los und begann, den Boden abzuschreiten und die Baustelle mit Pfählen einzugrenzen.

Luke folgte ihm stolpernd auf Schritt und Tritt; weder Hammer, Lot noch Nagelkiste waren vor ihm sicher.

Auf ihrem Schlitten hatten sie einen alten Herd an die Baustelle transportiert. Marty schichtete Holzscheite darin auf und setzte einen großen Wasserkessel auf die Herdplatte. Dieser Ofen war bei weitem nicht das, was sie von ihrem neuen Küchenofen gewohnt war, doch er würde den Frauen beim Zubereiten des gemeinsamen Essens gute Dienste leisten.

Missie zog sich ihre Haube vom Kopf und ließ sich den braunen Lockenkopf von den ersten Sonnenstrahlen wärmen. Dann führte sie die beiden Pferde zu einer Baumgruppe in der Nähe, wo sie sie festband und ihnen Heu und Hafer zum Frühstück gab.

Bald rollten andere Gespanne heran, und eine fröhliche Stimmung breitete sich aus. Kinder spielten lachend Fangen und Verstecken. Selbst Luke ließ sich von dem bunten Treiben aus dem Schatten seines Pas hervorlokken.

Geschäftige Frauen begrüßten einander und begannen munter plaudernd mit den Essensvorbereitungen.

Die Männer machten sich ohne lange Umschweife an die Arbeit. Zuerst sortierten sie die Baumstämme nach ihrer Tragfähigkeit und Länge. Dann gingen sie mit der Axt zu Werk. Starke Arme hieben sicher zielend auf das Holz ein und spalteten es sauber in Bohlen und Blöcke. Muskulöse Schultern beugten und hoben sich, um die schweren Stämme zu Wänden aufzurichten.

Es war ein hartes Stück Arbeit, doch ein gewaltiger Ansporn lag in dem gemeinsamen Schaffen und der Aussicht auf eine bessere Zukunft.

Die Frühlingssonne schien warm auf die Männer herab. Einer nach dem anderen warf die gefütterte Überjakke ab. Von dem alten Ofen aus verbreiteten sich bald die herzhaften Düfte von schwarzem Kaffee, Eintopf und Bohnen mit Speck.

Es war ein lebendiges Bild: Ein Kind hielt im Spiel inne, um den schier unwiderstehlichen Duft genüßlich aufzusaugen; ein Mann dachte mitten in der Arbeit hungrig an das vielversprechende Mittagessen; eine Frau, die mit einem großen Kochlöffel in der Hand am Ofen stand, sah in Gedanken ihren Sohn vor sich, wie er das große Einmaleins an die Tafel schrieb.

Der Tag war ausgefüllt mit Sonnenschein, Lachen und erwartungsvoller Vorfreude auf eine bessere Zukunft. Alle machten sich müde, aber glücklich auf den Heimweg. Sie hatten gemeinsam etwas Bedeutendes geleistet und waren ihrem Traum ein großes Stück näher gekommen. Sie hatten einen Teil von sich selbst gegeben, und mancher junger Mensch würde es ihnen eines Tages danken.

Ma Graham drückte es am treffendsten aus, als sie sich noch einmal zu der Baustelle umschaute: „Da kommt man sich gleich ’n paar Zentimeter größer vor, nicht wahr?“

Der kleine Arnie

Marty biß die Zähne zusammen, als sie das Abendessen auf den Tisch brachte. Clark würde bald vom Feld heimkommen, und die Stallarbeit würde ihn nicht lange aufhalten.

Im Wohnzimmer kommandierte Missie ihren kleinen Bruder Luke herum.

„Nicht so, du Dummkopf!“ hörte Marty sie entrüstet ausrufen. „Das mußt du doch ganz anders machen. Hier, ich zeig's dir!“

„So will ich's aber nicht haben“, gab der kleine Kerl zurück, und Marty war sich völlig sicher, daß er seinen Willen auch durchsetzen würde. Er hatte ein gerütteltes Maß an Eigensinn – genau wie sie selbst, seufzte sie.

Sie rührte in dem Gemüsetopf, um zu verhindern, daß die Kartoffeln ansetzten, und ging dann mühsam auf die Anrichte zu, wo sie das Brot in Scheiben schnitt. Sie fühlte sich heute ganz und gar nicht wohl in ihrer Haut, und den Grund kannte sie nur zu gut.

Nervös warf sie einen Blick auf die Uhr und atmete tief ein, bevor eine neue Wehe ihren Leib durchfuhr. Lange würde sie sich nicht mehr auf den Beinen halten können. Sie hoffte aus ganzem Herzen, daß Clark sich beeilte, nach Hause zu kommen.

Als die Wehe nachgelassen hatte, atmete Marty noch einmal kräftig durch und fuhr mit ihrer Arbeit fort. Bald danach hörte sie erleichtert, wie Bob das heimkehrende Gespann mit seinem Gebell begrüßte.

Innerhalb von Sekunden kam Luke in die Küche gelaufen. Endlich konnte er Missies gestrenger Aufsicht für eine Weile entfliehen, um an der Seite seines Pas „richtige Männerarbeit“ zu leisten. Im Hinausgehen griff er seine Jacke vom Haken und streifte sie hastig über. Daß er dabei den falschen Ärmel erwischt hatte, würde er erst draußen bemerken, dachte Marty kopfschüttelnd, als sie ihm nachschaute.

Wenig später trug Clark mit Lukes Hilfe einen Eimer voll schäumender Milch ins Haus. Marty stellte die letzte Schüssel auf den Tisch, während ihre „Männer“ sich draußen vor dem Haus die Hände wuschen. Dann sank sie erleichtert auf ihren Stuhl am Tisch.

Clark sprach das Dankgebet und begann, seinen und Lukes Teller zu füllen. Plötzlich hielt er inne und sah Marty an.

„Was ist denn heut’ mit dir los?“ fragte er besorgt.

Mühsam lächelte sie. „Ich glaub’, es ist bald soweit.“

„Es ist bald soweit???“ Polternd landete die Kartoffelschüssel wieder auf dem Tisch. „Warum hast du das denn nicht gleich gesagt? Ich fahr’ sofort los und hol’ den Doktor!“

„Setz dich und iß erst mal!“ wollte Marty ihm zureden, doch vergeblich.

„Du legst dich am besten sofort ins Bett. Missie, daß du mir gut auf Luke aufpaßt!“ Er sah das kleine Mädchen eindringlich an. „Weißt du, das neue Geschwisterchen kommt jetzt ganz bald. Mama muß sich ins Bett legen. Du gibst Luke sein Abendessen, und dann räumst du den Tisch ab. Ich fahr’ los, um den Doktor zu holen. Es wird nicht lange dauern, aber während ich unterwegs bin, mußt du mir hier für alles sorgen. Hast du verstanden?“

Missie nickte ernst.

„Und jetzt zu dir, Madame“, sagte Clark dann zu seiner hochschwangeren Frau und half ihr vom Stuhl. „Ins Bett mit dir, und keine Widerrede!“

Fügsam ließ Marty sich ins Schlafzimmer führen. Wie sehr sie sich nach ihrem Bett sehnte! Jetzt fehlte ihr nur noch eins zu ihrem Trost, mußte sie plötzlich denken: Ma Graham an ihrer Seite.

„Clark“, wagte sie vorsichtig, „muß es unbedingt der Doktor sein?“

„’türlich“, gab er verwundert zurück. „Was meinst du wohl, wozu wir den überhaupt haben?“

„Aber ich hätte viel lieber Ma bei mir, Clark. Wirklich! Sie hat ihre Sache so gut gemacht, als Luke ankam; sie kann doch bestimmt ...“

„Der Doktor weiß sich zu helfen, falls irgendwas schiefgehen sollte“, antwortete Clark bestimmt. „Sicher, Ma hat schon manchem Baby ans Licht der Welt geholfen, und meistens ist auch alles gut abgelaufen, aber du kannst dich nie ganz darauf verlassen, daß auch diesmal nichts passiert. Der Doktor weiß, was zu tun ist, und er hat die nötigen Instrumente bei sich.“

Eine ungebetene Träne rutschte über Martys Wange. Sie hatte nichts gegen den Doktor, aber sie sehnte sich in dieser schweren Stunde so sehr nach Ma.

„Komm schon, sei nicht albern!“ schalt sie sich selbst, doch mit der nächsten Wehe wurde ihre Sehnsucht nach Ma noch übermächtiger.

Clark reichte ihr ein weiches Flanellnachthemd von dem Haken hinter der Tür und legte ihr die Bettdecke zurecht.

Als sie ins Bett geschlüpft war, deckte er sie fest zu, gab ihr einen Kuß und versprach, so schnell wie möglich wiederzukommen. Sein bleiches Gesicht und seine fahrigen Hände konnte er jedoch kaum verbergen. Wenig später hörte sie auch schon die galoppierenden Hufschläge vom Hof donnern.

Von der Küche her drangen die hellen Stimmen der Kinder zu ihr. Missie führte noch immer das Kommando. Gerade befahl sie Luke, sich mit dem Essen zu beeilen und nur ja schön still zu sein, weil Mama sich ausruhen mußte, damit das Schwesterchen bald ankommen konnte.

Marty war erschöpft, doch an Schlaf war nicht zu denken. Schließlich räumte Missie reichlich geräuschvoll den Tisch ab. Marty spürte, wie sehr die Kleine sich bemühte, nicht so laut mit dem Geschirr zu klappern. Anschließend machte sie sich daran, Luke zu Bett zu bringen. Der protestierte entrüstet; schließlich war es noch lange nicht Schlafenszeit, aber Missie schenkte ihm kein Gehör und ließ sich nicht von ihrem Vorhaben abbringen. Kurz darauf lag der Kleine in seinem Bett.

Unendlich langsam kroch die Zeit dahin. Die Wehen kamen jetzt in kürzeren Abständen und waren von Mal zu Mal schwerer zu ertragen.

Wieder bellte der Hund draußen im Hof. Marty war überrascht; so bald hatte sie den Doktor nicht erwartet – aber da beugte sich Ma Graham auch schon über ihr Bett.

„Du bist doch gekommen?“ flüsterte Marty ungläubig und dankbar zugleich. Jetzt strömten ihr die Tränen über das Gesicht. „Woher wußtest du …?“

„Clark ist bei uns vorbeigekommen“, antwortete Ma sanft. „Sagte, du brauchst mich.“

„Aber er wollte doch den Doktor holen.“

„Das tut er auch. Der Doktor macht die Entbindung. Clark meinte, du brauchst mich nur so, zum Trost.“ Ma strich ihr das wirre Haar aus dem Gesicht. „Wie fühlst du dich denn?“

Marty rang sich ein Lächeln ab.

„Schon viel besser – jetzt, wo du da bist! Ich glaub’, diesmal wird’s nicht so lange dauern wie bei Luke.“

„Magst recht haben“, sagte Ma und drückte ihr den Arm. „Ich seh’ mal nach den Kindern und setz’ dem Doktor heißes Wasser auf. Ruf mich nur, wenn du was brauchst.“

Marty nickte. „Danke“, flüsterte sie. „Danke, daß du gekommen bist! Es geht schon viel besser.“

Und wieder hieß es, geduldig zu warten. Hin und wieder tauchte Mas liebevolles Gesicht über Marty auf.

Dann nahm sie wie durch dichten Nebel Stimmen von der Küche her wahr. Der Doktor und Ma tauschten ein paar Bemerkungen aus, und plötzlich war auch Clark wieder bei ihr und flüsterte ihr tröstende Worte zu.

Danach verschwamm alles vor ihren Augen, bis ein hoher, kräftiger Schrei in ihr Bewußtsein drang. Plötzlich war sie hellwach.

„Da ist sie ja endlich!“ sagte sie ruhig, doch der Doktor dröhnte freudestrahlend zurück: „*Er,* meinen Sie wohl. Ein richtiger Prachtjunge!“

„Oh, da wird Missie aber enttäuscht sein“, murmelte Marty.

„Das eine kann ich Ihnen versprechen“, gab der Doktor zurück, „bei diesem feinen Kerlchen bleibt niemand lange enttäuscht!“

Wenig später hielt Marty ihren neugeborenen Sohn in den Armen. Im warmen Schein der Lampe konnte sie sich selbst davon überzeugen, daß sie in der Tat einem strammen, gesunden Jungen das Leben geschenkt hatte. Eine tiefe Liebe zu diesem winzigen, hilflosen Wesen neben ihr stieg in ihr auf.

Clark strahlte seinen Sohn an und hauchte einen Kuß auf Martys Haar.

„Unser zweiter Prachtkerl!“ sagte er stolz. Marty nickte erschöpft.

Clark verließ das Schlafzimmer, um wenige Augenblicke darauf mit einem verschlafenen Kind an jeder Hand zurückzukehren.

„Seht mal, euer Brüderchen!“ sagte er. „Jetzt schläft es gerade. Ist es nicht ’n feiner Junge?“

Luke starrte das kleine Bündel nur sprachlos an.

„’n Junge?“ fragte Missie ungläubig. „Aber ... aber es sollte doch ’n Mädchen werden. Ich hab’ doch für ’n Mädchen gebetet!“

„Weißt du, Missie“, begann Clark, „manchmal weiß Gott besser als wir, was gut für uns ist. Manchmal beten wir um Sachen, die uns gar nicht zustehen, und dann schickt Gott uns statt dessen etwas anderes, das viel besser für uns ist. Dieser kleine Junge muß etwas ganz Besonderes sein, daß Gott ihn uns geschickt hat."

Missie hatte aufmerksam zugehört. Dann breitete sich ein Lächeln auf ihrem Gesicht aus, als das winzige Neugeborene sich im Schlaf reckte und herzhaft gähnte.

Der kleine Junge wurde Arnold Joseph getauft, doch alle nannten ihn von Anfang an Arnie.

Luke wußte zuerst nicht viel mit seinem Brüderchen anzufangen und fand es ziemlich langweilig, obwohl er es andererseits bis aufs Blut verteidigt hätte. Missie bemutterte es betulich tagein, tagaus und konnte gar nicht verstehen, weshalb sie sich je ein Schwesterchen gewünscht hatte.

Das Leben nahm wieder seinen gewohnten Lauf. Die Äcker wurden bestellt und der Gemüsegarten bepflanzt. Das Neugeborene trug seinen Teil zur Hausarbeit bei, und Marty hatte von früh bis spät alle Hände voll zu tun. Dennoch wäre es ihr nie in den Sinn gekommen, sich zu beklagen. Sie war rundherum ausgefüllt und glücklich.

Gute Nachrichten für Wanda

Das Frühjahr räumte dem Sommer das Feld, und dann hielt auch schon der Herbst Einzug. Der kleine Arnie wuchs und gedieh von Tag zu Tag. Niemand mehr konnte sich das Leben ohne ihn vorstellen.

Das Getreide wurde geerntet und gedroschen. Clark stellte erfreut fest, daß der diesjährige Ertrag den der Vorjahre bei weitem übertroffen hatte.

Marty hatte Berge von Obst und Gemüse einzukellern. Missie war ihr eine große Hilfe, indem sie Arnie nach besten Kräften versorgte.

Nur eine große Enttäuschung brachte der Herbst mit sich: Das neue Schulhaus stand noch immer leer. Den ganzen Sommer über hatten die Männer sich manche Stunde abgerungen, um das Dach fachmännisch zu dekken, die Fenster einzusetzen und den Fußboden zu legen. Ein gußeiserner Ofen war angeschafft und aufgestellt worden, und einfache Holzbänke waren getischlert worden. Die Farmer der Umgebung hatten gemeinsam einen stattlichen Vorrat an Brennholz gestiftet. Für die Pferde hatten die Männer einen wetterfesten Unterstand errichtet. Sogar eine große Wandtafel hing an der Stirnwand des Klassenzimmers – doch anstatt heller Kinderstimmen erfüllte gähnende Stille das Schulgebäude. Trotz all der vereinten Bemühungen der Nachbarn hatte sich noch kein Lehrer gefunden.

Marty hatte deshalb manche Träne lautlos in ihr Kopfkissen geweint. Es tat so weh, ihren langjährigen Traum und die viele harte Arbeit fruchtlos bleiben zu sehen. Jetzt war das kommende Jahr im Gespräch, aber das

Warten auf den nächsten Herbst würde ihr so lange werden.

Bei den Hufschlägen eines einfahrenden Gespanns schob Marty ihre Gemüseschüssel beiseite und wischte sich die Hände an ihrer Schürze ab. Besuch kam zu Martys großem Bedauern selten, besonders während der Ernte- und Einmachzeit. Sie warf einen Blick durch das Fenster und sah, wie Wanda von ihrem Wagen stieg und Clark die Zügel reichte. Die beiden tauschten eine kurze Begrüßung aus, bevor Wanda auf die Haustür zuging. Marty sah an ihrer fleckenübersäten Schürze hinunter und band sie schnell ab, um sich eine frische aus der Schublade zu holen. Auf dem Weg zur Tür strich sie sie zurecht, während schon ein Lächeln auf ihrem Gesicht strahlte.

Sie öffnete Wanda die Tür und begrüßte sie mit einer herzlichen Umarmung.

„Da freu' ich mich aber, daß du gekommen bist! Meine unordentliche Küche mußt du entschuldigen. Einkochzeit, weißt du."

„Laß mal, das macht doch nichts! Ich hätte nicht einfach bei dir hereinplatzen sollen, bei der vielen Arbeit, die du hast – aber ich mußte einfach kommen, Marty!"

„Ach, Wanda, viel zu tun gibt's doch immerzu. Da kriegt man richtige Sehnsucht nach Besuch!"

An Wandas Gesicht konnte sie ablesen, daß es große Neuigkeiten gab.

„Nun, was gibt's denn? Man sieht dir deine Freude ja meilenweit an!"

Wanda kicherte beinahe kleinmädchenhaft. So übersprudelnd hatte Marty ihre Freundin noch nie erlebt.

„Oh, Marty!" rief sie. „Du hast recht, ich kann's wirklich nicht für mich behalten: Ich bekomme ein Baby! Ich war gerade heute früh beim Doktor."

Jubelnd fiel Marty ihr um den Hals.

„Dr. Watkins hat gemeint, es gäbe keinen Grund, weshalb ich dieses nicht durchbringen könnte", fuhr Wanda fort. „Er hat gesagt, diesmal bleibt es bestimmt am Leben. Cam freut sich auch so. Er meint, unser Sohn wird einmal der kräftigste, ansehnlichste und tüchtigste Bursche im ganzen Westen."

Wieder kicherte Wanda. „Und als ich ihn gefragt habe: ‚Und wenn's nun aber ein Mädchen wird?', da hat er gesagt, dann würde es halt das hübscheste, rosigste und zierlichste Mädchen im ganzen Westen. Ach, Marty, ich bin so glücklich, daß ich vor Freude weinen könnte!" Und das tat sie auch.

Zusammen weinten sie, ohne sich ihrer Freudentränen zu schämen.

„Wie ich mich für euch freue, Wanda!" sagte Marty. „Und jetzt, wo wir einen Doktor am Ort haben, da wird schon alles glatt ablaufen. Ach, endlich bekommst du das Baby, das du dir so lange herbeigesehnt hast! Wann soll's denn ankommen?"

„Erst im April. Ich kann's ja kaum aushalten, bis dahin warten zu müssen!"

„Du wirst dich wundern, wie schnell dir die Zeit vergeht, Wanda. Und die langen Winterabende kannst du dazu benutzen, die Babyausstattung zu nähen, und am Ende fragst du dich gar, wo die viele Zeit nur geblieben ist!"

„Das hoffe ich auch. Marty, zeigst du mir wohl das Muster von Arnies Strickjacke, weißt du, die er vorigen Sonntag anhatte? Ich möchte sie gern nachstricken."

„Aber gern. Sie ist wirklich ganz einfach zu stricken."

Bei Kaffee und Rosinenplätzchen zählten sie zusammen die Maschen aus und entwarfen ein Strickmuster. Wanda machte sich eifrig Notizen zu Martys Anweisungen.

Der Nachmittag verging wie im Fluge, und als Arnie und Luke von ihrem Mittagsschlaf aufwachten, war es höchste Zeit für Wanda, sich wieder auf den Heimweg zu machen.

Missie wurde zu ihrem Pa geschickt, um ihn zu bitten, Wandas Gespann aus dem Stall zu holen. Clark legte die Schaufel beiseite, mit der er Getreide in Kisten abgefüllt hatte, und ging gleich zum Stall hinüber. Kurz darauf fuhr Wanda wieder nach Hause.

Marty ging an Clarks Seite zu den Getreidekisten zurück.

Wanda ist ganz außer sich vor Freude", sagte sie strahlend. „Sie erwartet ein Kind! Sie hat sich schon so lange eins gewünscht. Ich hoffe von ganzem Herzen, daß diesmal alles gutgeht."

Clark teilte ihre Begeisterung.

„Stell dir nur vor: Cam hat gemeint, wenn's ein Junge ist, dann wird er der ansehnlichste, stärkste und gescheiteste Bursche im ganzen Westen, und wenn's ein Mädchen ist, das hübscheste junge Ding weit und breit!"

Clarks Lächeln wich einem sorgenvollen Ausdruck.

„Du kennst Cameron Marshall nicht allzu gut, nicht?"

„Hab' ihn vielleicht ein- oder zweimal gesehen. Warum?"

„Er ist schon 'n komischer Kauz", sagte Clark nachdenklich. „Typisch Cam, daß sein Sohn der klügste Bursche werden soll oder seine Tochter das hübscheste Mädchen. Ganz typisch Cam!" Er überlegte. „Das ist auch wohl der Grund, weshalb er Wanda geheiratet hat. Sie war das schönste Mädchen, das er je gesehen hatte, und deshalb mußte er sie einfach für sich haben. Cameron Marshall muß immer und bei allem das Beste, Schönste und Größte haben. Ich weiß noch, wie er damals die reinrassige Stute sah. Es ließ ihm keine Ruhe, bis er sie sein eigen nennen konnte. Hat sein ganzes Saatgut dafür verkauft. Das hat ihn um Jahre zurückgeworfen, aber schließlich hatte niemand ein besseres Pferd vorzuzeigen als Cam. Hast du dir seinen Wagen mal näher angesehen? Nagelneu und feinste Schmiedearbeit. Er und Wanda hätten eigentlich ein größeres Haus gebraucht. Die Männer hier wollten ihm helfen und haben das Holz für das neue Haus gefällt, aber statt dessen hat er den Wagen gesehen und das ganze Holz verkauft. Jetzt wohnen sie immer noch in diesem erbärmlichen kleinen Haus. Was Cam betrifft, so ist 'n Haus Frauensache. Ich hab' mir oft gewünscht, daß es ihm in den Sinn käme, das beste Haus im ganzen Westen zu besitzen; das würde Wanda das Leben beträchtlich erleichtern. Und jetzt, wo sie bald zu dritt sind, wird das Häuschen schnell aus allen Nähten platzen."

Clarks Blick streifte über die fernen Berge am Horizont, während er sprach. Marty war überrascht über das, was ihr Mann ihr erzählt hatte. Plötzlich tat Wanda ihr leid.

„Ich hab' noch nie verstehen können, wie ein Mann sein Herz so an materielle Dinge hängen kann – als ob man durch solche Sachen ein besserer Mensch würde! Cam muß irgendwo tief in seiner Brust mächtige Zweifel an sich selbst haben."

Dann kehrte er zur Gegenwart zurück.

„Na, hoffentlich erfüllt das Kleine die hohen Erwartungen auch! Sonst wird der stolze Papa nämlich bodenlos enttäuscht sein." Er lächelte. „Ich wollte deiner Freude aber wirklich keinen Dämpfer aufsetzen. Cam wird bestimmt allen Grund haben, auf seinen Junior stolz zu sein. Und dann ist alles in schönster Ordnung. Und Wanda wird's guttun, endlich Mutter zu werden."

Krankenbesuch bei Frau Larson

Draußen herrschte eisiger Frost. Marty, die gerade Brot, Fleischbrühe, Gemüse und Rosinenplätzchen in einer Kiste verstaute, war dankbar, daß es heute wenigstens windstill war; ein scharfer Wind hätte die Kälte nahezu unerträglich gemacht.

Am Vormittag hatte sie erfahren, daß Frau Larson krank war. Es handelte sich allem Anschein nach um etwas Ernsteres als eine bloße Erkältung oder Grippe, und Marty hatte gleich beschlossen, ihrer Nachbarin trotz der unwirtlichen Temperaturen einen Besuch abzustatten, um nach dem Rechten zu sehen.

Clark ließ sie nur ungern allein losfahren, doch Missie war zu jung, um auf ihre kleinen Brüder aufzupassen, so daß er keine andere Wahl hatte, als bei den Kindern zu Hause zu bleiben.

Marty zog ihre wärmsten Sachen an, die sie besaß. Dann trug sie die Kiste nach draußen, wo Clark mit dem Gespann wartete.

„Bleib nicht zu lange!" mahnte er. „Und wenn Sturm aufkommt, machst du auf der Stelle kehrt!"

Marty nickte, breitete die Decke über ihren Knien aus und fuhr los.

Unter der hohen Schneedecke war die Staße kaum zu erkennen, so daß Marty sich auf Dans und Charlies Richtungssinn verlassen mußte.

Als das armselige Gehöft der Larsons hinter der Wegbiegung auftauchte, fiel Marty gleich auf, daß nur eine magere Rauchfahne über dem Schornstein stand.

Niemand kam ihr entgegen, um ihr Gespann zu versorgen. Sie band Dan und Charlie an den Zaun vor dem

Haus und hastete mit ihrer schweren Kiste auf die Tür zu.

Hinter den ungewaschenen Fensterscheiben und zerrissenen Vorhängen regte sich etwas, als sie näherkam. Auf ihr Klopfen hin öffnete Cathy ihr die Tür und bat sie schüchtern herein.

Nandry stand vor einer Spülschüssel mit unglaublich schmutzigem Wasser, in dem sie umständlich Geschirr abwusch. Ein zerfranster, mit Spinnennetzen überhangener Besen mitten im Raum verriet ihr, daß Cathy gerade damit beschäftigt gewesen war, den Fußboden zu fegen.

„Na, wenigstens geben sie sich alle Mühe", dachte Marty anerkennend. Nachdem sie die beiden Mädchen begrüßt hatte, wandte sie sich dem lauwarmen Herd zu. Das ganze Haus war ausgekühlt, so daß sie trotz ihres warmen Überwurfs fröstelte.

Sie öffnete die Klappe, um ein einsames, feuchtes Stück Holz in der Brennkammer vorzufinden, von dem sich ein dünner Rauchfaden emporkräuselte.

„Wo ist denn euer Holz?" fragte sie.

„Wir haben kaum noch welches", antwortete Cathy beinahe unhörbar. „Pa hat kein neues reingeholt, und allein können wir's nicht spalten."

„Habt ihr 'ne Axt?"

„Ja – so was Ähnliches jedenfalls."

Marty entdeckte bald, was Cathy damit gemeint hatte. Neben dem erbärmlichen Wintervorrat an Holz fand sie eine völlig abgestumpfte, von Kerben übersäte Axt. Mühsam gelang es ihr, wenigstens genug Brennholz für einen Tag zu spalten.

Nachdem sie das Feuer in Gang gebracht und einen Wasserkessel aufgesetzt hatte, ging sie endlich zu Frau Larson ins Schlafzimmer.

Die kranke Frau lag unter mehreren dünnen Decken zusammengekauert im Bett.

„Wenigstens sieht's hier ordentlich und aufgeräumt aus – keine Berge von Kleidungsstücken, die überall verstreut liegen!“ dachte Marty, doch dann überlegte sie beschämt, daß jeder in dieser Familie bestimmt jedes einzelne Hemd, das er besaß, am Leib trug, um sich gegen die bittere Kälte zu schützen.

„Hätte ich doch ’n paar wärmere Decken mitgebracht!“ schalt sich Marty selbst. Frau Larsons abgehärmter Körper bebte vor Schüttelfrost. Marty strich ihr sanft das wirre Haar aus dem spitzen, bleichen Gesicht.

„Wie geht’s denn?“

Frau Larson versuchte mühsam zu antworten, doch es wurde nur ein kaum hörbares Gemurmel daraus.

„Ich hol’ Ihnen schnell ’n bißchen heiße Brühe“, sagte Marty und hastete in die Küche zurück, um den Topf mit der kräftigenden Suppe auf die Herdplatte zu setzen. Dann lief sie nach draußen zu ihrem Schlitten und holte die wollene Decke, unter der sie auf der Herfahrt gesessen hatte. Sie wärmte die Decke über dem Herd ein wenig auf, bevor sie sie über der vor Kälte zitternden Frau Larson ausbreitete.

Bald war auch die Brühe heiß, und Marty bat Cathy um einen Suppenteller und einen Löffel. Sie nahm das Brot aus der Kiste und reichte es dem Mädchen.

„Nehmt ihr beiden euch auch von der Brühe, solange sie noch heiß ist, und eßt ’ne Scheibe Brot dazu, ja?“ sagte sie.

Mit hungrigem Blick nickten die Mädchen.

Marty trug die dampfende Brühe ins Schlafzimmer. Die kranke Frau war viel zu geschwächt, um den Löffel auch nur zu halten. Marty hoffte, daß sie es geschehen ließ, von ihr gefüttert zu werden; doch ihre Bedenken erwiesen sich als überflüssig. Frau Larson nahm die stärkende Brühe dankbar von Martys Hand an.

„Die Mädchen ...“ flüsterte sie.

„Sie sitzen in der Küche und essen auch“, nickte Marty ihr lächelnd zu.

Frau Larson sah erleichtert auf.

Während sie den Löffel ein ums andere Mal an den Mund der kranken Frau führte, sprach sie mit ihr.

„Tut mir so leid, daß Sie nicht gut dran sind! Ich hab's erst heut' morgen erfahren. Jedd hätte uns längst Bescheid sagen sollen, damit wir eher hätten helfen können. Ihre zwei Mädchen können aber schon tüchtig mit anfassen, hab' ich gesehen. Als ich vorhin kam, spülte Nandry gerade das Geschirr, und Cathy hat gewissenhaft den Boden gefegt. Die beiden sind Ihnen bestimmt 'ne große Hilfe, nicht?"

Frau Larsons Augen leuchteten auf. Sie nickte schwach. Zweifellos liebte sie ihre Töchter über alles.

„Ist kein Vergnügen, so ans Bett gefesselt zu sein, nicht? Eine Frau läßt sich nicht gern unterkriegen, besonders bei 'ner ganzen Familie, die versorgt werden will. Da kommt man sich so hilflos vor. Aber Gott weiß, wie's Ihnen zumute ist und daß Sie so krank sind. Gott hat immer seine Gründe, warum er Krankheiten geschehen läßt, auch wenn wir's nicht immer gleich verstehen. Er hat Sie nicht vergessen. Vielleicht läßt er uns eines Tages mal einsehen, warum er's zugelassen hat, daß Sie so krank werden mußten."

Als der Suppenteller fast leer war, winkte Frau Larson müde ab. Marty wußte nicht, ob sie satt oder einfach zu erschöpft zum Essen war. Dann begann Frau Larson zu sprechen. Zuerst kamen die Worte langsam und gequält, bis sie sich schließlich beinahe überstürzten. Zwischendurch holte sie angestrengt Luft, aber sie schien sich ihre Last einfach von der Seele reden zu wollen.

„Meine Mädchen", begann sie, „meine Mädchen, die sind im Leben immer zu kurz gekommen – immer. Ihr Pa ist 'n guter Mann, aber verstehen tut er sie nicht. Ich hab' so gebetet, daß der Herrgott sich ihrer annimmt. Daß sie's mal besser haben – mehr will ich ja gar nicht. Für mich selbst würd' ich nie um was bitten. Ich, ich hab' schließlich mein Leben gelebt. Nicht, daß ich mich aufs

Sterben freu' … ich hab' sogar furchtbare Angst davor. Ich bin kein guter Mensch gewesen, Marty. Ob Gott mich überhaupt hört? Ich würd's ja gar nicht wagen, ihn um was zu bitten, aber meine Mädchen …" Ihre Worte gingen in Schluchzen unter.

Marty strich über die weiße Hand, die die Bettdecke umklammert hielt.

„Ihr Gebet ist nicht umsonst gewesen – das weiß ich ganz bestimmt", sagte sie aus tiefster Überzeugung.

Frau Larson seufzte auf. Es war, als ob eine schwere Last von ihren Schultern fiel.

„Kann Gott überhaupt Erbarmen mit jemandem wie mir haben und sich der Töchter einer Sünderin annehmen?" In ihren Augen stand ein stummes Flehen.

„Und ob er das kann!" antwortete Marty. „Er hat Ihre Mädchen doch lieb, und er will ihnen helfen. Aber er hat auch Sie lieb, Frau Larson, und will das Beste für Sie. Sie können sich ja kaum vorstellen, wie lieb er Sie hat! Klar, Sie haben gesündigt, aber da hat keiner von uns 'ne reine Weste. In der Bibel heißt es, daß wir allesamt vor Gott gesündigt haben und daß wir unsere Sünden mit uns durchs Leben schleppen wie einen Koffer voller Steine. Loslassen müssen wir unsere Sünden und sie unter das Kreuz Jesu legen, wo er uns losgekauft hat.

Wir kommen schließlich nicht in den Himmel, weil wir so prima Kerle gewesen sind, sondern einzig und allein, weil wir glauben, daß Jesus Christus für unsere Sünden gestorben ist. Da brauchen wir nur zu beten: ‚Danke, lieber Herr Jesus, daß du auch für mich gestorben bist. Wasch mich doch bitte rein, damit ich zu dir in den Himmel kommen kann.' Und das tut er dann auch. Er nimmt unsere schmutzigen, sündenschweren Herzen und wäscht sie blitzblank für sein herrliches Königreich. Wir brauchen ihn nur darum zu bitten. Möchten Sie das jetzt nicht auch tun, Frau Larson?"

Die kranke Frau schaute überrascht drein.

„Aber ... aber ich hab' doch noch nie gebetet – nicht für mich selbst, mein' ich, bloß für meine Mädchen. Ich ... ich weiß gar nicht, was ich da beten soll."

„Sie haben mir 's doch gerade selbst gesagt", antwortete Marty sanft. „Sagen Sie Gott einfach, daß Sie Ihre Sünden ein für alle Male hinter sich lassen wollen. Bitten Sie ihn, daß er sie Ihnen abnimmt. Und dann danken Sie ihm dafür, daß er Sie so liebhat und Ihr Herz reingewaschen hat."

Zuerst zögernd und stockend, doch dann zuversichtlicher sprach Frau Larson ihr kurzes Gebet. Als Marty ihre tränenverschleierten Augen wieder öffnete, begegnete ihr ein ebenso tränenbenetzter, doch vor Erleichterung strahlender Blick.

„Er hat mich gehört!" rief Frau Larson. „Er hat mir meine Last abgenommen!"

Marty drückte ihre Hand und wischte sich die Tränen aus den Augenwinkeln.

„Klar hat er sie gehört", flüsterte sie. „Und Ihr Gebet wird er auch hören. Ich weiß nicht, was er nun genau unternehmen wird, aber im Stich lassen wird er Sie ganz bestimmt nicht!"

Sie stand auf. Die Sonne war schon weit in den Westen gewandert, und es war höchste Zeit für den Heimweg.

„Frau Larson, jetzt muß ich aber nach Hause fahren. Ich hab' Clark nämlich versprochen, vor der Dämmerung wieder im Haus zu sein, aber eins will ich Ihnen fest versprechen: Wenn Ihnen etwas zustoßen sollte – und ich hoffe doch, daß Sie bald wieder auf den Beinen sind – also, wenn Ihnen irgendwas passiert, dann kümmere ich mich schon darum, daß Ihre Mädchen im Leben weiterkommen."

Frau Larson blieb stumm. Sie schien den Atem anzuhalten, und erst jetzt sah Marty, wie sehr sie die Begegnung mit ihrem Gott bewegt hatte. Dann füllten sich ihre Augen wieder mit Tränen.

„Danke, danke, oh, tausend Dank!“ sagte sie immer wieder.

Marty strich ihr zum Abschied über die Hand und verließ den Raum. Sie mußte sich beeilen, wenn sie rechtzeitig zu Hause sein wollte, um Clark noch mit einem Stapel Brennholz und einer warmen Decke zu den Larsons zu schicken.

Ein kleines Freudenfest

Marty machte den letzten Stich an dem Flicken auf Lukes Latzhose und legte sie beiseite. Bis zum Abendbrot hatte sie noch ein wenig Zeit. So ließ sie die Ereignisse der vergangenen Wochen noch einmal vor ihrem inneren Auge vorüberziehen.

Sie hatte Frau Larson noch mehrmals besucht. Auch Ma Graham und andere Nachbarsfrauen hatten sich an der Pflege der Kranken beteiligt. Obwohl Frau Larson sich endlich vom Frieden Gottes getragen wußte, konnte sich keine der Nachbarinnen darüber hinwegtäuschen, daß die gebrechliche Frau von Tag zu Tag schwächer wurde.

Martys Gedanken wandten sich erfreulicheren Dingen zu. Endlich stand der Frühling vor der Tür, und im April wurde gleich mit zwei neuen Erdenbürgern am Ort gerechnet. Marty freute sich von Herzen für die beiden werdenden Mütter.

Wandas Kind sollte zuerst ankommen. Sie, die vor Jahren schon drei Neugeborene zu Grabe hatte tragen müssen, hatte sich dieses beglückende Ereignis so sehr herbeigesehnt. Jetzt, wo es endlich einen Doktor in erreichbarer Nähe gab, war sie zuversichtlich, daß diesmal alles ein gutes Ende nehmen würde.

„Ach, lieber himmlischer Vater“, betete Marty täglich, „daß doch nur alles gutgeht!“

Das andere Kind, das bald das Licht der Welt erblicken sollte, war Sally Annes Baby. Ben und Ma freuten sich unbändig auf ihr erstes Enkelkind.

Auch Sally Anne hatte sich seit längerer Zeit Mutterglück erhofft, doch ihre erste Schwangerschaft hatte in einer traurigen Fehlgeburt geendet. Der Tag ihrer Niederkunft war jetzt nicht mehr fern, und alles schien in bester Ordnung zu sein.

Die freudige Aussicht auf die beiden neuen Erdenbürger ließ Martys Blick auf ihre eigenen Kinder wandern.

Missie hatte ihrem Kätzchen eben ein Puppenkleid angezogen. Missie hatte so überzeugend gebettelt und gefleht, daß Marty sich schließlich bereit erklärt hatte, einer jungen Scheunenkatze Unterschlupf im Haus zu gewähren. Missie hatte sie „Pussie" genannt und behandelte sie wie ein regelrechtes Baby. Pussie wurde mit Liebe und Zärtlichkeiten förmlich überschüttet. Manchmal fragte Marty sich im stillen, ob Pussie sich hin und wieder nach einem erholsamen Augenblick ohne dieses anstrengende kleine Mädchen sehnte.

Luke versuchte sich gerade darin, einen Bauernhof mit seinen Bauklötzen zu errichten. Ab und zu stürzten die Klötze dabei auf die unglückseligen Halme aus Besenstroh herab, die die Kühe, Pferde und Schweine darstellten, so daß er wieder von vorne anfangen mußte.

Arnie konnte inzwischen aufrecht sitzen und schaute Luke gebannt zu. Das Poltern der umstürzenden Bauklötze riß ihn zu wahren Begeisterungsausbrüchen hin.

Luke erläuterte seinem kleinen Bruder dienstbeflissen, welche der Strohhalme die Pferde waren und wie sie auf der Koppel grasten. Arnie hörte mit großen Augen zu.

Bei dem Gebell des Hundes draußen im Hof füllte sich das Zimmer plötzlich mit Leben. Clark war schon zurück. Marty hatte ihn erst in einer Stunde erwartet. Sie stand auf und warf einen kurzen Blick auf die Uhr. Tatsächlich, es war noch früh am Nachmittag.

Mit einem Satz sprang Luke auf. „Pa ist wieder da!" rief er aufgeregt. Seine Bauklötze ließ er ohne Rücksicht auf die armen Strohpferde auf den Teppich purzeln.

Marty wollte ihn zurückrufen, damit er sein Spielzeug beiseite räumte, doch dann ließ sie ihn doch kopfschüttelnd gewähren. Die Bauklötze konnte er später wegräumen, nachdem er seinen Pa begrüßt hatte, sagte sie sich.

Auch Missie lief mit ihrem Kätzchen auf dem Arm auf die Tür zu. Nur Arnie blieb einsam auf dem Teppich sitzen. Er war noch zu klein, um sich an dem Begrüßungstrubel seiner Geschwister zu beteiligen.

„Mensch, Arnie muß aber mächtig traurig sein!“ rief Luke im Hinauslaufen.

„Wie kommst du denn darauf?“ rief Marty hinter ihm her.

„Der kann doch noch nicht laufen!“ gab der Kleine über die Schulter hinweg zurück, bevor die Tür krachend hinter ihm ins Schloß fiel.

Marty ging lächelnd auf Arnie zu.,

„Sag mal, bist du wirklich so traurig?“ fragte sie das Kind und nahm es auf ihre Arme.

Arnie machte alles andere als einen bekümmerten Eindruck. Der plötzliche Aufruhr im Wohnzimmer hatte ihn allenfalls etwas verdutzt, doch in den Armen seiner Mutter war er restlos glücklich. Marty gab ihm einen Kuß auf die pralle Babywange und trug ihn ans Küchenfenster.

Sie hatte erwartet, Luke und Missie neben Clark im Wagen auf dem Weg zum Stall zu sehen. Statt dessen kamen die drei gerade zu Fuß auf das Haus zu. Die beiden Kinder sprangen an der Seite ihres Vaters und redeten gleichzeitig mit ihren hellen Stimmen auf ihn ein.

Auch Clark schien guter Dinge zu sein. Marty öffnete die Tür.

„Gute Nachrichten!“ rief er ihr schon vom Pfad aus zu. Dann umfaßte er ihre schlanke Taille und wirbelte sie samt dem Baby ausgelassen durch die Küche. Mit ganzer Kraft umklammerte Marty den Kleinen, der den Spaß ungeheuer zu genießen schien.

„Nun sag schon“, lachte sie schließlich, als sie wieder bei Atem war, „was ist denn los?“

Clark zog sie an sich. Der kleine Arnie grapschte eine Handvoll von seines Vaters Hemd.

„Gute Nachrichten gibt's!" wiederholte Clark. „Dreimal darfst du raten: Wir haben jemanden für die Schule!"

„Was? Wirklich? Hat sich endlich jemand gefunden?"

„Jawohl! Und im Herbst, da werden die Buchseiten nur so rascheln in unserer funkelnagelneuen Schule. Hast du's auch gehört, Missie?" Er hob das kleine Mädchen auf und wirbelte es durch die Luft.

„Wenn der Sommer vorbei ist, fängt der Ernst des Lebens an für dich, meine Liebe. Dann bist du unsere große Dame!"

„Große Damen gehen doch nicht in die Schule!" lachte Marty, doch dann gewann ihre Neugier die Oberhand.

„Komm schon, Clark, hör auf mit den Witzen und erzähl alles der Reihe nach! Das ist ja herrlich! Missie, jetzt kann die Schule endlich den Betrieb aufnehmen. Wie heißt sie denn, die Lehrerin, Clark? Und wo kommt sie her?"

„*Er,* meinst du wohl. Es ist ein Lehrer. Wilbur Whittle heißt er, und er kommt aus einer der Großstädte an der Küste. Muß ein mächtig gelehrter Mann sein. Ist schon seit acht Jahren Lehrer, aber er wollte den Westen kennenlernen."

Missie regte sich. Erst jetzt dämmerte ihr, was das alles zu bedeuten hatte.

„Au, fein!" rief sie und klatschte in die Hände. „Jetzt kann ich endlich in die Schule gehen und lesen und Bilder malen und ... und neue Lieder lernen."

„Ja, und ich auch!" meldete sich Luke.

„Nee, du noch gar nicht", belehrte ihn seine Schwester altklut. „Du bist nämlich noch viel zu klein!"

„Bin ich gar nicht", konterte der kleine Bursche. „Ich bin fast so groß wie du."

Marty befürchtete schon, daß ein endloser Streit gefolgt wäre, wenn Clark nicht eingegriffen hätte.

„Kleiner Mann", sagte er und hob Luke in seinen starken Armen hoch, „du gehst ganz selbstverständlich auch in die Schule – aber noch nicht in diesem Herbst. Vorläufig brauch' ich dich nämlich noch beim Melken und Füttern. Vielleicht kann ich dich in ein, zwei Jahren in die Schule gehen lassen, wenn Arnie groß genug ist und mir helfen kann."

Damit war Luke zufrieden. Na schön, dann sollte Missie halt ohne ihn zur Schule gehen. Er wurde zu Hause für wichtigere Dinge gebraucht.

Nur allmählich legte sich die Festtagsstimmung wieder, die die freudige Nachricht ausgelöst hatte. Marty setzte Arnie in sein Stühlchen und gab ihm eine Brotkruste in die Hand. Luke begleitete seinen Pa in den Stall, wo die Pferde versorgt und das Vieh gefüttert werden wollten. Missie wickelte ihr Kätzchen aus der Decke und erklärte ihm gewichtig, daß sie bald nicht mehr von morgens bis abends mit ihm spielen könne. Sie war nämlich jetzt groß und mußte im Herbst in die Schule gehen. Dann legte sie sich mit Feuereifer ihr bestes Kleid, saubere Strümpfe und die Sonntagsstiefel fein säuberlich heraus – und das alles fünfeinhalb Monate vor der Zeit.

Mit einem Lied auf den Lippen wandte Marty sich den Essensvorbereitungen zu. Im Herbst würde die Schule nun also endlich ihre Pforten öffnen. Missie hatte die kostbare Gelegenheit, eine solide Schulbildung mit ins Leben zu nehmen. Ob Nandry und Cathy dieses ersehnte Glück mit ihr teilen würden? Erneut nahm Marty sich vor, alles nur Erdenkliche zu tun, damit die beiden Mädchen ebenfalls im kommenden Herbst die Schulbank drücken könnten.

Wandas Mutterglück

Die warme Aprilsonne schmolz den letzten Schnee weg und entlockte dem Boden überall goldgelbe Krokusse und Narzissen. Marty genoß die belebenden warmen Sonnenstrahlen. Sie freute sich schon jetzt auf ihren Garten voll von Sommerblumen und sonnengereiftem Gemüse.

Endlich konnten die Kinder wieder draußen im Freien spielen. Luke begleitete seinen Pa fast den ganzen Tag über, und Missie nahm ihren kleinen Bruder Arnie gern mit nach draußen in den milden Sonnenschein. Wenn sie vom Spielen müde war, brachte sie ihn ins Haus zu seiner Mutter zurück, um sich ihrem kleinen Gartenbeet zuzuwenden. Marty hatte ihr eine Handvoll Saatkörner gegeben, und hier und da sproß schon ein grünes Blatt aus der Erde hervor zum Zeichen, daß ein Salatkopf oder eine Rübe im Werden begriffen war. Missie war recht ungeduldig und mußte oft ermahnt werden, die jungen Pflänzchen nicht jeden Tag auszugraben, um sich davon zu überzeugen, daß die Wurzeln seit dem Vortag schon ein Stückchen länger geworden waren.

Marty brannte selbst darauf, Clark zu bitten, ihr das große Beet umzugraben, doch die Nächte waren noch kühl, und ein plötzlicher Frost konnte das junge Grün mit einem Schlag vernichten. Dennoch fiel ihr das Warten schwer.

Um sich die Zeit bis zur Aussaat zu verkürzen, strickte Marty eifrig an zwei Babydecken. Die eine war für Wandas Kind bestimmt, die andere für Sally Annes. Missie beobachtete interessiert, wie das Fadenwerk Reihe um

Reihe wuchs. Die Kleine wollte es zu gern selbst einmal versuchen, so daß Marty ihr ein Knäuel Wolle und ein Paar Stricknadeln in die Hand gab und ihr die einfachen Maschen zeigte.

Marty saß gerade mit ihrem Strickzeug im Schaukelstuhl und wartete darauf, daß die Kartoffeln kochten, als der Hund draußen im Hof mit lautem Gebell einen herannahenden Fremden ankündigte. So wütend hatte sie Bob noch nie kläffen gehört. Ein Blick zum Fenster heraus erklärte alles: Der Reiter trieb sein Pferd wie im Wahn zur Eile an. Mit den Zügeln peitschte er auf das Tier ein, und er preßte seine Knie gewaltsam gegen den schweißnassen Leib des Pferdes, das sich schwer schnaubend vorwärts zwang.

Als der Reiter das Tor erreicht hatte und sich im Sattel aufrichtete, erkannte Marty Cameron Marshall.

Und da war auch schon Clark neben ihm und griff nach den Zügeln, die Cameron beim Absitzen achtlos fallengelassen hatte. Er konnte nur mühsam aufrecht stehen und mußte sich am Zaun festhalten. „Wanda!“ war Martys erster Gedanke. „Es wird ihr doch nichts zugestoßen sein?“ Schnell lief sie Clark und Cam entgegen.

„Wanda geht's gut“, antwortete Clark auf ihren angstvoll fragenden Blick. „Sie liegt in den Wehen. Der Doktor ist bei ihr. Sie möchte gern, daß du zu ihr kommst. Ich spann' dir den Wagen an, und Cam kann mit dir fahren. Sein Pferd bring' ich ihm später. Das kann sich ja kaum noch auf den Beinen halten nach dem Galopp in die Stadt und zurück, und dann nach hier.“

Marty warf einen Blick auf die schweißbedeckte, zu Tode erschöpfte Stute. Das war also Cameron Marshalls berühmtes Rassepferd. Allzu medaillenträchtig sah es im Moment nicht gerade aus, fand sie, doch vielleicht gelang es Clark, seine Lebensgeister wieder zu erwecken.

„Ich bring' das Gespann gleich her“, sagte er und führte das überanstrengte Tier zum Stall. Marty ahnte, daß er heute abend manche Stunde damit verbringen würde, das Pferd zu pflegen.

„Kommen Sie mit ins Haus", forderte Marty den werdenden Vater auf. „Ich will nur eben 'n paar Sachen zusammenpacken."

Mechanisch folgte er ihr.

„Setzen Sie sich!" sagte Marty und hob den siedenden Kartoffeltopf von der Herdplatte. Das Fleisch im Ofen verbreitete einen köstlichen Duft und ließ ihr trotz ihrer Eile das Wasser im Mund zusammenlaufen. Sie füllte schnell eine Tasse mit dampfendem Kaffee und reichte sie Cameron.

„Milch und Zucker?" fragte sie.

Er schüttelte nur wortlos den Kopf. Marty wußte nicht, ob er seinen Kaffee tatsächlich am liebsten schwarz trank oder ob ihm die Aufregung die Sprache ganz und gar verschlagen hatte.

„Machen Sie sich's bequem. Ich bin gleich wieder da!"

Gehorsam setzte er sich auf einen Küchenstuhl und nippte an seiner Tasse, ohne im geringsten bei der Sache zu sein.

Marty hastete in das Schlafzimmer und packte ihre Reisetasche. Den kleinen Arnie würde sie seiner Mahlzeiten wegen mitnehmen müssen. Die beiden Großen konnten derweil bei ihrem Pa bleiben.

Als sie mit Arnie und ihrer Tasche wieder in die Küche kam, fand sie Clark neben Cameron am Tisch vor. Erleichtert stellte sie fest, daß Cam seine Tasse tatsächlich geleert hatte. Vielleicht würde ihn das für eine Weile bei Kräften halten.

Clark half ihr, die Sachen zum Wagen zu tragen. Sie bettete Arnie in eine mit Stroh ausgelegte Kiste und verstaute ihn sicher in einer Ecke. Dann setzte sie sich auf den Bock. Clark reichte ihr die Zügel.

Cameron ließ es widerspruchslos geschehen, daß Marty den Wagen lenkte. Clark hatte im stillen befürchtet, daß Cam in seiner Aufregung das Gespann übermäßig antreiben würde. Der Doktor war inzwischen bei Wanda, so daß Marty beruhigt ein vernünftigeres Tempo einschlagen konnte. Dennoch drängte sie die Pferde voran. Wanda hatte nach ihr rufen lassen, und sie würde sie um nichts in der Welt im Stich lassen.

Als sie das kleine Blockhaus der Marshalls erreicht hatten, schien Cameron sich wieder halbwegs in der Hand zu haben. Er half Marty vom Wagen, reichte ihr Arnie und stellte die Tasche auf der Erde ab. Nachdem er das Gespann versorgt hatte, so versprach er ihr, würde er die Tasche und die Strohkiste gleich hineintragen.

Marty lief ins Haus. Arnie legte sie auf dem Fußboden ab. Sobald sie sich einen Überblick über die Lage verschafft hatte, würde sie ihn wieder in seine weiche Kiste legen.

Sie ging auf das Bett in einer Ecke des Zimmers zu. Der Doktor schenkte ihr wenig Beachtung; Wanda beanspruchte seine ganze Aufmerksamkeit.

„Kann ich mit ihr sprechen?“ flüsterte Marty.

„Ja, reden Sie nur mit ihr“, antwortete er. „Versuchen Sie um Himmels willen, sie zu beruhigen.“

Marty nickte. Sie ging an das Kopfende des Bettes und sah auf Wandas bleiches Gesicht herab.

„Da bin ich“, sagte sie sanft.

Wandas Blick hellte sich auf. „Du bist also doch gekommen! Dank’ dir, Marty. Ich habe ja solche Angst! Was, wenn es wieder schlimm ausgeht?“

„Es wird schon alles gut werden“, sagte Marty zuversichtlich. „Der Doktor ist doch bei dir. Jetzt kann’s gar nicht mehr lange dauern, bis du einen Prachtjungen in den Armen hältst – oder ein niedliches Töchterchen! Mach dir nur keine Sorgen und tu, was der Doktor dir sagt. Der kennt sich schließlich aus mit solchen Sachen!“

Wanda war schon viel ruhiger.

„Ja, ich weiß. Du hast ja recht.“

„Na, siehst du! So, jetzt werd' ich dem Doktor und dem stolzen Papa erstmal was Eßbares zum Abendbrot auftischen. Ruf mich nur, wenn du mich brauchst!"

Wanda nickte nur und schloß die Augen.

Marty strich ihr über die Hand und machte sich dann auf die Suche nach ein paar Kleinigkeiten, die sie zu ihrem mitgebrachten Hackbraten und dem Brot anbieten konnte. Sie war dankbar, daß Arnie fest schlief.

Der Doktor nahm sich eine knappe Viertelstunde zum Essen. Marty konnte ihm seine tiefe Besorgnis anmerken. Mit zitternden Händen räumte sie den Tisch ab und spülte das Geschirr.

Das kleine Haus schien bis unter das Dach mit Menschen und Nervosität erfüllt zu sein. Cameron ging nach draußen, um unter freiem Himmel auf und ab zu schreiten. Marty fand einen ungestörten Moment, in dem sie den Doktor flüsternd nach Wandas Ergehen fragen konnte.

„Sie hätte längst entbinden sollen", antwortete er wahrheitsgemäß. „Das Ganze gefällt mir gar nicht. Das Kind ist klein; je länger es dauert, desto schwächer wird es. Ich glaub', ich werde Frau Graham holen lassen müssen. Ich will nicht hoffen, daß es so arg kommt, aber wenn ich mich nicht täusche, wird das Kind alle erdenkliche Hilfe brauchen, wenn es am Leben bleiben soll."

Mit Tränen in den Augen schickte Marty ein stummes Gebet zum Himmel.

„Ich sag' Cam gleich Bescheid, daß er Ma holt", murmelte sie. Dann wischte sie sich sorgfältig die Augen trokken. Auf keinen Fall wollte sie sich Cam gegenüber ihre Sorgen anmerken lassen. Sie folgte ihm nach draußen, wo sie ihn mit dem Gesicht in den Händen auf dem Hackblock vorfand.

„Cam", sprach sie ihn an.

Er schrak auf.

„Der Doktor sagt, er hätte Ma Graham gern zusätzlich dabei, damit einer sich um Wanda kümmern kann und der andere um das Baby. Ich selbst versteh' ja nichts von Geburten. Sie können sich unser Gespann nehmen. Der Doktor meint, es hat keine große Eile."

Cameron stand auf. Er schien geradezu froh zu sein, daß er sich wenigstens auf diese Weise behilflich machen konnte.

Marty ging ins Haus zurück. Kurz darauf hörte sie Pferde und Wagen vom Hof fahren.

„Gut!" dachte sie erleichtert. „Diesmal jagt er das Gespann nicht wie verrückt!"

Die Stunden zogen sich dahin. Cameron kehrte mit Ma zurück; diese treue Seele entlastete den Doktor, damit er eine Tasse Kaffee trinken und sich draußen ein wenig die Füße vertreten konnte.

Marty kochte eine neue Kanne Kaffee, sprach Wanda Mut zu und stillte Arnie. In dem kleinen Raum gab es keinen Platz, wo sie sich hinlegen konnte. Sie blickte mit Neid auf den kleinen Arnie hinunter, der jetzt wieder selig in seiner weichgepolsterten Kiste schlief.

Als die Morgendämmerung schon über das Land hereinbrach, erblickte das lang ersehnte Kind endlich das Licht der Welt. Marty war gerade in den Schuppen gegangen, um frisches Holz für das Feuer im Herd zu holen, als sie den schwachen Schrei des Neugeborenen hörte.

Auch Wanda hatte das Schreien wie durch dichten Nebel vernommen. Ein beglückendes Seufzen kam über ihre bleichen Lippen.

„Es ist ein Junge!" verkündete der Doktor triumphierend, doch als er den winzigen Erdenbürger in seinen Armen näher ansah, wußte er, daß ein langes Ringen um sein Leben vor ihm lag. Das Kind war durch die langen Wehen so geschwächt, daß er befürchten mußte, jeder Atemzug des Kleinen könnte sein letzter sein.

Er bedeutete Ma mit einem Kopfnicken, daß sie Wanda versorgen sollte, und legte das kleine, hilflose Bündel auf den Tisch, den Marty auf das Geheiß des Doktors näher an den Herd gerückt und auf dem sie mehrere weiche Decken ausgebreitet hatte. Dort verbrachte der Arzt nun manche Stunde mit seiner geöffneten Medizintasche neben sich im Kampf um das junge, zerbrechliche Wesen.

Es bedurfte seiner gesamten ärztlichen Kunst, um den Säugling am Leben zu erhalten. Zweimal hatte es den Anschein einer sicheren Niederlage gehabt, und nur wie durch ein Wunder war der Lebensfunke in den winzigen Leib zurückgekehrt.

Und so kam es, daß Wanda achtundzwanzig Stunden später, als der Doktor sich verabschiedete, ihren kleinen Sohn glücklich in den Armen hielt. Cameron sprudelte geradezu vor Anerkennung und Dankbarkeit über. Er versprach dem Doktor sogar sein kostbares Reitpferd als Lohn für seine Bemühungen.

Ma blieb für ein paar Tage bei Wanda, bis sie kräftig genug war, um ihren Haushalt wieder selbst zu führen. Cameron breitete eine Strohmatratze für Ma auf dem Fußboden des Wohnraums aus und machte sich selbst ein Nachtlager auf dem Heuboden.

Schon jetzt konnte Cam seinen Stolz kaum beherrschen und sprach unentwegt von seinem Jungen und all den Abenteuern, die Vater und Sohn einmal gemeinsam erleben würden.

Marty machte sich erschöpft auf den Heimweg. Vor Müdigkeit konnte sie die Zügel kaum in den Händen halten. Dan und Charlie trotteten mit sicherem Ortssinn von allein auf die Heimatfarm zu.

Endlich auf dem Hof angekommen, wurde sie von Clark, zwei stürmischen Kindern und einem vor Wiedersehensfreude außer Rand und Band geratenen Hund begrüßt. Marty ließ sich todmüde in Clarks Arme fallen.

„'s ist 'n Junge", sagte sie nur, „und er lebt. Der Doktor sagt, daß er jetzt über den Berg ist."

Mit Arnie auf dem Arm stolperte Marty auf ihr Bett zu. Dort zog sie ihn liebevoll an sich und stillte ihn. Er war so ein liebes Kind gewesen! Sie küßte seine weiche Stirn, bevor sie der Schlaf übermannte. Und so fand Clark die beiden kurze Zeit später vor: der Säugling, der gurrend und lachend mit seinen bloßen Zehen spielte, neben seiner fest schlafenden Mutter.

Tina Larsons Vermächtnis

Freude und Kummer, Geburt und Tod gingen in diesem April Hand in Hand. Eines verregneten Nachmittags erhielten Clark und Marty die Nachricht, daß Frau Larson still im Schlaf ihren letzten Atemzug getan hatte.

Es bekümmerte Marty, daß Cathy ihre Mutter so hatte finden müssen. Wenigstens dieser Anblick hätte dem armen Mädchen erspart bleiben sollen, seufzte sie im stillen. Aber Jedd war wieder einmal für längere Zeit außer Haus gewesen.

Die Beerdigung war für den kommenden Tag angesetzt worden. Die Männer aus der Nachbarschaft schreinerten einen einfachen Holzsarg. Marty gab den Frauen, die den leblosen Körper zur Beisetzung vorbereiteten, eins von ihren eigenen Kleidern, in dem Tina Larson zur letzten Ruhestätte getragen werden sollte, und Frau Stern stiftete eine Decke, mit der der Sarg ausgelegt wurde.

Der Regen machte das Ausheben des Grabes zu einer beschwerlichen Aufgabe, doch zur vereinbarten Zeit war alles bereit.

Am frühen Nachmittag bewegte sich eine stumme Prozession von Pferden, Wagen und Fußgängern auf einen windgeschützten Fleck auf Jedd Larsons Land zu, wo Clark und Ben Graham gemeinsam eine kurze Totenandacht hielten.

In Marty regte sich tiefes Mitleid für die beiden Mädchen, die dicht aneinandergedrängt im Regen dastanden und zusehen mußten, wie die einzige Quelle von Liebe und Verständnis, die sie je gekannt hatten, in die kalte Erde hinabgesenkt wurde. Nach der Beisetzung fand sie den Mut, auf Jedd zuzugehen und ihm vorzuschlagen, die beiden Mädchen für ein paar Tage zu sich zu nehmen.

„Nicht nötig", antwortete er kurz angebunden. „Zu Hause wartet genug Arbeit auf sie; da kommen sie schon fix auf andere Gedanken!"

Marty spürte einen ohnmächtigen Zorn in sich aufsteigen. Schnell wandte sie sich um. Nein, sie würde sich an ihr Versprechen halten, koste es, was es wolle. Sie würde alles, aber auch alles in ihrer Macht Stehende für die beiden Schwestern tun – aber wie? Im Herbst sollte die Schule eröffnet werden, und die beiden Mädchen gehörten einfach auf die Schulbank. Sie würde mehr beten. „Gott erhört Gebete, bei ihm war nichts unmöglich", sagte sie sich. Sie biß die bebenden Lippen aufeinander, wischte sich die mit Regentropfen verlaufenen Tränen von den Wangen und ging zu Clark zurück, der im Wagen auf sie wartete.

Marty kämpft um ihr Versprechen

Der Gedanke an Tina Larsons Tod hing wie eine dunkle Wolke über Marty. Das Los der armen Mädchen machte ihr das Herz bleischwer. Die beiden hatten ganz allein einen Schmerz durchzustehen, der selbst einen Erwachsenen leicht überfordern konnte.

In den Tagen nach der Beerdigung war sie mehrmals zu ihnen gefahren, um ihnen frisches Brot, Gemüse und kalten Braten zu bringen. Dennoch ließ ihr die Sache keine Ruhe. Ein ausgiebiges Gespräch mit Ma würde ihr guttun. Ma wußte bestimmt Rat. Irgendwie mußte Jedd doch dazu zu bewegen sein, die Mädchen in die Schule zu schicken!

In den langen Wochen von Frau Larsons Krankheit hatte Marty die beiden Schwestern ein wenig näher kennengelernt. Nandry war die ältere der beiden; sie war wortkarg und verschlossen. Marty befürchtete, daß alle Hilfe für sie zu spät kommen und sie nie zu einer selbstbewußten, ausgefüllten jungen Frau heranwachsen würde. Cathy dagegen glich einer kleinen Knospe im Schatten. Mit etwas Sonnenschein würde sie sich zu einer wunderschönen Blüte entfalten. Ganz allmählich hatte sie ihre Schüchternheit Marty gegenüber abgelegt, und obwohl sie die jüngere der beiden war, führte sie oft das Wort für ihre Schwester.

Marty hob entschlossen das Kinn. Sie würde ihr Versprechen einlösen. Mit ganzer Kraft würde sie sich für die beiden Mädchen einsetzen. Beim Frühstück wandte sie sich endlich an Clark.

„Sieht nach gutem Wetter aus. Was hältst du davon,

wenn ich die Kinder warm anzieh' und sie auf 'n Plauderstündchen zu Ma Graham mitnehme?"

„Gute Idee", antwortete er. „Der Boden ist sowieso noch nicht trocken genug zur Aussaat. Nimm dir nur das Gespann. Ich bleib' derweil hier und sortier' mir das Saatgut für das untere Feld. Ich bring' dir den Wagen, wenn du soweit bist."

„In 'ner Stunde kann's wohl losgehen", meinte Marty. „Ich freu' mich schon darauf, mal wieder gemütlich mit Ma zu reden. Sie ist erst vor ein paar Tagen von Wanda wieder nach Hause gekommen. Da wird sie 'ne Menge über Juniors Fortschritte zu berichten haben."

„Und außerdem?" fragte Clark.

„Und außerdem möcht' ich gern hören, wie's Sally Anne ergeht. Sie ist bestimmt mit ihrer Geduld am Ende – das Kind läßt sich ja jede Menge Zeit!"

„Und außerdem?" bohrte Clark weiter.

Marty sah ihn an. Na schön, er ahnte also, daß sie noch etwas anderes auf dem Herzen hatte. Sie seufzte.

„Clark, es wird Zeit, daß ich mit ihr über die beiden Larson-Mädchen rede. Irgendwas muß einfach geschehen, aber ich weiß halt selbst nicht, was."

Clark schob seinen Teller beiseite und stand auf, um die Kaffeekanne zu holen. Er füllte Martys und seine Tasse auf und trug die Kanne wieder zum Herd zurück.

„Das ist es also", schienen seine Augen zu sagen, doch er trank schweigend seinen Kaffee. Endlich begann er zu sprechen.

„Jedd Larson ist 'n großer Dickkopf. Wenn's ihm nicht von allein in den Sinn kommt, daß seine Töchter in die Schule gehören, dann ist alles Reden zwecklos."

„Im Grunde weiß ich das wohl. Ach, Clark, wenn wir ihn doch nur überzeugen könnten! Meinst du, es nützt was, wenn du ihn dir mal beiseite nimmst und von Mann zu Mann mit ihm sprichst?"

Clark schüttelte den Kopf.

„Jedd hat noch nie auf andere Leute gehört."

„Vertrackte Sache, das!" empörte sich Marty. „So was ist einfach nicht fair!"

„Denk dran, daß die beiden immerhin das Essen für ihn kochen und seine Wäsche in Ordnung halten."

„Trotzdem ist es nicht fair!"

„Am besten betest du, daß der Herrgott ihm 'ne neue Frau schickt", meinte Clark augenzwinkernd, doch Marty war nicht zum Scherzen aufgelegt.

„Das würd' ich keiner Frau wünschen – nicht mal meiner ärgsten Feindin!"

Clark lächelte nur und stand auf.

„Ich weiß beim besten Willen keine Lösung", sagte er. „Ich mach' dir gleich das Gespann fertig. Komm, Junge, wir gehen in den Stall! Du auch, Arnie! Du kannst mir auch helfen."

Die beiden Jungen waren sofort Feuer und Flamme. Luke war mit einem Satz an der Tür, und Arnie streckte seine Ärmchen in die Luft zum Zeichen, daß er aufgehoben werden wollte.

Marty räumte schnell den Tisch ab, um das Geschirr abzuwaschen. Missie bestand darauf, daß sie heute mit dem Abwasch an der Reihe war, was den Prozeß erheblich verzögerte, doch das nahm Marty um des kleinen Mädchens willen gern in Kauf.

Ma begrüßte ihre Gäste mit aufrichtiger Freude, und auch ihre Kinder strahlten angesichts der zusätzlichen Spielgefährten. Nellie erbot sich, auf den kleinen Arnie aufzupassen. Marty reichte ihr dankbar das Kleinkind.

Ma und Marty ließen sich in der Küche zu einer Tasse Kaffee, einem Stück Nußkuchen und dem langersehnten Plauderstündchen nieder.

„Wie geht's denn Wandas kleinem Jungen?"

„Das ist 'n ganz Energischer – klein, wie er auch ist! Wenn er brüllt, dann meinst du, gleich stürzt das Haus ein!" lachte Ma.

„Und wie heißt er?“ Bei dem Gedanken an die lange Liste von Namen, von der Wanda und Cam eine Auswahl treffen wollten, mußte Marty wieder lächeln.

„Er heißt Everett Cameron DeWinton John.“

„Das klingt aber mächtig beeindruckend für so ’n kleines Bündel!“

„Na, vielleicht wächst er eines Tages noch rein.“

„Ich bin ja so froh, daß er am Leben geblieben ist“, sagte Marty seufzend. „Noch ’n Unglück hätte Wanda bestimmt nicht verkraftet.“

Ma nickte.

„Was macht Sally Anne?“

„Ihr geht’s gut, obwohl sie das lange Warten leid ist. Du weißt ja, wie ungeduldig man am Ende wird. Die Wiege, die Jason gemacht hat, steht fix und fertig im Schlafzimmer. Sie kann’s kaum erwarten, das Kleine darin zu sehen. Aber Sally Anne ist noch nichts gegen ihre Ma, sag’ ich dir! Hätt’ ich mir nie träumen lassen, daß ich mal so kribbelig würde, bloß weil ’n Kind unterwegs ist.“

„Wirst du sie entbinden?“

„Um Himmels willen, nein! Bei diesem Kind holen wir den Doktor, soviel steht fest. Komisch, ich hab’ schon manchen Säugling auf die Welt geholt, aber diesmal bin ich nervöser als ’n Wildpferd im Halfter. Sobald sich was tut, schicken wir Tommie schnell zum Doktor. Ach, ich will froh und dankbar sein, wenn alles gut gegangen ist!“

Marty nickte. Was für ein Gefühl es nur sein mochte, die eigene Tochter so kurz vor der Niederkunft zu wissen? Das war bestimmt kein Vergnügen – die schweren Stunden zu kennen, die da auf die junge Frau zukamen, ohne ihr die Schmerzen lindern zu können. Wenn Missie eines Tages einmal soweit war, dann würde sie mindestens doppelt so unruhig wie Ma jetzt sein. Sie schob den Gedanken beiseite, um das Thema zu wechseln.

„Ma, eigentlich bin ich wegen ’ner ganz anderen Sache hergekommen. Du weißt doch, daß ich Tina Larson versprochen hab', mich für die Mädchen einzusetzen. In die Schule gehören die beiden, und zwar schleunigst! Bloß, daß Jedd absolut nichts davon wissen will. Der hat sich in den Kopf gesetzt, daß seine Töchter so was nicht nötig haben!"

Marty sah Ma an. Die helle Entrüstung stand ihr in den Augen.

„Was machen wir da bloß?"

„Ich glaub' kaum, daß wir ihn überreden können. Ich wüßte nicht mal, wie und wo ich bei dem Dickkopf anfangen sollte!"

„Hmm", seufzte Marty und drehte ihre Kaffeetasse in den Händen hin und her. Viel Hoffnung gab es also nicht für ihr Versprechen. Was sollte sie nur tun? Sie hatte so sehr gebetet, aber Jedd schien nicht einmal im Traum daran zu denken, seine Töchter zur Schule zu schicken. Nun, sie würde halt weiter beten. Vielleicht würde Gott doch noch einen Weg in das Herz dieses eigensinnigen Mannes finden.

Als die beiden Frauen gerade das Geschirr zusammenräumten, kam Jason aufgeregt in die Küche gelaufen.

„Ma!" rief er atemlos, „Sally Anne meint, es geht los!"

„Tom ist im Feld hinter dem Stall", antwortete Ma. Jasons Aufregung griff im Nu auf sie über. „Schick ihn zum Doktor, und dann nimmst du mich mit zur ihr." Sie zog eine Tasche aus dem Regal in der Ecke, warf sich ihr Schultertuch über und war auch schon zur Tür hinaus.

Erst jetzt wurde Marty bewußt, daß die Tasche längst fertig gepackt in der Ecke auf diesen Augenblick gewartet haben mußte.

Tom ritt im Galopp vom Hof. Kurz darauf fuhren Ma und Jason in seinem Wagen davon.

Marty sammelte ihre Kinder ein, zog ihnen die Mäntel an und machte sich auf den Heimweg. Unterwegs hoffte sie inständig, daß Sally Anne und ihr Baby alles gut überstehen würden.

Am Spätnachmittag trug Tommie die frohe Nachricht

von Hof zu Hof, daß Sally Anne ein gesundes kleines Mädchen zur Welt gebracht hatte und daß sich die stolzen Großeltern von den schweren Stunden bestens erholt hatten.

„Mensch, stellen Sie sich bloß vor“, sagte er strahlend, „jetzt bin ich Onkel Tom! Da muß ich mir wohl die passende Hütte dazu bauen!“

Marty lachte mit ihm über den Scherz.

„Wieso das denn?“ wollte Missie wissen. „Kannst du jetzt nicht mehr zu Hause wohnen, wo du Onkel geworden bist?“

Tom zwinkerte Marty zu.

„Tja, also“, sagte er gedehnt, „vielleicht kann ich doch noch 'ne Weile zu Hause wohnen. Sie werden mich schon nicht gleich an die Luft setzen, bloß weil ich Onkel geworden bin – besonders nicht, wo dieser Onkel die meiste Arbeit im Hause tut! Da brauch' ich wohl für's erste noch keine eigene Hütte. Außerdem hab' ich ja noch gar keinen Koch, und Selberkochen kommt bei mir nicht in die Tüte!“

Marty dachte nach. Der kleine Tommie wuchs tatsächlich zu einem jungen Mann heran. Vielleicht steckte hinter seiner Witzelei mit der eigenen Hütte doch ein Funke Ernst. Wie schnell aus Kindern doch selbständige Erwachsene wurden!

Vor ihrem inneren Auge ließ sie die Mädchen der Umgebung vorüberziehen. War auch nur eine einzige darunter, die Tommie auch nur das Wasser reichen konnte? Tommie, der ihr so ans Herz gewachsen war, als er in Clarks Abwesenheit die Tiere versorgt und ausgelassen mit Missie gespielt hatte – nun stand er an der Schwelle des Erwachsenenseins. Marty hoffte, daß er eines Tages eine Braut heimführen würde, die seiner würdig war.

Tom spielte gerade „Hoppe, hoppe Reiter“ mit Arnie. Zwischendurch kam er jedoch immer wieder auf seine neugeborene Nichte zurück.

„Auf 'nen Namen haben sie sich noch nicht geeinigt. Sally Anne möchte sie am liebsten Laura nennen, aber Jason hat sich Elisabeth in den Kopf gesetzt. Hat wohl früher mal 'ne Geschichte gelesen, in der 'ne Elisabeth vorkam, und seitdem wollte er immer schon sein kleines Mädchen mal so nennen. Außerdem soll sie nach Sally Anne heißen. Elisabeth Sally klingt komisch, find' ich. Ich mag Elisabeth Anne. Was meinen Sie?"

„Ja, das ist 'n richtig hübscher Name", stimmte Marty zu.

„Ja, ja, hübsch", meldete sich auch Missie zu Wort, um sich bei ihrem großen Freund Tommie wieder in Erinnerung zu bringen.

„Na, dann steht's also fest", schmunzelte er. „Ich werd' Sally Anne ausrichten, daß Missie sich für Elisabeth Anne entschieden hat, und damit ist der Fall erledigt."

Missie lächelte verlegen.

Tom setzte den kleinen Arnie auf den Fußboden und griff nach seiner Mütze.

„So, jetzt muß ich aber weiter. Nellie wird ganz schön wütend sein, wenn ich zu spät zum Essen komme, und im Stall wartet die Arbeit. Auf ‚Opas' tatkräftige Hilfe werd' ich wohl heute nicht zählen können!"

Marty lächelte.

„Grüß den frischgebackenen ‚Opa' bitte von uns allen, ja?"

Er nickte und verabschiedete sich.

„Du, ich mag Tommie schrecklich gern", flüsterte Missie, nachdem er gegangen war. „Wenn ich groß bin, heirat' ich ihn."

„Meine Güte, Missie!" rief Marty aus. „Du bist noch keine sechs Jahre alt und redest schon vom Heiraten! Damit hat's noch 'n bißchen Zeit, meinst du nicht auch?"

„Hab' ja nicht sofort gemeint", erklärte Missie gewichtig. „Ich hab' gesagt: ‚Wenn ich groß bin.' Erst mal muß ich doch in die Schule!"

Eine sonderbare Antwort

Nur widerwillig und zögernd war der Frühling dem Sommer gewichen, doch jetzt reiften im Garten die Beeren und das Gemüse heran, und die Sonne schien von Tag zu Tag heißer. Marty war dankbar für jede kühle Brise, die von den schneebedeckten Bergen in der Ferne her wehte. Doch auch die Tage des Sommers waren gezählt, und mit dem Frühherbst würden die Vorbereitungen für den ersten Schultag kommen. In einem Brief hatte Herr Wilbur Whittle den Bürgern des Ortes versichert, daß er bei seiner Zusage bleiben würde und in den letzten Augusttagen einzutreffen gedenke, um sich mit den Gegebenheiten vertraut zu machen und das Klassenzimmer für den Unterrichtsbeginn herzurichten.

Bei den Watleys hatte sich eine Unterkunft für ihn gefunden. Fortan putzte Frau Watley ihre beiden heranwachsenden Töchter wie das feinste Tafelsilber heraus.

Missie konnte den ersten Schultag kaum erwarten. Ihre ganze Welt bestand nur noch aus den Kleidern, die sie in der Schule tragen würde, und Überlegungen, mit wem sie wohl die Pausen verbringen würde.

Es gab nur zwei Dinge, die sie zutiefst betrübten. Zum einen würde Pussie nun tagsüber einsam ohne sie sein, und zum anderen hatte Tommie endgültig erklärt, daß er für die Schule viel zu alt sei und sich all den Kindern aus der Umgebung nicht anschließen würde. Oh, wie sie Tommie vermissen würde! Voller Stolz wäre sie aufgestanden, um ein wohlgelerntes Gedicht aufzusagen, wenn Tommie sie nur hören könnte. Um Tommies willen hätte sie sich solche Mühe gegeben. Doch nun würde Tommie nicht mit ihr im Klassenzimmer sitzen, und in ihre anfängliche Begeisterung mischte sich ein Tropfen Enttäuschung.

Auch Marty war ernüchtert – jedoch nicht wegen Tommie, sondern wegen der Larson-Mädchen. In wenigen Wochen sollte das Schuljahr anfangen, doch Jedd Larson schien unerschütterlich bei seinem Entschluß zu bleiben. Marty war nahe daran, alle ihre Gebete als vergeblich zu betrachten.

Wieder war sie in Gedanken mit den beiden Mädchen beschäftigt, als Clark vor dem Frühstück den bekannten Vers aus der Bibel vorlas: „Bittet, so wird euch gegeben; suchet ..."

„Aber ich hab' doch gebetet, Herr, und nichts hat sich getan!" rief es in ihrem Herzen, doch sofort stellte sich ihr Gewissen ein.

„Vergib mir, himmlischer Vater!" betete sie jetzt. „Ich bin wohl das ungeduldigste Schaf in deiner ganzen Herde. Hilf mir, auf deine Antwort zu warten, und gib mir einen größeren Glauben!"

Clark schien ihre Gedanken zu erraten. Er schloß sein Morgengebet mit den Worten: „Und Herr, du weißt auch, daß unsere Schule bald eröffnet wird und daß Marty Frau Larson versprochen hat, sich um die Ausbildung der beiden Mädchen zu kümmern. Nur du allein kannst machen, daß Jedd ein Einsehen hat. Wir wollen dir vertrauen, daß du alles zur rechten Zeit zum Guten wendest und Marty ihr Versprechen einlösen kann."

Marty war dankbar, daß Clark für ihr großes Anliegen gebetet hatte. Vielleicht würde Gott jetzt eingreifen, wie so oft, wenn Clark betete. Doch im nächsten Moment machte sie sich schon Vorwürfe wegen ihrer Gedanken. Es stimmte zwar, daß Clarks Gebete nie ohne eine sichtbare Erhörung zu bleiben schienen, doch sie selbst war auch Gottes Kind, und in der Bibel stand geschrieben, daß Gott alle seine Kinder mit der gleichen Liebe umsorgte. Wenn Clarks Gebete häufiger erhört wurden, dann einzig und allein deswegen, weil sein Glaube so stark war. Sie nahm sich vor, ihrem himmlischen Vater mehr zu vertrauen.

Später am selben Tag kündigte Bob bellend die Ankunft eines Gespanns an. Sehr zu Martys Überraschung war der Besucher niemand anderes als Jedd Larson. Jedd war seit Monaten nicht mehr hier gewesen. Marty spürte, daß eine Gebetserhörung in der Luft lag.

Clark begrüßte Jedd im Hof und wechselte ein paar Worte mit ihm, während er seine Pferde an dem Weidezaun festband. Schnell setzte Marty eine Kanne Kaffeewasser auf und schnitt ein paar Scheiben Früchtebrot ab. „Jetzt bin ich aber schwer gespannt, wie er's rausbringen wird, ohne sich 'ne Zacke aus der Krone zu brechen!" mußte sie dabei denken.

Jedd und Clark kamen ins Haus und setzten sich an den Tisch. Marty platzte beinahe vor Spannung. Und dann ließ Jedd die Katze aus dem Sack. Er grinste über das ganze Gesicht – doch was er zu sagen hatte, war alles andere als das, was Marty zu hören erwartet hatte.

„Hab' meine Farm gestern verkauft."

Clark sah überrascht auf.

„So? An wen denn? Jemand hier in der Nähe?"

„Nee. Einer von der Küste. Ist mit dem Wagentreck gekommen, der gerade durchzieht. Wollte eigentlich weiter nach Westen, aber seine Frau ist wohl krank geworden. Jetzt sitzen sie hier fest. Hab' ihm meine Farm gezeigt, und er hat mir gleich Geld bar auf die Hand geboten. Kein schlechter Preis obendrein!"

Jedd machte eine effektvolle Pause, bevor er weitersprach.

„Der Treck bleibt für 'n paar Tage hier, bevor's weitergeht. Ich hab' gedacht, ich zieh' an seiner Stelle mit. War immer schon neugierig, was der Westen so zu bieten hat. Wer weiß, vielleicht stoß' ich irgendwo auf Gold oder so!"

Marty nahm ihren ganzen Mut zusammen.

„Und die Mädchen? Was soll aus denen werden?“ fragte sie.

Im Grunde ihres Herzens wußte sie, daß das eine zwecklose Frage war. Jede Hoffnung, ihr Versprechen je einlösen zu können, schien sich plötzlich in nichts aufgelöst zu haben. Wenn Jedd erst tief in den rauhen Westen gezogen war, würden die Mädchen nie im Leben eine Schule von innen zu sehen bekommen.

„Die Mädchen?“ antwortete Jedd gedehnt. „'ne Treckreise hat noch keinem geschadet. Wird ihnen guttun, 'n bißchen von der weiten Welt zu sehen.“

„Aber ... aber sie sind doch noch so jung!“

Marty hielt inne. Etwas in ihr mahnte sie zum Schweigen. Alles Hoffen und Beten schien mit einem Schlag wie ein Kartenhaus einzustürzen.

Jedd sah sie über den Tisch hinweg an, als ob er kein Wässerchen trüben könnte. Dann langte er nach einem zweiten Stück Früchtebrot und fuhr unbeirrt fort. Martys Einwurf schien ihn völlig kalt zu lassen.

„Dieser Neue – Charles LaHaye heißt er. Meine Farm hat's ihm wohl gleich angetan. Hat mir 'nen erstklassigen Preis geboten. Drei Kinder hat er – 'n älteres Mädchen und zwei kleine Jungs.“

„So?“ meinte Clark. „Da werd' ich bald mal rüberfahren und ihnen einen Besuch abstatten. Vielleicht will er die Kinder ja hier zur Schule schicken.“

Jedd schnaubte verächtlich.

„Wüßte nicht, wozu der Unsinn. Die Jungs dürften schon halbwegs zur Arbeit taugen. Müssen so ungefähr zwölf und acht sein. Die Tochter ist so gut wie flügge. Die wär' gar nicht so übel als Weggefährtin nach Westen – könnte mir glatt gefallen, das Mädchen!“

Er grinste schamlos. Marty spürte, wie ihr fast übel wurde vor ohnmächtigem Zorn. Clark jedoch ging auf seine Bemerkung ein.

„Ausgeschlossen ist das wohl nicht“, sagte er bedächtig, „daß ’n flotter Bursche wie du im Handumdrehen ’ne neue Braut findet.“

Er zwinkerte Jedd zu. Marty verschlug es die Sprache. Was in aller Welt war nur in Clark gefahren? Doch der nippte nur gemächlich an seiner Kaffeetasse und fuhr fort:

„Also, ich weiß ja nicht, aber so ’ne junge Frau wird sich’s wohl zweimal überlegen, bevor sie ’nen Mann mit zwei Töchtern heiratet. Einer älteren Frau wiederum macht’s vielleicht nicht soviel aus, zwei Münder mehr bekochen zu müssen. Da wirst du dich am besten nach ’ner gestandenen, soliden Frau umsehen müssen, anstatt ’ner hübschen jungen. Ist vielleicht nicht ganz so lustig, aber ...“

Clark ließ den Gedanken unausgesprochen. An Jedds Gesicht war abzulesen, daß seine Worte ihre Wirkung nicht verfehlt hatten.

„Du kannst deine Mädchen ja fürs erste hierlassen, damit sie dir auf der Reise nicht im Weg sind – und auch sonst nicht, du weißt schon!“

Clark versetzte ihm einen kumpelhaften Rippenstoß. Jedd grinste breit.

„Daran hab’ ich noch gar nicht gedacht“, überlegte er. „Die neuen Leute wollen bald einziehen. Bis morgen muß ich meine Siebensachen ausgeräumt haben. Glaub’ kaum, daß sie allzu begeistert wären, wenn sie die Mädchen da vorfänden.“

„Tja also, das ist nicht so einfach“, sagte Clark stirnrunzelnd. „So was Dummes aber auch!“

Jedd schaute sorgenvoll drein. Marty wäre am liebsten aufgesprungen, um sich draußen zu übergeben. Was war bloß in ihren Mann gefahren? Einfach dazusitzen und diesem Ekel von einem Mann nach dem Mund zu reden – und obendrein über die beiden Mädchen zu sprechen, als ob sie zwei stehengebliebene Koffer wären! Nur mühsam beherrschte sie ihren Zorn.

Plötzlich schien Clark eine Idee zu kommen.

„Du, vielleicht kannst du sie ja für 'ne Weile bei uns lassen. Wir haben immerhin 'n kleines Gästezimmer für solche Gelegenheiten. Den Platz könnten wir vielleicht gerade erübrigen."

Das war es also! Martys Zorn legte sich schlagartig. Clark spielte Jedds verflixten Eigensinn zugunsten der beiden Mädchen aus. Er bot Jedd an, die Mädchen bei sich aufzunehmen. Warum war ihr das nur selbst nicht eingefallen? Sie warf Clark einen kurzen Blick zu, um ihm zu bedeuten, daß sie verstanden hatte.

Jedd rieb sich das unrasierte Kinn.

„So? Wirklich?"

„Also, 'ne Zeitlang läßt sich das eventuell machen, bis du was Festes gefunden hast." Clark grinste Jedd an und versetzte ihm wieder einen freundschaftlichen Rippenstoß.

Jedd schien sich nicht recht entschließen zu können.

„Marty hat natürlich das endgültige Sagen bei solchen Sachen", fuhr Clark fort. „Es kommt natürlich darauf an, ob sie noch zwei Kinder mehr im Haus gebrauchen kann. Das müssen wir schon ihr überlassen."

Am liebsten hätte Marty gerufen: „Bitte, Jedd! Bitte, bitte!", doch statt dessen spielte sie ihre Rolle, ohne mit der Wimper zu zucken. Sie war selbst überrascht, wie leicht dahingesagt ihre Worte klangen.

„Ja, 'ne Zeitlang wird's wohl gehen, wenn Ihnen damit geholfen ist."

„Also, abgemacht", sagte Jedd endlich. „So ist's vielleicht am einfachsten."

Marty wagte nicht aufzusehen. Die Tränen in ihren Augen drohten in ihre Kaffeetasse zu fallen. Schnell stand sie auf und machte sich an der Feuerstelle zu schaffen. Als sie sich wieder halbwegs in der Hand hatte, schüttete sie den Männern eine zweite Tasse Kaffee ein. Dann ging sie ins Schlafzimmer, lehnte sich an den kühlen

Fensterrahmen und bat ihren Gott im Gebet um Vergebung für ihre Kleingläubigkeit und daß er Clark doch in seinen Bemühungen um die beiden Schwestern beistehen möge.

Wenig später kam Clark herein, strich ihr kurz über die Schultern, stöberte in einer Schublade herum und ging wieder.

Marty hörte, wie die beiden Männer das Haus verließen, und kurz darauf trabte Jedds Gespann vom Hof.

Clark kam ins Schlafzimmer zurück und zog Marty an sich. Mit tränenfeuchten Augen schaute sie zu ihm auf. Kaum wagte sie die Frage zu stellen.

„Hat er ...?“

„Hat er ja gesagt? Ja, das hat er!“

Jetzt liefen ihr die Tränen ungehindert über die Wangen.

„Ach, Clark!“ sagte sie, als sie wieder sprechen konnte. „Danke! Ich bin einfach nicht von selbst darauf gekommen, daß wir die Mädchen hier bei uns aufnehmen könnten.“

Sie schnüffelte hilflos. Clark reichte ihr sein kariertes Taschentuch. Dankbar nahm sie es und schneuzte sich die Nase.

„Ich bin ja so froh!“ sagte sie. Dann blitzte es aus ihren Augen. „Zuerst war ich stinkwütend darüber, wie du mit diesem eingebildeten Kerl geredet hast!“

Sie fand kaum Worte für ihre helle Entrüstung.

„Ich konnte mir ums Verplatzen nicht erklären, wieso du solche Sachen überhaupt sagtest – bis es mir plötzlich wie Schuppen von den Augen fiel. Und er hat dir’s aus der Hand gefressen, nicht? Der hat doch glatt geglaubt, daß ’ne junge Frau, die auch nur ’nen Funken Verstand im Gehirn hat, sich mit ihm einlassen würde!“

Bei dem bloßen Gedanken daran, geriet sie wieder so sehr in Zorn, daß sie lieber schnell das Thema wechselte.

„Und er hat also gesagt, daß wir die Mädchen nehmen können?“

„Ja, das hat er."
„Für immer?"
„Da hat er sich nicht so genau festgelegt, aber ich tät' mich wundern, wenn Jedd Larson seine Töchter je wiederhaben wollte. Sobald der sich was Neues in den Kopf gesetzt hat, denkt er nicht mehr im Traum an die Mädchen. Aus den Augen, aus dem Sinn!"
„Du hast ihm doch kein Unterhaltsgeld für die beiden abverlangt, oder?" fragte Marty.
Clark grinste zurück.
„Nee, das eigentlich weniger", antwortete er langgezogen.
„Was willst du damit sagen?"
„Jedd hat gemeint, wir könnten die Mädchen hierbehalten, wenn wir ihm zehn Dollar pro Stück dafür geben."
„Was???" rief Marty entsetzt. „Also, das ist doch wohl der Gipfel! Wir sollen für das Vorrecht, anderer Leute Kinder zu beköstigen, auch noch in die Tasche greifen!"
Clark zog sie an sich und strich ihr über das lange, braune Haar, als wollte er mit dieser Geste ihre überreizten Nerven wieder zur Ruhe bringen. Als er jetzt sprach, schwang ein Lächeln in seiner Stimme mit.
„Ist ja schon gut", sagte er beschwichtigend. „Du wolltest doch deine Gebete erhört haben, oder nicht? Und wer sind wir schon, daß wir Gott Vorschriften machen wollten, wie er das zu tun hat?"
Marty wurde ruhiger. Clark hatte natürlich recht. Sie hatte allen Grund, dankbar zu sein.
„Die Mädchen kommen morgen. Wir werden uns alle erst aneinander gewöhnen müssen. Wir sollten unsere Kräfte lieber darauf verwenden, als uns den Kopf über Jedd Larson zu zerbrechen, meinst du nicht auch?"
Er hob ihr das Kinn und sah ihr herausfordernd in die Augen.
„Da hast du dir 'nen ganz schönen Brocken zusätzliche Arbeit eingehandelt, meine Liebe. Bei deinen eigenen

Kindern schiebst du schon nicht gerade 'ne ruhige Kugel. Mit zweien dazu wird's nicht einfacher werden. Ich hoffe wirklich, es wird dir nicht zuviel. Eines Tages gehst du mir noch an deinem mitfühlenden Herzen zugrunde, denk' ich manchmal."

Sie schüttelte nur den Kopf.

„Er hat unser Gebet erhört, Clark. Wenn er uns schon seinen Segen gibt, dann gibt er uns auch die Kraft dazu."

Clark nickte.

„Ja, das wird er", sagte er nur.

Nandry und Cathy

Gemäß seiner Zusage erschien Jedd am nächsten Tag mit den beiden Mädchen. Ihr spärliches Hab und Gut wurde, in einer Kiste verpackt, ins Haus getragen und in dem Gästezimmer, das sie von jetzt an bewohnen sollten, abgestellt. Marty hatte sich schon Gedanken darüber gemacht, wie schwer ihnen der Abschied von ihrem Vater fallen würde, doch keiner der drei zeigte Gefühle irgendwelcher Art.

Jedd hatte es eilig. Alles, was er besaß, hatte er in den Wagen gepackt, und das viele Geld von dem Erlös seiner Farm brannte ihm geradezu in der Tasche. Für eine schnelle Tasse Kaffee und frisches Brot mit Marmelade konnte er jedoch gerade noch ein paar Minuten erübrigen. Kaum hatte er den letzten Bissen hinuntergeschlungen, da machte er sich auch schon auf den Weg. Er nickte Marty und seinen Töchtern kurz zu, was, wie Marty annahm, „Vielen Dank", „Auf Wiedersehen" und „Gott befohlen" zugleich bedeuten sollte, und war zur Tür hinaus. Sein einziger Gedanke war die Reise nach Westen und das große Los, das dort auf ihn wartete. Jedd Larson hatte immer schon mehr auf sein Glück als auf ehrliche Arbeit gegeben.

So kam es also, daß Nandry und Cathy Larson ihren Einzug bei Familie Davis hielten. Marty beschloß, den Mädchen ein paar Tage zum Einleben zu geben, bevor sie sie mit den alltäglichen Haushaltspflichten vertraut machte.

Nach einem Blick auf die kümmerliche Garderobe der beiden entschied sie, daß eine Fahrt in die Stadt angezeigt war, wenn die Mädchen bald in ordentlicher Kleidung zur Schule gehen sollten.

Marty fuhr selten in die Stadt; statt dessen gab sie Clark Samstag für Samstag eine Einkaufsliste mit, doch diesmal würde sie sich schon selbst auf den Weg machen müssen. Das langwierige Aussuchen von Kleiderstoffen und ähnlichen Dingen würde Clark nur unnötig aufhalten.

Marty hatte sich ihr Eier- und Sahnegeld seit Monaten aufgespart, doch jetzt war die Zeit gekommen, von ihren Ersparnissen Gebrauch zu machen. Sie konnte nicht von Clark erwarten, auch diese Kosten noch zu bestreiten. Immerhin hatte er Jedd schon eine ansehnliche Summe auf die Hand geblättert, um dessen Töchter von nun an beköstigen zu dürfen. Marty spürte, wie ihr der bloße Gedanke wieder das Blut ins Gesicht trieb.

Nun, das war halt einmal geschehen, und damit war der Fall erledigt. Jetzt oblag ihr die Erziehung der beiden Mädchen, und dieser Aufgabe würde sie sich nach bestem Wissen und Gewissen widmen.

Nandry war still und in sich gekehrt wie eh und je; sie schien keine großen Hoffnungen für ihr Leben zu haben. Cathy andererseits beobachtete alles, was um sie herum geschah, mit Interesse und ließ sich sogar ab und zu zu einem Lächeln hinreißen.

Beide Mädchen waren von Anfang an ausgesprochen hilfsbereit, was Marty dankbar zur Kenntnis nahm. Nandry verbrachte ihre Zeit am liebsten mit dem kleinen Arnie. Marty hatte nichts dagegen einzuwenden, denn der abenteuerlustige kleine Unheilstifter schien ihr in Nandrys Gesellschaft gut aufgehoben zu sein.

Marty beschloß, Clark am kommenden Samstag in die Stadt zu begleiten, um nicht während der Woche noch einmal allein losfahren zu müssen.

Am Freitag nach dem Frühstück rief sie die Mädchen zu sich. Es war an der Zeit, so meinte sie, ein paar Dinge mit ihnen zu besprechen.

Schweigend setzten sich die beiden zu ihr an den Tisch. Ihre Hände hielten sie nervös auf dem Schoß umklammert. Marty lächelte sie aufmunternd an.

„Ich hab' mir gedacht, wir sollten uns mal 'n bißchen unterhalten."

Keins der beiden antwortete.

„Gefällt euch das Zimmer?"

Cathy nickte. Nandry tat es ihr nach. In Wirklickeit hätte Cathy es sich nie träumen lassen, daß es so etwas Herrliches überhaupt geben könnte. Auf dem weichen Bett lagen warme, saubere Decken, bunte Flickenteppiche schmückten den Fußboden, lustige Gardinen hingen am Fenster, und zwei gerahmte Bilder zierten die Wand. Hinter der Tür waren Kleiderhaken, und eine hölzerne Truhe stand unter dem Fenster. Sogar eine kleine, mit bunten Kissen gepolsterte Sitzbank gehörte zur Ausstattung. Wie konnte diese Frau nur fragen, ob ihnen das Zimmer gefiel? Cathy nickte mechanisch und bemühte sich, den Funken ihrer Begeisterung nicht zu zeigen.

Marty versuchte es noch einmal mit einem Lächeln.

„Vielleicht sollten wir uns unsere Arbeit gemeinsam einteilen, was meint ihr? Also, Missie spült das Frühstücksgeschirr zweimal pro Woche, und sie räumt ihr Zimmer selbst auf – dazu gehören Bettenmachen und Kleider aufhängen. Außerdem hilft sie mir mit Arnie. Was möchtet ihr denn am liebsten als euren Teil beitragen?"

Keine Antwort.

„Eure Betten macht ihr ja schon selbst. Das könnt ihr übrigens ganz prima! Aber gibt's sonst irgendwas, wo ihr gern helfen würdet? Lieber als andere Sachen?"

Wieder keine Antwort.

Marty wußte nicht weiter. Sie wollte gerade aufgeben und die Arbeiten einfach so verteilen, wie es ihr richtig erschien, als ausgerechnet die kleine Missie die Lage rettete.

„Mama sagt, ich spüle gut", verkündete sie, „aber ich

geb' gern einen Morgen ab. Willst du auch mal spülen, Nandry?"

Nandry nickte.

„Du auch, Cathy?"

Cathy nickte ebenfalls.

„Na also!" sagte Missie altklug. „Dann wechseln wir uns von jetzt an ab."

Und so war es beschlossene Sache.

„Wir müssen alle unsere Betten selbst machen", fuhr Missie dann fort. „Luke ist noch 'n bißchen zu klein, sein Bett zu machen, und Arnie kann's überhaupt noch nicht. Den müssen wir jeden Morgen aus dem Bettchen holen und anziehen. Wer will Lukes Bett machen, und wer will Arnie anziehen?"

„Ich kümmer' mich um Arnie", beeilte sich Nandry zu sagen.

„Dann mach' ich halt Lukes Bett", meldete sich Cathy.

„Und dann gibt's manchmal noch Extraarbeit", redete Missie weiter. „Holz holen, Wäsche aufhängen und Kartoffeln schälen."

„Ich würd' lieber die Hühner füttern", meldete sich Nandry. „Und die Eier reinholen", fügte sie schüchtern hinzu.

„Sie hat Hühner gern", erklärte Cathy. „Sie hat sich immer schon welche gewünscht. Hühner und Babies, die haben's ihr angetan."

„Na schön", sagte Marty, „dann wirst du also unsere Hühner füttern und die Eier ins Haus bringen. Und du, Cathy? Was möchtest du gern tun?"

Das Mädchen senkte die Augen. Ob sie es wagen konnte, ihren großen Wunsch vorzubringen? Schließlich platzte sie einfach damit heraus. Vielleicht würde sie es noch bereuen, aber sie mußte es einfach sagen.

„Ich möcht' so gern lernen, wie man näht und strickt", sagte sie. „Kleider und Schürzen und gestrickte Pullover."

„Sei bloß still!" zischte Nandry. „Du weißt ganz genau, daß du das nicht darfst. Du machst ja doch bloß die Nähmaschine kaputt!"

Das war es also gewesen! Marty hatte bemerkt, wie das junge Mädchen ihre Nähmaschine geradezu mit den Augen verschlungen hatte. Sie wollte sich also zu gern einmal im Nähen versuchen. Nun, die Gelegenheit dazu sollte sie bekommen.

„So leicht geht die Maschine nicht kaputt", sagte sie behutsam. „Ihr müßt schließlich ohnehin nähen lernen. Ich hab's selbst gelernt, als ich in eurem Alter war, und das war auch gut so. Zuerst fangen wir mal mit was Einfachem an, und dann könnt ihr euch später auch an die schwierigeren Stücke wagen. Nähen ist so eine schöne Beschäftigung!"

Cathys Augen glänzten. Sie konnte ihr Glück kaum fassen. Es erschien ihr wie ein Traum, daß sie endlich einmal an einer richtigen Nähmaschine sitzen durfte. Mühsam unterdrückte sie den Drang, dieser fremden Frau einfach um den Hals zu fallen.

„Morgen wartet eure erste große Aufgabe auf euch", fuhr Marty fort. „Mein Mann und ich müssen in die Stadt, um ein paar Sachen für euch zu besorgen. Ihr beiden seid jetzt die Ältesten hier."

Im stillen fragte Marty sich ernsthaft, ob sie es tatsächlich fertigbringen würde, die Kinder allein zu Hause zu lassen, oder ob sie sie in letzter Minute nicht doch allesamt in den Wagen laden würde, um sie in die Stadt mitzunehmen. – Nein, so würde es auch nicht gehen. Mit fünf Kindern im Schlepptau eine lange Einkaufsliste erledigen zu wollen, das war schlichtweg unmöglich. Außerdem würde es den Mädchen guttun, einmal auf sich gestellt zu sein und ihre Zuverlässigkeit unter Beweis zu stellen. Schließlich waren sie alt genug, um auf kleinere Kinder achtzugeben, und sie schuldete ihnen einfach die Gelegenheit, sich zu bewähren.

Ihre Worte schienen keins der beiden Mädchen sonderlich aus der Reserve zu locken.

„Glaubst du, Nandry, daß du Arnie versorgen und dich um das Essen für euch alle kümmern kannst?"

Nandry nickte wortlos.

„Und ihr beiden, Cathy und Missie, ihr müßt mit dem Geschirr helfen und Luke im Auge behalten. Kann ich mich auf euch verlassen?"

Die beiden Mädchen tauschten einen kurzen Blick aus und nickten dann.

„Na, bestens!" lobte Marty. „Dann ist ja alles soweit geregelt. Für heute haben wir aber noch 'ne Menge zu tun. Zuallererst zieht ihr beiden mal die Schuhe aus, damit ich eure Füße für 'n Paar neue Stiefel abzeichnen kann."

Zu spät fiel ihr ein, daß die beiden Larson-Mädchen gar keine Schuhe besaßen. Schamröte stieg ihr in die Wangen.

„Unsere Schuhe sind längst ausgetreten", erklärte Cathy ungerührt. „Die würden wir bloß verlieren!"

Marty zeichnete die Umrisse der Füße auf einem Stück Pappe nach, um die Schablonen später auszuschneiden und die neuen Schuhe danach auszusuchen.

„So", sagte sie dann zu den Mädchen, „Cathy und Missie besorgen also den Abwasch. Missie, du mußt Cathy erstmal zeigen, wo die Geschirrtücher und die Kochtöpfe sind. Nandry, geh du gleich mit mir zum Hühnerstall, damit ich dir beibringen kann, was die Hühner von jetzt an von dir erwarten. Dann sammeln wir auch gleich die frischen Eier ein, wischen sie sauber ab und legen sie zu denen, die ich morgen in der Stadt verkaufen will."

„Darf ich Arnie mitnehmen?" fragte Nandry. „Der mag die Hühner so gern."

Marty nickte. Nandry hatte recht: Arnie liebte die Hühner über alles, doch Marty war überzeugt, daß das wilde Flattern und protestierende Gackern, das er ihnen mit seinen ungestümen Verfolgungsjagden entlockte, es ihm am meisten angetan hatten.

Gemeinsam verließen sie das Haus, während die beiden jüngeren Mädchen schon emsig in der Küche mit dem Geschirr klapperten.

Vielleicht würden die beiden Schwestern sich doch besser in ihre neue Familie einfinden, als Marty gedacht hatte. Schon jetzt schienen sie sich beinahe mit Feuereifer in ihre Aufgaben zu stürzen. Marty seufzte erleichtert auf und ging zum Futterspeicher voraus.

In der Stadt

Als sie am nächsten Morgen ihre Haube aufsetzte und Eier, Butter und Sahne zum Verkauf in der Stadt in einem Korb verstaute, spürte Marty noch immer leise Zweifel in sich. Ob es wirklich anging, daß sie die Kinder allein zu Hause zurückließ? Sollte sie nicht lieber wenigstens Arnie mitnehmen? – Nein. Punktum. Sie mußte den Mädchen einfach zeigen, daß sie ihnen vertraute. Schließlich hatte ihr Vater ihnen schon seit Jahren manche Verantwortung eines Erwachsenen zugemutet. Sie durfte sie nicht mehr wie Kinder behandeln.

Zögernd folgte sie Clark zum Wagen. Von dort winkte sie noch einmal mit einem tapferen Lächeln auf den Lippen zum Haus zurück.

„Und bringt uns was Leckeres mit!" rief Luke seinen Eltern nach.

„Und 'n Paar Zopfbänder für die Schule!" schloß Missie sich an.

„Sieh mal einer an! Dieses kleine Madamchen!" lachte Clark. „Die denkt viel zuviel an ihre Schönheit!"

Marty rang sich ein Lächeln ab.

„Du, Clark", sagte sie, als der Wagen durch das Tor fuhr, „meinst du wirklich, daß wir sie so einfach zu Hause lassen können ... ich mein', bloß mit den Mädchen, und überhaupt ..."

„Warum denn nicht?" unterbrach sie Clark. „Die sind doch schon seit dem Wiegenalter perfekte Hausmütterchen gewesen."

„Aber für kleine Kinder haben sie noch nie zu sorgen gehabt."

„Das stimmt zwar, aber kleine Kinder scheinen Nandrys ein und alles zu sein."

„Ach, du hast's auch beobachtet?" fragte Marty. „Sie hat Arnie so richtig ins Herz geschlossen. Er scheint sie auch zu mögen. Wird schon alles gutgehen – aber meine Ruhe hab' ich erst, wenn wir wieder zu Hause sind. Ach, hoffentlich geht uns das Einkaufen heute ein bißchen schneller von der Hand als sonst!"

„Du machst dir viel zuviele Sorgen, glaub' ich. Aber wir wollen uns trotzdem beeilen. Für meine Liste werd' ich nicht allzulange brauchen. Wie sieht's bei dir aus?"

„Dürfte auch keine Ewigkeit in Anspruch nehmen. Die Mädchen brauchen Sachen für die Schule, außerdem muß ich die üblichen Lebensmittel besorgen."

„Da wirst du aber Geld brauchen."

„Ich hab' ja mein Eiergeld."

„Du sollst doch nicht deinen ganzen Sparstrumpf für die beiden opfern, Marty. Ich bin ja schließlich auch noch da!"

Er klemmte sich die Zügel zwischen die Knie und zog seinen Geldbeutel aus der Hosentasche hervor. Dann reichte er ihr ein paar Geldscheine.

„Kommst du damit aus?"

„O ja, dicke!" antwortete sie. „Das ist aber mächtig großzügig von dir. Wird nicht gerade billig werden, die beiden anständig für die Schule einzukleiden. Sie besitzen aber auch gar nichts, was sich auch nur halbwegs sehen lassen könnte!"

Clark nickte.

„Nun ja, das haben wir ja von vornherein gewußt, daß im Leben nichts umsonst ist. Mach dir deswegen nur keine Sorgen!"

Für den Rest des Weges hing jeder der beiden Eheleute seinen eigenen Gedanken nach.

In der Stadt herrschte heute ein Mordsbetrieb. Ein Wagentreck stand kurz vor der Weiterreise. Hunde kläfften,

Pferde stampften unruhig mit den Hufen, und Kinder liefen lärmend und johlend durch die Straßen. Männer feilschten um Pfennige, Frauen hasteten zwischen den Läden hin und her, um in letzter Minute noch dies und das zu besorgen, und riefen überall nach ihren Kindern, die sich eigentlich nicht vom Fleck rühren sollten und nun nicht aufzufinden waren. Marty verlor den Mut. Da hatte sie sich ja für ihre Einkäufe einen denkbar schlechten Tag ausgesucht; in diesem Trubel würde sie Stunden dazu brauchen.

Voll banger Vorahnungen machte sie sich auf den Weg zu Frau McDonalds Gemischtwarenhandlung. Sie hatte die durchdringenden Adleraugen und die spitze Zunge dieser Frau zu fürchten gelernt.

„Deren Mundwerk", hatte sie einmal entrüstet zu Clark gesagt, „kennt einfach keine Schicklichkeit!"

Missie, die das zufällig gehört hatte, begann, ihr neues Wort in vollen Zügen auszukosten: „Du kennst einfach keine Schickheit!" rief sie besonders dem kleinen Arnie immer wieder zu. Für sie sollte das soviel heißen wie: „Du bist 'n Riesendummkopf!" Nach dieser Episode drückte sich Marty in Missies Gegenwart etwas gewählter aus.

Marty holte tief Luft und betrat McDonalds Gemischtwarenhandlung. Zu ihrer Erleichterung war Frau McDonald gerade vollauf mit drei Kundinnen vom Wagentreck beschäftigt. Sie warf Marty einen enttäuschten Blick zu. Marty lächelte kurz zurück und ging auf die Stoffballen zu. Welch ein unerwartetes Geschenk des Himmels, ihre Stoffe einmal ungestört allein aussuchen zu können!

Während sie nun Stoffballen um Stoffballen in Betracht zog, überschlugen sich ihre Gedanken geradezu. Die neuen Kleider mußten praktisch sein, aber hübsch sollten sie auch werden, und die hübscheren Stoffe waren nicht gerade billig zu nennen. Der dunkelblaue würde sich als äußerst haltbar erweisen, doch etwas Apartes ließ sich aus diesem grobgewebten, festen Stoff bestimmt nicht zaubern. Der zartrosa Voile war ein Gedicht, aber so hauchdünn, daß einen schon beim Hinschauen fror – kaum das richtige für ein Mädchen auf einer Farm.

Frau McDonald, die noch immer die Frauen vom Wagentreck bediente, war inzwischen restlos in ihrem Element. Sie stellte ihnen neugierige Fragen nach dem Woher und Wohin ihrer langen Reise und genoß den Klatsch und Tratsch in vollen Zügen. Marty traf derweil eine wohlüberlegte Auswahl an Stoffen. Sie nahm weder den blauen noch den rosafarbenen. „Jahrzehntelang brauchen die Kleider wiederum auch nicht zu halten", sagte sie sich, „die beiden wachsen ja eh im Nu aus ihnen heraus." Statt dessen entschloß sie sich zu einem mittelblauen Stoff, einem perlgrauen, einem warmen braunen und zwei bunt bedruckten. Dann suchte sie die Stoffe für Unterwäsche, Nachthemden und Hauben aus und wandte sich den Strümpfen, Stiefeln und Mantelstoffen zu. Bis zum Wintereinbruch konnten die Mädchen die Überwürfe tragen, die sie ihnen aus auf Vorrat besorgten Stoffen nähen würde.

Während sie einen Stoffballen nach dem anderen zur Zuschneidetheke trug, wurde ihr erst bewußt, welch eine Arbeit sie sich da vorgenommen hatte. Jetzt war sie doppelt froh, daß Missies Garderobe längst vollständig war.

Missie! Die hatte doch um neue Zopfbänder gebeten. Marty wählte ein Paar für sie aus. Nandry und Cathy würden auch welche brauchen.

Dank der Frauen vom Wagentreck kam sie zügig mit ihren Einkäufen voran. Sie legte die letzten Trockenfrüchte zu dem Stapel auf der Theke und sah ihre Liste noch einmal durch. Selbst mit dem Geld, das Clark ihr gegeben hatte, würde sie fast ihr gesamtes Eiergeld aufwenden müssen. Nun, daran gab es halt nichts zu ändern. Sie hatte Tina Larson versprochen, sich der Mädchen anzunehmen, und das würde sie auch tun, koste es, was es wolle.

Als sie gerade die letzten Dinge aussuchte, betrat Clark den Laden. Seine Augenbrauen gingen bei dem Anblick des Warenberges auf der Theke fast unmerklich in die Höhe, doch er sagte nichts.

„Beinahe fertig“, begrüßte Marty ihn. „Und du? Hast du alles, was du brauchst?“

„Bis auf ’n Teil für den Pflug. Der Schmied mußte es erst bestellen, aber das hatte ich nicht anders erwartet. Deshalb hab’ ich’s ja jetzt schon angefordert. Vielleicht krieg’ ich’s dann gerade noch rechtzeitig zum Frühjahrspflügen.“

Kaum hatten die Frauen vom Treck ihre Bündel genommen und den Laden verlassen, da flog Frau McDonald auch schon auf Clark und Marty zu, um nur ja keine kostbare Tratschminute zu versäumen.

„Tag, Tag, wie geht’s?“ grüßte sie, ohne eine Antwort abzuwarten.

„Man hört, Sie haben jetzt die Larson-Mädchen bei sich.“ Aus ihren Augen spritzte die Überlegenheit des Besserwissens und zugleich ein völliges Unverständnis für eine solche Verrücktheit.

Sie machte eine erwartungsvolle Pause, doch weder Clark noch Marty nahm Stellung.

„Ich hab’ meine Einkäufe dort drüben hingelegt, Frau McDonald“, sagte Marty höflich. „Ich glaube, für heute hab’ ich alles.“

Frau McDonald machte sich an die Arbeit und schrieb alle Waren auf die Rechnung, doch an ihrem Blick konnte Marty ablesen, daß das Gespräch ihrerseits noch lange nicht beendet war. Als sie den Endpreis berechnet hatte, trat Clark an die Theke, um die Rechnung zu bezahlen.

„Ich bring’ die Lebensmittel schnell in den Wagen“, sagte er dann zu Marty. „Bin gleich wieder da und helf’ dir mit den anderen Sachen.“

„Nicht nötig“, versicherte ihm Marty. „Warte nur im Wagen auf mich. Wo hast du das Gespann abgestellt?“

„Drüben auf der anderen Straßenseite."

„Gut. Ich beeil' mich!"

Marty begleitete ihn zur Tür und öffnete sie ihm, denn er hatte die Arme hoch beladen. Dann hob sie das Körbchen auf, das sie beim Eintreten an der Tür abgestellt hatte, und trug es zur Theke zurück.

„Hier wären meine Eier, Butter und Sahne für heute, Frau McDonald. Rechnen Sie sie mir bitte auf diese Stoffe an."

Frau McDonald begann, die Frischwaren aufzulisten. Als sie den Wert errechnet hatte, schob Marty die Stoffballen heran und gab für jeden die benötigte Meterzahl an. Beim Klappern ihrer Schere angelte Frau McDonald begierig nach Auskünften, die sie später genüßlich weitergeben würde.

„Jedd hat gemeint, Ihnen muß wohl 'ne Menge an seinen Mädchen liegen."

Marty nickte nur.

„Die Leute fragen sich bloß, warum. Die einen meinen, bei Ihren eigenen drei Kleinen brauchen Sie wohl alle Hilfe, die Sie kriegen können. Ich sag': ‚Kinderarbeit – also nee, da macht Frau Davis nicht mit', aber ..." Sie zuckte mit den Achseln zum Zeichen, daß sie sich da auch irren konnte.

„‚Da steckt wohl eher das Verpflegungsgeld hinter', hab' ich gemeint. ‚Zum Arbeiten sind die beiden noch 'n bißchen zu jung, aber jetzt, wo Jedd die Taschen voller Geld hat, warum sollten die Davis nicht auch was davon abkriegen?"

Marty spürte die Zornesröte in ihre Wangen schießen. Diese Frau trieb sie regelrecht die Wände hoch!

„‚Na ja', sag ich, ‚Frau Davis wird die beiden schon nicht zugrunde schinden, und anständige Arbeit hat schließlich noch keinem geschadet.' Die zwei hab' ich übrigens noch nie leiden gemocht. Können einem nicht mal gerade in die Augen sehen. Aus denen wird nichts Ordentliches im Leben. Tagediebe wie ihr sauberer Herr Vater. Viel Hilfe werden Sie an denen nicht haben, aber wenn Sie wenigstens 'nen anständigen Batzen Geld eingesteckt haben, dann ..."

Jetzt war Marty mit ihrer Geduld am Ende.

„Frau McDonald", sagte sie so beherrscht, wie sie nur konnte, „wir haben die Mädchen bei uns aufgenommen, weil ihre Mutter wollte, daß sie's im Leben zu was bringen. Bevor sie starb, hab ich ihr versprochen, mich um ihre Töchter zu kümmern, und das Versprechen werd' ich auch einhalten, darauf können Sie Gift nehmen! Und falls sie das interessiert, Frau McDonald: wir haben keinen roten Heller für die beiden eingesteckt. Ganz im Gegenteil. Jedd hat meinem Mann 'ne Stange Geld abgeknöpft, damit wir seine Töchter hierbehalten können."

„Aha ..." Frau McDonalds selbstgefälliger Blick sprach Bände. „Mehr wollte ich ja gar nicht wissen. Warum haben Sie das nicht gleich gesagt? Manchen Leuten muß man aber auch alles aus der Nase ziehen!"

Sie seufzte gekünstelt, bevor sie weitersprach.

„Ich hab's sowieso nicht anders erwartet. Hab' mir gleich gedacht, daß die Leute da schiefliegen."

Wieder einmal hatte Frau McDonald das letzte Wort gehabt. „Die kriegt mich aber auch immer wieder auf die Palme!" ärgerte sich Marty. Bisher hatte sie niemandem außer Ma von ihrem Versprechen erzählt, und bei ihr waren vertrauliche Dinge gut aufgehoben. Nun würde es bald der ganze Westen wissen, und jeder würde zu der Geschichte neue Einzelheiten hinzudichten.

Sie rang um ihre Fassung, bezahlte ihre Einkäufe und nahm die Pakete und Bündel auf. Jetzt wünschte sie im stillen, sie hätte Clarks Angebot, ihr zu helfen, angenommen.

„Die vielen feinen Sachen sind doch nicht etwa für die Mädchen, oder? Da draußen auf der Farm können sie genausogut ihre alten Kleider tragen. Da sieht sie ja doch niemand!"

„Die Mädchen gehen ab September zur Schule“, sagte Marty höflich, aber bestimmt. Eine Spur von Würde schwang in ihren Worten mit. Bevor Frau McDonald etwas erwidern konnte, war Marty auch schon zur Tür hinaus.

Draußen auf der Straße ging es jetzt noch betriebsamer zu, als vor einer Stunde. Die Planwagen standen inzwischen in Reih und Glied; in wenigen Minuten sollte das Abfahrtssignal gegeben werden. Die Pferde waren so unruhig wie zuvor, die Hunde kläfften, und die Kinder lärmten noch immer. Doch das Feilschen der Männer war vorüber, und auch die letzten Einkäufe der Frauen waren erledigt. Scharen von Stadtbewohnern standen um die Wagen, um ein letztes Lebewohl zu sagen und Grüße an Freunde und Verwandte in der Ferne aufzutragen.

Der drittletzte Wagen des Zuges mußte wohl der Passagierwagen sein, schloß Marty aus der Aufmachung der Fahrgäste. Die Plane war an den Seiten heruntergerollt worden, und Sitzbänke aus Brettern waren notdürftig hergerichtet worden. Die meisten der Passagiere schienen sich dem Treck nur für eine kurze Wegstrecke angeschlossen zu haben; ihre wenigen Gepäckstücke waren kleiner als die der Fernreisenden. Es waren offensichtlich Männer auf Geschäftsreise und Frauen, die zum Einkaufen oder auf Besuch in die nächste Großstadt wollten. Manche von ihnen hatten ihre Kinder mitgenommen. Die jungen Gesichter glühten geradezu vor Reisefieber und Abenteuerlust.

Inmitten all dieses lärmenden Umtriebes saß eine bleiche, schwermütig wirkende Frau. Von ihren drei kleinen Kindern schrie eins, ein zweites klammerte sich verzweifelt an ihre Rockfalten, und das älteste saß teilnahmslos und still da.

„Ach nee, da ist ja auch Frau Talbot von der Südstraße“, hörte Marty jemand hinter sich sagen. Ein Blick über ihre Schulter hinweg sagte ihr, daß Frau McDonald ihren Laden verlassen hatte, um nur keine Neuigkeiten vor ihrer Tür zu versäumen.

„Die feine Dame hat wohl kalte Füße gekriegt und macht sich auf den Weg zurück zu Muttern", sagte sie jetzt abfällig. „Ist ja auch aus Zucker gemacht, die Kleine!"

Marty sah zu dem armen Ding hinüber und wünschte sich nichts sehnlicher, als ihr irgendwie noch helfen zu können.

Plötzlich kam ein junger Mann durch die Menschenmenge gehastet. Das älteste Kind sprang auf und streckte die Arme aufjubelnd nach ihm aus. Die Frau schrak auf. Marty konnte nicht hören, was nun gesprochen wurde, doch sie gewann den Eindruck, als redete der Mann verzweifelt auf seine Frau ein, ihn nur nicht zu verlassen, doch sie biß nur die Lippen fest aufeinander und schüttelte den Kopf. Schließlich wandte sie ihm den Rücken zu, zum Zeichen, daß sie ihm nichts mehr zu sagen hatte.

Da tönte auch schon das Signal zur Abfahrt, und mit quietschenden Rädern setzten sich die Wagen in Bewegung. Der Mann befreite sich mühsam aus den Armen des weinenden Kindes und schob es sanft in den Wagen zurück. Das Kind schrie und rief nach ihm, und einen angsterfüllten Moment lang dachte Marty, es würde aus dem Wagen springen.

„Sein Leben lang wird er sich wünschen, er hätte diese zwei Arme nie losgelassen und den kleinen Jungen bei sich behalten", dachte Marty.

Der Wagen zog an ihr vorbei. Sie konnte das Gesicht der Frau nicht sehen, doch ihre vorhin noch so abweisenden Schultern wurden jetzt von hemmungslosem Schluchzen geschüttelt.

„Du störrisches Ding!" rief es in Martys Herzen. „Komm doch zurück! Komm zurück!", doch der Wagentreck rollte unaufhaltsam ostwärts.

Marty wandte sich nach dem Mann um, der, die Hände

vors Gesicht geschlagen, an einem Pfosten angelehnt stand und erschüttert weinte.

Ein ohnmächtiges Mitleid erfaßte Marty. Es war einfach falsch und unbeschreiblich grausam, eine Familie so auseinanderzureißen!

„Na, die hat sowieso nicht zu uns hier gepaßt“, sagte die Stimme hinter ihr. „Ein Glück, daß wir sie los sind!“ Marty riß sich los und stolperte auf den Wagen auf der anderen Straßenseite zu.

Clark verstaute ihre Bündel und Pakete hinten im Wagen und half ihr auf den Bock. Dann trabte das Gespann auf sein Geheiß zur Stadt hinaus.

Schweigend fuhren sie ein Stück des Weges. Die warme Sonne ließ die Luft erflimmern; bunte Spätsommerblumen am Wegrand wogten im Wind, und Vogelscharen umkreisten flatternd und zwitschernd das Gespann. Marty war inzwischen etwas ruhiger geworden, wenn die Dinge, die sie in der Stadt gesehen und gehört hatte, sie auch immer noch beschäftigten.

Plötzlich fühlte sie eine starke Hand auf ihrer Schulter und sah auf in Clarks forschenden Blick.

„Hast's auch mit angesehen, nicht?“

Stumm nickte sie. Ihre Augen füllten sich mit Tränen.

Er drückte ihre schmale Hand.

„Ach, Clark!“ seufzte sie, als sie sich wieder gefaßt hatte. „Das war so entsetzlich, und ... und die Frau in dem Wagen, das hätte ich gewesen sein können“, setzte sie überwältigt hinzu.

„Du warst's aber nicht“, antwortete er mit einer unerschütterlichen Festigkeit in der Stimme. „Du warst's nicht, und weißt du was? Irgendwie glaub' ich, daß du's auch nie hättest sein können.“

Überrascht sah Marty auf. Ihre Augen begegneten Clarks ruhigem, festem Blick. Dieses unausgesprochene Zeichen des gegenseitigen Verstehens verlieh ihr neue Gewißheit.

„Nein“, sagte sie schließlich entschlossen, „nein, vielleicht hätte ich’s wirklich nie gewesen sein können.“

Clark war wie ein Teil von ihr. Ihre Liebe zueinander war stark und schützend wie ein Baum. Ihr Schöpfer im Himmel hatte sie zueinandergeführt. Er hatte sie füreinander bereitet, damals schon, als Marty ihren Gott noch gar nicht persönlich gekannt und sich mit allen Fasern ihres Herzens dagegen gewehrt hatte, bei Clark zu bleiben. Ja, und in ihrer Liebe war Hoffnung, Hoffnung für morgen.

Familienleben

Es folgten ein paar geschäftige Wochen für Marty. Neben ihrer Hausarbeit hatte sie eine vollständige Garderobe für die Larson-Schwestern zu nähen. Nandry schien alles Neue mit unbeweglicher Miene hinzunehmen, doch Cathy ließ sich hin und wieder aus der Reserve locken. Marty lehrte sie die Kunst des Nähens und entdeckte zu ihrer Überraschung, daß das junge Mädchen über eine erstaunliche Geschicklichkeit verfügte. Mit der Zeit machte Cathy beachtliche Fortschritte und konnte sich bald an schwierigere Näharbeiten wagen. Auch Nandry lernte, mit der Nähmaschine umzugehen, doch obwohl sie nicht ungelehrig war, konnte sie sich nicht recht für diese Kunst begeistern. Sie verbrachte ihre Zeit lieber mit Arnie und Luke, was Marty wiederum nur recht war. Ohne die beiden kleinen Störenfriede erledigten sich sowohl die Näherei als auch die anderen Hausarbeiten wesentlich reibungsloser.

Clark lächelte anerkennend, als ihm die neuen Kleider Stück für Stück vorgeführt wurden. „Seine Mädchen" würden sich in der nagelneuen Schule sehen lassen können, meinte er. Nandry bekam ein glutrotes Gesicht, und Cathy strahlte darüber, zu „seinen Mädchen" gezählt zu werden.

Marty beobachtete Nandry etwas genauer. Sie begann, sich ernsthaft zu fragen, ob das junge Mädchen nicht vielleicht insgeheim etwas zuviel für ihren neuen Wohltäter schwärmte. Clark war der einzige im Haus, der Nandry aus ihrer apathischen Verschlossenheit hervorlocken konnte, und dazu hatte Marty bemerkt, wie sie Clark lange durch das Fenster nachschaute, wenn er im Hof zu tun hatte. Wenn Nandry den Tisch deckte, legte sie Clarks Besteck stets mit besonderer Sorgfalt zurecht.

„Ich werd' doch tatsächlich heilfroh sein, wenn dieses Mädchen endlich zur Schule geht!" mußte sie eines Tages unvermittelt denken, doch im nächsten Moment schämte sie sich auch schon vor sich selbst.

„Ach, du Dummerchen!" schalt sie mit sich. „Du wirst doch bloß wegen eines Kindes nicht in Eifersüchteleien verfallen!"

Was war nur in sie gefahren? Sie hatte doch noch nie Anlaß zur Eifersucht gehabt; außer mit ihren Kindern hatte sie Clark noch nie mit jemandem teilen müssen.

„Vergib mir, Herr", betete sie beschämt. „Hilf mir, nicht so eigensüchtig zu sein im Hinblick auf den Mann, den ich doch so sehr liebe. Nandry wächst halt heran, und das vielleicht 'n bißchen schneller, als sie selbst weiß. An ihrem eigenen Pa hat sie nicht viel zu bewundern gehabt, und jetzt, wo sie 'nen Mann sieht, der rücksichtsvoll und fürsorglich ist und dem der Frohsinn aus den Augen blitzt, kein Wunder, daß sie da ganz hingerissen ist. Hilf mir, Herr, überlegt und gerecht mit ihr umzugehen. Gib, daß ich sie von Herzen liebhabe und ihr durch diese schwere Zeit helfen kann. Gib Clark doch auch Weisheit in seiner neuen Rolle!"

Marty erwähnte Clark gegenüber nichts von ihren Beobachtungen. Sie sah keinen Grund, ihn auf etwas aufmerksam zu machen, dessen er sich nicht bewußt zu sein schien. Womöglich hätte sie nur eine unnatürliche Entfernung zwischen ihrem Mann und dem Mädchen geschaffen, und dabei brauchte Nandry doch den Kontakt zu den Menschen wie das tägliche Brot. Im stillen hoffte sie nur, daß Clark nie von Nandrys Gefühlen für ihn erfahren würde.

Den größten Teil des Tages verbrachte Clark auf den Feldern, und obwohl Nandry ihrer Arbeit im Hühnergehege und mit den beiden kleinen Jungen recht schweigsam nachging, beobachtete Marty, wie sie hin und wieder gedankenverloren zum Fenster hinausschaute und wie sie errötete, wenn Clark abends von der Arbeit nach Hause kam. Clark schien nichts von alledem wahrzunehmen und begegnete „seinen Mädchen" mit gleichbleibender Fröhlichkeit.

Missie war noch immer die Hauptperson im ganzen Haus. Sie wurde bald sechs Jahre alt, doch sie beanspruchte nach wie vor das Recht, ihrem Pa auf den Schoß zu klettern, sein Haar nach allen Himmelsrichtungen zu kämmen oder sich in der Geborgenheit seines starken Armes gemütlich neben ihm im Sessel niederzulassen.

Luke folgte seinem Pa auf Schritt und Tritt, um ihm bei der Arbeit zu „helfen". Allzuoft kehrte er jedoch auf den Schultern seines Vaters zurück, denn die Kräfte des kleinen Jungen waren beim Herumtollen an der frischen Luft schnell aufgebraucht.

Auch Arnie begann, auf noch recht unsicheren Füßen hinter seinem Pa herzulaufen. Oft mußte Marty vom Fenster aus staunend den Kopf über Clarks Geduld schütteln, dessen Arbeitstempo sich durch die beiden Kleinen wesentlich verlangsamte.

Trotz seiner Güte und Geduld mit den Kindern ließ Clark unerbittlich strenge Prinzipien walten. Manches Mal mußte Marty sich einen Einwurf verbeißen, wenn sie im stillen meinte, er erwarte ein wenig zuviel für ihre jungen Jahre. Sie hätte die Kinder am liebsten in die Arme genommen und geherzt, wo er sich unnachgiebig zeigte. Er hielt es mit dem Grundsatz, daß ein junger Mensch durch ein wenig Disziplin Dinge fürs Leben lernen kann, die sonst eines Tages in Form bitterer Lektionen wiederkehren.

Cathy schien vollkommen vergessen zu haben, daß sie je ohne die Familie Davis existiert hatte, und obwohl sie Clark und Marty nicht gleich als Pa und Ma anredete, spürte Marty, daß sie sie doch freudig als ihre neuen Eltern akzeptiert hatte. Sie brachte Clark unverhohlen ihre kindliche Bewunderung entgegen. Seine Späße erwiderte sie mit funkelnden Augen.

So gewöhnten sich alle mit der Zeit an die vergrößerte Familie. Die Morgenandacht zählte zu den Höhepunkten des Tages. Die beiden älteren Mädchen hörten aufmerksam zu, wenn Clark aus der Bibel vorlas, während Missie und Luke eifrig um ihre Lieblingsgeschichten bettelten.

Die Tage vergingen wie im Flug. Nandry und Cathy besaßen nun genug Kleider, um wenigsten für den Schulanfang gerüstet zu sein. Die übrigen Teile würde Marty später, wenn sie etwas mehr Zeit zum Nähen hatte, fertigstellen.

Missies fieberhafte Vorfreude auf den ersten Schultag steigerte sich von Tag zu Tag. Marty hätte sie gern in ihrer Aufregung ein wenig gebremst, doch Clark lachte nur und meinte, Missie solle ihre Vorfreude ruhig auskosten. Jeden Morgen änderte Missie ihren Plan, was sie am ersten Tag tragen würde: das Karierte, das Graue, das Blaue oder doch wieder das Karierte – so ging es hin und her. Schließlich entschied sie sich für das Blaue, weil sie ihre blauen Zopfbänder am liebsten mochte. Nun blieb ihr nur noch ein großer Kummer: Tommie würde nicht mit ihr in die Schule gehen.

„Ich heirate Tommie später“, teilte sie Cathy gewichtig mit.

„Du bist doch erst fünf“, gab diese zurück.

„Fast sechs, und wachsen tu’ ich auch noch.“

„Aber Tommie wird doch schon bald zwanzig!“

„Na und?“ sagte Missie achselzuckend, und damit war die Sache für sie erledigt.

Marty hatte oft daran gedacht, daß Missie der Kontakt zu anderen Kindern in ihrem Alter fehlte. Sie freute sich auf den Tag, an dem sie die Kleine endlich zur Schule schicken konnte.

Der Schulmeister stellt sich vor

Für den Samstag vor Schulbeginn war eine besondere Zusammenkunft für die ganze Nachbarschaft geplant worden. Sie sollte im Schulhaus stattfinden und allen, die es betraf, die Gelegenheit geben, Herrn Wilbur Whittle persönlich zu begrüßen und kennenzulernen. Es gab wohl keine Familie in der ganzen Umgebung, die sich nicht an dieser Zusammenkunft beteiligte.

Das Treffen sollte um zwei Uhr nachmittags beginnen. Anschließend sollte dann Kaffee und Kuchen gereicht werden. „Mit der Gabel in der Hand ist das Eis noch immer am schnellsten gebrochen", hatte Frau Stern gemeint, deren Nesthäkchen ebenfalls zu den Schulanfängern zählte.

Bei Familie Davis hielt man sich heute nicht lange am Mittagstisch auf, und auch das Geschirr war bald aufgewaschen. Dann wurde jedermann im Haus aufs feinste herausgeputzt. Nandry und Cathy hatten noch nie so hübsch ausgesehen. Nandry schaute zwar immer noch recht unbeteiligt drein, doch Marty bemerkte zufällig, wie sie Clark einem um Anerkennung heischenden Blick zuwarf. Cathy dagegen strahlte über das ganze Gesicht. Obwohl sonst recht unscheinbar, war sie bei weitem nicht häßlich zu nennen, und mit ihren glänzenden Augen und vor Aufregung geröteten Wangen war sie regelrecht hübsch anzusehen. Daß sie selbst ein paar Nähte und Säume an ihrem neuen Kleid gefertigt hatte, erfüllte sie mit besonderem Stolz. Marty lobte sie, worauf ihre Wangen noch tiefer erglühten. Als Marty auch Nandry sagte, wie hübsch sie aussehe, leuchteten ihre Augen für den Bruchteil einer Sekunde auf, doch sie versagte sich ein Lächeln.

Missie marschierte rastlos durch alle Zimmer im ganzen Haus. Zwischendurch führte sie einen wilden Indianertanz mit Luke und Arnie auf. Schließlich waren Clark und Marty soweit, daß sie ihre Kinderschar gestiefelt und gespornt zur Haustür hinausschieben konnten.

Die Sonne strahlte hell vom Himmel, und ein leichtes Lüftchen wehte. Niemanden hatte es heute zu Hause gehalten. Die Pferde wurden an den Rand des Schulhofs zum Grasen gebracht, während die Nachbarn sich direkt vor der Schule im Freien einfanden. Für eine derartige Menschenmenge war das Klassenzimmer nicht annähernd groß genug.

Man begrüßte sich, und bald waren überall fröhliche Gespräche im Gang. Auch die beiden jüngsten Bürger des Ortes waren mit von der Partie. Klein-Elisabeth Anne war bester Dinge. Sie bestand darauf, aufrecht getragen zu werden, damit ihr nur ja nichts von all dem bunten Treiben entging. „'n richtiges Energiebündel", nannte ihre stolze Großmutter sie. Marty mußte ihr recht geben, nachdem sie die Kleine auch einmal auf den Arm genommen hatte.

Wanda und Cam hatten ihren kleinen Sohn ebenfalls mitgebracht. Everett Cameron DeWinton John – welch ein imposanter Name für so ein kleines Geschöpf, fand Marty. Zu ihrer Überraschung rief sein Vater ihn inzwischen jedoch kurz und bündig Rett. Rett hatte beträchtlich an Gewicht zugenommen und war ein recht schwerer Bursche für sein Alter.

„Seht ihn euch an!" prahlte sein Vater. „Noch keine fünf Monate alt, und schon so kräftig! Aus dem wird mal 'n ganz stattlicher Kerl!" Er lachte stolz.

Marty nickte und ließ sich den Jungen in die Arme legen. Als sie ihn nun aus der Nähe betrachtete, beschlich sie ein beunruhigendes Gefühl. Das Kind schien irgendwie nicht normal zu reagieren. Als sie es aufrecht an ihre Schulter hob, rollte das Köpfchen kraftlos zur Seite. Etwas stimmte nicht mit diesem Säugling. Marty sah von der strahlenden jungen Mutter zu dem stolzen Vater und hoffte inständig, daß ihre Augen ihre Bestürzung nicht verrieten, doch innerlich war ihr Herz sorgenschwer.

Um kurz nach zwei Uhr fuhr das Gespann der Watleys mit dem Lehrer im Wagen endlich ein. Aller Augen waren plötzlich auf ihn geheftet. Marty wußte zwar nicht, wie die Nachbarn sich diesen Mann vorgestellt hatten, doch sie hätte wetten mögen, daß niemand auf diesen Anblick gefaßt war. In einer Gegend, in der man starke, muskulös gebaute Männer gewohnt war, gab Herr Whittle ein wahrhaft sonderbares Bild ab. Er war nicht nur klein, sondern auch dürr, und seine Hemdsärmel schienen von der Manschette bis zur Schulter an keiner Stelle so recht ausgefüllt zu sein. Was ihm jedoch an Körpergröße fehlte, beabsichtigte er wohl, mit seinem Schnurrbart wieder wettzumachen. Dieses auf das sorgfältigste gezwirbelte und pomadisierte Gewächs verbarg beinahe seine gesamte untere Gesichtshälfte hinter sich und schwang ausladend nach beiden Seiten wie die Handgriffe eines Ackerpfluges.

Seine Weste war aus einem leuchtend bunt karierten Stoff gefertigt, und dazu trug er weiße Gamaschen. Seinen flott auf dem Kopf sitzenden Filzhut lüftete er ein ums andere Mal, um ihn mit der Hand von unsichtbaren Staubkörnchen zu befreien und ihn umständlich wieder aufzusetzen.

Seine Augen jedoch fanden sofort Martys Gefallen. Sie schauten klug und mit einer Spur von Humor in die Weltgeschichte.

Clark, der gebeten worden war, ein paar Worte zur Begrüßung zu sagen, hieß Herrn Wilbur Whittle mit herzlichen, wohlgesetzten Worten willkommen. Dann stellte Clark reihum die einzelnen Familien vor.

Nachdem auch die letzte Familie namentlich aufgerufen worden war, überließ Clark dem Lehrer das Wort.

Marty hatte sich auf eine hohe, geflötete Stimme gefaßt gemacht; um so überraschter war sie, als dieser kleine Mann mit einem sonoren Baß zu sprechen begann.

„Meine Güte, daran muß er ja Jahre geübt haben!" dachte sie.

Trotz der Tiefe seiner Stimme sprach Herr Whittle recht leise, so daß alle ihm angestrengt zuhören mußten, um ihn verstehen zu können.

Zunächst einmal brachte er zum Ausdruck, welche Ehre es für ihn sei, als Lehrer an diese Schule berufen worden zu sein.

„Außer Ihnen hat sich ja keiner gefunden", dachte Marty.

Von seiner wohnlichen Unterkunft war er äußerst angetan.

„Die Watleys waren die einzigen, die ein Zimmer frei hatten", gestand Marty im stillen.

Die baulichen Gegebenheiten der Schule und die sorgfältig ausgewählten Lehrhilfen sagten ihm ebenfalls zu.

Was er damit gemeint hatte, war Marty nicht recht klar.

Er freute sich nun auf eine erfolgreiche Zusammenarbeit mit jedermann am Ort, ob alt oder jung, und er hoffte, bald mit den Bewohnern der Umgebung näher bekannt zu werden, da solcherlei Kontakte sich stets als förderlich für Geist und Sinn erwiesen.

Der Unterricht würde am kommenden Montag pünktlich um neun Uhr beginnen. Die Glocke würde um acht Uhr fünfundfünfzig geläutet werden. Jedes Kind hatte sich rechtzeitig einzufinden und zum Stundenbeginn wohlvorbereitet an seinem Platz zu sitzen. Unpünktlichkeit würde nicht geduldet werden. Zuzüglich einer einstündigen Mittagspause würden die Kinder täglich zwei Pausen zu je fünfzehn Minuten bekommen. Um drei Uhr nachmittags würde der Unterricht beendet sein.

Er sei mit der Absicht hergekommen, den Kindern seine ungeteilte Aufmerksamkeit sowie sein vortreffliches

Wissen angedeihen zu lassen. Er habe seine Ausbildung nicht umsonst an den ersten Instituten des Landes erworben, deren Ruf sich nicht nur auf ihre erstklassigen Professoren, sondern auch auf die umfassenden und erschöpfenden Lehrgänge dort gründete.

Er fuhr mit seinen Ausführungen fort, doch Martys Aufmerksamkeit gehörte jetzt Frau Vickers, die sich zu Frau Stern hinüberbeugte und recht hörbar flüsterte: „Er hat sich's doch am Ende nicht anders überlegt und will wieder weg, oder?“, worauf Frau Stern sie zu beruhigen wußte, daß die Schule wie geplant eröffnet würde.

Zum Abschluß der Zusammenkunft spendeten die versammelten Nachbarn dem Schulmeister einen herzlich gemeinten Applaus. Unter elegantem Hutschwenken verließ dieser seinen Platz vor der Menge.

Nun folgte bei lebhaftester Unterhaltung das gemeinsame Kaffeetrinken. Clark wollte Marty gern die neuen Nachbarn auf der Larson-Farm vorstellen, und so entschuldigte sie sich bei ihren Freundinnen, mit denen sie sich gerade unterhielt, und folgte Clark.

Die LaHayes schienen nette Leute zu sein. Frau LaHaye war noch recht schmal und schwach, doch sie versicherte Marty, daß es ihr schon viel besser gehe und daß sie bestimmt bald wieder ganz auf den Beinen sein würde. Marty und Clark ließen es sich nicht nehmen, ihre neuen Nachbarn gleich zum nächsten Sonntagsessen einzuladen.

Herr LaHaye war enttäuscht, daß er die Reise nach Westen hatte verfrüht abbrechen müssen, aber auf der anderen Seite hatte sein erfahrenes Auge gleich erkannt, welch ungeahnte Möglichkeiten Jedds fruchtbares Land in sich barg.

Ihre Tochter Tessie war ein stilles Mädchen. Marty mochte sie auf den ersten Blick. Nathan, der ältere der beiden Jungen, führte dagegen ein großes Wort für sein Alter. Er schien nicht die geringsten Zweifel an seinen

Fähigkeiten zu hegen. Willie, der Jüngste in der Familie, hatte ein Funkeln in seinen lebhaften braunen Augen, das Marty gleichzeitig für ihn gewann und sie warnen wollte. Dieses aufgeweckte Kerlchen konnte unberechenbar sein.

„Wie alt bist du denn, Willie?“ fragte Marty ihn.

„Neun“, antwortete er aufgeräumt. „Ich hab’ schon drei Schuljahre auf dem Buckel.“

Marty fragte sich, ob er wohl der Ansicht war, deswegen eine Sonderklasse beanspruchen zu können, denn keins der Kinder hier hatte je die Schulbank gedrückt.

„Na, dann wirst du den anderen ja ’ne große Hilfe sein können“, sagte Marty und wartete gespannt auf die Antwort.

„Ja, vielleicht“, kam es leicht dahingesagt. „Das heißt natürlich, wenn ich Lust dazu hab’.“ Er zögerte. „Der da helf’ ich vielleicht“, sagte er dann grinsend und streckte den Zeigefinger aus.

Marty folgte seinem Arm, um etwas schockiert zu entdecken, daß mit „der da“ niemand anderes als ihre eigene Tochter Missie gemeint war.

„Du, ich glaub’, sie wird ganz gut allein zurechtkommen“, sagte sie. „Sie geht ins erste Schuljahr, und das Alphabet und das kleine Einmaleins kann sie schon.“

Willie zuckte mit den Achseln. „Vielleicht helf’ ich ihr trotzdem“, meinte er nur und lief dann ohne ein weiteres Wort auf die anderen Kinder zu.

Marty wandte sich wieder dem Gespräch mit Willies Eltern zu, die sich jetzt verabschiedeten. Herr LaHaye hatte Berge von Arbeit zu tun. Er hatte eigentlich gar nicht erst herkommen wollen, doch seiner Frau zuliebe hatte er sich überreden lassen. Jetzt wurde es aber Zeit, daß sie sich auf den Heimweg machten. Er hatte noch einen Zaun abzustecken. Es freute ihn, Herrn und Frau Davis kennengelernt zu haben. Auf Wiedersehen dann bis zum Sonntag!

Der erste Schultag

Anstatt strahlend sonnig und warm kündigte sich der Montag bewölkt und regnerisch an. Missie sah zum Fenster hinaus und stampfte verzweifelt mit den Füßen auf den Boden.

„Jetzt wird mein blaues Kleid ja ganz naß!“ rief sie. „Und meine neuen Zopfbänder auch!“

Clark rettete die Lage, indem er sich erbot, die Mädchen per Pferd und Wagen zur Schule zu bringen. Sein Vorschlag wurde einstimmig angenommen, und bald war auch Missie wieder bei bester Laune.

Marty packte Unmengen von Pausenbroten für jedes Kind ein und beaufsichtigte das Flechten der Zöpfe und das Säubern der Fingernägel. Sie wußte nicht zu sagen, wen von allen am meisten die Aufregung und Spannung erfaßt hatte, doch sie hätte wetten mögen, daß es entweder Missie oder sie selbst war.

Clark beschloß, trotz des Nieselregens Luke und Arnie mitzunehmen.

„Die sind schließlich nicht aus Zucker“, meinte er, „und obendrein wird's ihnen guttun, mit von der Partie zu sein.“

Das Morgengebet an diesem Tag schloß die drei frischgebackenen Schulmädchen ein: daß sie stets aufmerksam sein möchten, ihren Lehrer achten und das, was sie lernten, zum Guten gebrauchen.

Nach dem Frühstück liefen fünf aufgeregte Paar Kinderfüße zur Haustür hinaus. Clark half den Mädchen in den Wagen, unter dessen Plane sie vor dem Regen geschützt saßen. Luke und Arnie durften dagegen vorne neben ihrem Pa auf dem Bock mitfahren. Marty spürte einen Kloß im Hals, als sie die gespannten jungen Gesichter in dem Wagen davonfahren sah.

„Erst die Schule, dann heirateten sie, und weg sind sie für immer", sagte sie leise vor sich hin. „Ja, so ist das Leben halt: Einer nach dem anderen wird flügge und verläßt das warme Nest."

Sie wischte sich eine Träne aus dem Augenwinkel und begann, das Geschirr aufzuwaschen. Bald würde Clark ihr die beiden Jungen wieder ins Haus bringen, und ohne die Mädchen würde sie die kleinen Quälgeister selbst beschäftigen müssen. Am besten erledigte sie ihre Hausarbeit gleich so gut wie möglich, um anschließend Zeit für ihre Söhne zu haben.

Als Clark mit seinen Söhnen nach Hause kam, legte sie ihnen zuerst einmal trockene Kleidung zurecht. Dann schlug sie ihnen ein Würfelspiel vor. Sie hatte geglaubt, für diesen Tag gerüstet zu sein, doch es sollte schlimmer kommen, als sie befürchtet hatte.

Arnie war mißmutig und ließ sich durch nichts besänftigen. Luke bestand darauf, daß er mit den Großen in die Schule gehörte. Es war aussichtslos, ihn vom Gegenteil überzeugen zu wollen. Als nächstes bettelte er darum, draußen spielen zu dürfen. Marty deutete durch das Fenster auf die dunklen Regenwolken am Himmel, doch Luke schmollte und schien felsenfest davon überzeugt zu sein, daß seine Mutter mit einer einzigen Handbewegung die Sonne wieder hervorlocken könnte, wenn sie nur wollte.

Marty gab jedem der beiden ein Plätzchen in die Hand. Arnie teilte seins mit Pussie, um gleich darauf seine Freigiebigkeit mit einem kräftigen Ziehen an ihrem Schwanz wieder ungeschehen zu machen. Diese unfreundliche Behandlung zahlte die Katze um sich kratzend zurück. Arnie schrie entsetzt auf, worauf sein Bruder ihm im Nu zu Hilfe geeilt kam. Dieser scheuchte das Tier hinter den

Küchenherd und begann, es dort mit dem Besenstiel zu attackieren. Marty befahl dem Bürschchen, mucksmäuschenstill auf seinem Stuhl sitzen zu bleiben, bis sie die Kratzwunden auf Arnies Hand ausgewaschen und verbunden hatte.

Im Laufe des Vormittags klärte sich der Himmel allmählich auf. Erleichtert gab Marty jetzt Lukes Drängen nach und ließ ihn zur Haustür hinaus. Selbst wenn es ihn nicht allzulange an der frischen Luft hielt, würde sie sich auf diese Weise eine kleine Atempause einhandeln.

Wie sie befürchtet hatte, zogen die Pfützen den Jungen wie ein Magnet an, aber er spielte nur lange genug in jeder, um sich gründlich von oben bis unten mit Schlamm zu bespritzen. Anschließend kam er, eine dunkle Schlammspur hinterlassend, wieder in die Küche und beklagte sich bei seiner Mutter, daß es einfach nichts zu tun gebe. Marty seufzte. Wie sollte sie diese beiden Plagegeister nur den lieben langen Tag beschäftigt halten?

Endlich wurde es Mittag, und Clark kam zum Essen herein. Die beiden Brüder führten einen Freudentanz um ihn herum auf. Marty atmete auf. Für eine Weile war sie jetzt entlastet, und nach dem Essen konnte sie die beiden zum Mittagsschlaf in ihre Betten bringen.

Doch Martys Hoffnung auf ein paar geruhsame Stunden sollte sich als trügerisch erweisen. Arnie war unruhig und weinerlich, was eigentlich gar nicht seine Art war, und Luke weigerte sich kategorisch, überhaupt in sein Bett zu gehen.

Dieser schier endlose Tag erfuhr eine rettende Wende, als die drei Mädchen nach Hause kamen. Arnie lief Nandry aufjauchzend entgegen, und Luke überfiel Missie mit Fragen über alles, was sie heute gelernt hatte. Cathy stand still und feierlich inmitten dieses Trubels, als habe sie eine Begegnung mit einer anderen Welt gehabt.

Marty konnte sich nur mühsam Gehör verschaffen.

„Na, wie war's denn?“

„Ach, Mama!“ rief Missie. „Es war einfach toll! Rat mal, was ich gelernt hab’. Hier, ich zeig’s dir!“

„Du, da bin ich aber gespannt wie ’n Flitzebogen“, sagte Marty, „aber zuallererst zieht ihr mir mal eure guten Kleider aus und hängt sie ordentlich auf.“

Gehorsam trollten sich die Mädchen.

Nachdem sie sich umgezogen hatten, berichteten sie in allen Einzelheiten die Erlebnisse des Tages. Nur Nandry blieb still. Missie dagegen war nicht zu bremsen. Sie erzählte von dem neuen Lehrer, den anderen Kindern, den Schulbüchern, ihrer Bank und dem kläglichen Feuer in dem gußeisernen Ofen.

„Und weißt du was, Mama? Ich glaub’, Herr Whittle hat noch nie im Leben ’n Feuer gemacht. Silas Stern soll von jetzt an dafür sorgen. Denk dir bloß, das ganze Klassenzimmer war voller Rauch! – Mary Lou Coffins mag ich gern leiden. Sie ist meine beste Freundin, außer Faith Graham natürlich.“

Die Familie Coffins war erst vor kurzem hergezogen.

„Und weißt du noch was?“ fuhr Missie geheimnistuerisch fort. „Nathan LaHaye ist in Cathy verknallt!“

Diese wurde rot bis unter die Haarwurzeln und wehrte ab.

„Jawohl, ist er!“ erklärte Missie. „Er hat sie an den Zöpfen gezogen und so.“

Marty hatte nicht die geringste Ahnung, was mit „und so“ gemeint war.

Dann blitzte es aus Missies Augen.

„Aber diesen Willie LaHaye, den kann ich nicht ausstehen. So was von Angeber!“

„Aber Missie, solche Sachen sagt man nicht!“ mahnte Marty. „Wir sollen unseren Nächsten lieben, das weißt du doch!“

„Da hat Gott den Willie aber nicht gekannt, als er das in die Bibel geschrieben hat“, sagte Missie aus tiefster Überzeugung. „Den kann doch kein Mensch liebhaben!“

„Was ist denn nur so schrecklich an ihm?“

„Wie der schon liest – richtig laut, und dann schon aus der vierten Lesefibel. Der hält sich bestimmt für superschlau. Und necken tut er mich auch. Er hat gesagt, ich wär' viel zu hübsch, um dumm zu sein. Dann hat er gesagt, er würde mir helfen. Da hab' ich gesagt: ‚Nee, das tust du nicht‘, aber er hat bloß gelacht und gesagt: ‚Wirst schon sehen!‘ Mensch, ist der eingebildet!“

Missie warf den Kopf mit einem derartigen Schwung in den Nacken, daß Marty sich entsetzt fragte, wo ihr kleines Mädchen so plötzlich geblieben war, um diesem halbwüchsigen, arroganten Frauenzimmer das Feld zu räumen, doch im nächsten Moment war Missie schon wieder ganz die alte.

„Darf ich die Schüssel auslecken, Mama? Ich hab' 'nen Hunger, und weißt du was? Mary Lou hat 'n rotlackiertes Eimerchen für ihre Butterbrote. Krieg' ich auch so eins, Mama? Da ist 'n Griff zum Tragen dran, und die Buchstaben drauf sind weiß.“

„Was steht denn drauf?“

„Weiß ich nicht. Soviel kann ich noch nicht lesen. Aber richtig hübsch ist er, nicht, Cathy?“

Cathy pflichtete ihr bei.

„Kann ich nicht auch so eins kriegen, Mama? Bitte, bitte?“ flehte Missie.

„Na, ich weiß nicht, Schatz. Wollen mal sehen!“ Marty ließ sich nicht gern festlegen.

„Mein olles Eimerchen taugt zu gar nichts“, schmollte Missie. „Mary Lous ist viel schöner.“

„Wir wollen sehen“, war Martys endgültige Antwort.

Missie gab sich vorerst geschlagen, um das Thema erst wieder beim Abendbrot zur Sprache zu bringen, als sie die ungeteilte Aufmerksamkeit ihres Vaters hatte.

„Und Mary Lou hat 'n rotes Eimerchen für ihre Pausenbrote, mit weißen Buchstaben drauf und 'nem Griff dran. Kann ich wohl auch so eins kriegen, Pa? Bitte?“

„Braucht man neuerdings rote Eimerchen zum Lernen?“ wollte Clark wissen.

„Nee, nicht direkt zum Lernen, aber um hübsch auszusehen“, gab Missie zurück.

„Na, wenigstens ist sie ehrlich“, dachte Marty.

„Wollen mal sehen!“ sagte ihr Vater.

„Das hat Mama auch schon gesagt“, protestierte Missie.

„Deine Mama ist halt ’ne kluge Frau“, belehrte Clark sie ungerührt.

Missie krauste ihr Näschen, doch sie gab keine Widerworte mehr. Sie wußte genau, wann sie ihre Grenzen erreicht hatte. Vorläufig würde sie das Thema ruhen lassen.

Erlebnisse aus dem Klassenzimmer

Allmählich nahm der Alltag seinen geregelten Gang. Die beiden Jungen fanden sich damit ab, daß die Mädchen tagsüber nicht zu Hause waren, und lernten, friedfertig miteinander zu spielen.

Den Mädchen war die Schule schnell lieb geworden. Missie war mit allem Eifer bei der Sache und hatte sich bald auch ohne Willie LaHayes Hilfe als Klassenbeste hervorgetan. Auch Cathy gefiel die Schule. Sie überraschte sowohl ihren Lehrer als auch Clark und Marty mit ihren Leistungen. Wenn es nach ihr gegangen wäre, hätte sie den lieben langen Tag hinter ihren Büchern verbracht. Nur Nandry schien jedem neuen Schultag schweren Herzens entgegenzusehen. Marty, der das nicht verborgen geblieben war, wünschte sich nichts sehnlicher, als dem Mädchen nur irgendwie helfen zu können. Die meisten anderen Schulanfänger waren wesentlich jünger als sie, so daß sie sich von Anfang an nie recht wohl im Klassenzimmer fühlte. Marty versuchte, ihr auf eine stille Art Mut zuzusprechen.

Missie war gewöhnlich diejenige, die die Familie über das, was in der Schule vor sich ging, auf dem laufenden hielt. Eines Tages wollte sie sich schier vor Lachen ausschütten. Selbst die stillere Cathy mußte ununterbrochen kichern.

„Und wißt ihr was? Wenn Herr Whittle anfängt, laut zu schimpfen, dann springt seine Stimme auf einmal ganz hoch, richtig quiekend!“ Missie gab eine kurze Kostprobe. Marty konnte sich nur mit Mühe das Lachen verkneifen. „Die großen Jungs bringen ihn extra zur Weißglut, damit er losbrüllt. Es klingt so komisch, Mama, und dann wird er ganz rot im Gesicht wie 'ne Tomate, und dann knurrt er wie 'n Hund." Missie ahmte ihn nach, so gut das einem sechsjährigen Mädchen möglich war.

„Aha!" dachte Marty bei sich. „Dieser tiefe Baß ist also nicht seine natürliche Stimme. Hab' ich's doch geahnt!" Laut sagte sie aber ernst: „Ihr werdet euch doch wohl nicht über euren Lehrer lustig machen, oder?"

Missie senkte schuldbewußt den Kopf, doch als sie wieder aufsah, sprühte es schon wieder in ihren Augen.

„Ich hab' ja nur 'n kleines bißchen gelacht", verteidigte sie sich und betrachtete den Fall damit als erledigt.

Fast jeden Tag hatte Missie etwas über „diesen eingebildeten Willie LaHaye" zu berichten:

Willie LaHaye hatte ihre Zopfbänder in das Tintenfaß getunkt – hatte sie mit einer toten Maus erschreckt – hatte eine Heuschrecke in ihrem Pult versteckt.

Und dann hatte Willie LaHaye doch tatsächlich ihren Namen zusammen mit seinem in einen Baum am Bach geritzt, aber sie hatte alles wieder ausgekratzt. Und überhaupt konnte sie diesen Willie LaHaye nicht ausstehen, und darum war der liebe Gott ihr bestimmt auch nicht böse.

Dieser eingebildete Willie LaHaye!

Ein neuer Spielkamerad

Wie gewöhnlich fuhr Clark auch an diesem Samstag wieder in die Stadt. Marty war dankbar, daß sie keinen dringenden Grund zum Mitfahren hatte. Die Abwechslung hätte ihr zwar gutgetan, und jetzt, wo die älteren Mädchen auf die kleineren Kinder aufpassen konnten, hätte sie Clark unbesorgt begleiten können, doch die Fahrt in die Stadt war unglücklicherweise mit einer Begegnung mit Frau McDonald verbunden. Dieser Frau gelang es doch immer wieder, Marty in die Enge zu treiben. Lieber wäre Marty einem Indianer oder einem Grislybären in freier Wildbahn begegnet als Frau McDonald.

Eigentlich hatte Marty recht wenige Indianer mit eigenen Augen gesehen, seitdem sie hier im Westen lebte, und die schienen friedfertige Menschen zu sein. Die meisten Indianer in diesem Landstrich waren inzwischen in ein Reservat in den Bergen geschafft worden. Manch einer der Nachbarn fragte sich, wie sie dort oben überhaupt existieren konnten, doch die meisten schienen der Ansicht zu sein, daß ein Indianer halt nicht umsonst ein Indianer war und mit wenig auszukommen gewohnt war. Die weißen Siedler hielten es mit dem Motto „Leben und leben lassen“. Solange der Indianer ihnen nicht bedrohlich wurde, ließen sie ihn ungestört in den Bergen nach Wild jagen. Andererseits fühlte sich auch niemand von ihnen in irgendeiner Weise für das Wohlergehen des roten Mannes verantwortlich.

Was die Bären betraf, so war Marty recht froh, daß auch sie in sicherer Entfernung lebten. Sie hielten sich fern von dem Lärm und den Gewehren der weißen Siedler. Nur hin und wieder wagte sich ein junger Bursche in ihr Reich vor, um mit einem Bärenfell als Jagdtrophäe zurückzukehren.

Trotz der feurig-wilden Augen und der langen furchterregenden Hauer im Kopf dieser entkörperten Felle war Marty überzeugt, daß sowohl der Bär als auch der Indianer ein friedfertigerer Kontrahent als Frau McDonald sein mußte, und so blieb sie, so gut sie es einrichten konnte, der Stadt fern – wenn auch nicht ohne eine gewisse Beschämtheit, so doch das kleinste aller Übel zu wählen.

Die Tage vergingen schnell. Marty freute sich immer wieder auf den Samstag. Dann befreiten die Mädchen, die samstags schulfrei hatten, Marty von der Bürde, die beiden Jungen zu beaufsichtigen, so daß sie manches erledigen konnte, was während der Woche liegengeblieben war.

Der morgige Sonntag versprach ein außergewöhnlicher Tag zu werden: der Lehrer wurde zum Essen erwartet. Marty sah dieser Begegnung mit gemischten Gefühlen entgegen. Was für ein Mensch sich wohl hinter diesem komischen Kauz verbergen mochte? Missie hatte sowohl Gutes als auch Sonderbares über ihn berichtet; bald erging sie sich in Lob über seine Fähigkeiten, bald mißbilligte sie sein merkwürdiges Gebaren, bald brach sie in kleinmädchenhaftes Kichern über ihn aus.

Marty hatte gerade ein Blech mit duftendem Kuchen zum Abkühlen auf die Anrichte gestellt und säuberte jetzt zwei junge Brathähnchen, als Clark nach Hause kam.

Wie an jedem Samstag kamen die Kinder aus allen Himmelsrichtungen herbeigelaufen, um ihren Pa zu begrüßen. Marty sah durch das Küchenfenster, wie Clark langsam und behutsam vom Wagen stieg. Eine Welle der Besorgnis durchfuhr Marty. Clark würde sich doch nicht verletzt haben? Doch dann ging er federnd und forsch, wie sie es an ihm kannte, auf das Haus zu. Erst jetzt bemerkte Marty, daß er etwas in seiner Jacke trug. Es mußte etwas sehr Zerbrechliches sein, denn er schien es mit aller Vorsicht zu behandeln. Auch die Kinder hatten die geheimnisvolle Fracht entdeckt und waren nicht minder neugierig als Marty, doch Clark lachte nur und winkte die ganze Bande ins Haus.

„Jetzt bin ich aber mächtig gespannt“, murmelte Marty. Bald waren alle im Haus. Die Kinder riefen durcheinander los:

„Was ist denn das, Pa?“

„Was hast du da?“

„Komm, zeig’s uns schon, Pa!“

Clark griff in seine Jacke und brachte ein winziges, braungelocktes Köpfchen zum Vorschein. Ein dunkles Knopfaugenpaar blinzelte in das plötzliche Tageslicht. Unter großem Jubel und Hurrarufen verlangte jedes Kind, den kleinen Kerl auch einmal halten zu dürfen.

„Na fein, ihr Rasselbande“, lachte Clark. „Wir fangen beim Kleinsten an.“ Damit legte er Arnie das zappelnde Bündel in die ausgestreckten Arme. Arnie quietschte vor Vergnügen, als eine warme kleine Hundezunge ihm über das ganze Gesicht fuhr.

„Kleine Jungs und junge Hunde gehören doch einfach zusammen!“ mußte Marty denken. Arnie schien diese Ansicht zu teilen; nur widerwillig gab er das Hündchen wieder aus den Händen.

Während die Kinder begeistert um den jungen Hund herumtollten, fand Marty Gelegenheit zu einem kurzen Gespräch mit Clark.

„Wo hast du den denn aufgegabelt?“

„Beim Schmied hat’s ’nen Wurf junger Hunde gegeben. Die haben gerade erst gelernt, aus dem Schälchen zu trinken. Dieser hier sah mir recht vielversprechend aus, meinst du nicht auch?“

„Ja, und niedlich ist er dazu!“

„Sieh mal die Augen und den Kopf. Das ist ein ganz schlaues Kerlchen!“

Die Kinder hatten sich endlich darauf geeinigt, den Hund auf den Fußboden zu setzen, um ihm bei seinen possierlichen Gehversuchen zuzusehen.

„Guck mal, Pa!" riefen sie aufgeregt um die Wette. „Guck nur, wie tapsig er aussieht!"

„Kommt mal alle mit nach draußen!" sagte Clark. „Wollen mal sehen, was Bob von seinem neuen Gefährten hält!"

Bob war nicht mehr der Jüngste zu nennen. Seine Beine waren steif und träge geworden, und seine Augen hatten ihren klaren Glanz verloren. Clark und Marty wußten, daß seine Tage gezählt waren, doch sie hofften, daß er ihnen noch für ein paar Monate erhalten blieb.

Die Familie folgte Luke, der den jungen Hund auf den Armen trug, zur Hundehütte, wo Bob sein Dasein fristete. Gemächlich kam Bob zum Vorschein, streckte seine müden Glieder und wedelte zum Gruß mit dem Schwanz.

Als das junge Hündchen vor ihn auf den Boden gesetzt wurde, senkte Bob den Kopf und beschnupperte den kleinen Fremdling. Er zeigte weder übermäßige Begeisterung noch eifersüchtigen Zorn, doch der junge Hund führte angesichts seines Artgenossen einen wilden Freudentanz auf. Er machte, so gut es seine ungeübten Beinchen erlaubten, Luftsprünge wie ein aufgedrehtes Spielzeugtier. Bob sah sich das Schauspiel eine Weile an, bevor er langsam davontrottete und sich wieder auf der Erde niederließ. Das Hündchen folgte ihm und schnappte verspielt nach seinem langen, buschigen Schwanz, doch Bob schenkte ihm wenig Beachtung.

Schweren Herzens ließen die Kinder das Hündchen bei der Hundehütte zurück. Die Jungen halfen ihrem Pa beim Abspannen der Pferde und Hereintragen der Einkäufe. Die Mädchen brachten dem kleinen Hund eine Schale mit warmer Milch und wurden dann jedes wieder an seine Arbeit geschickt. Jedes Kind bekam den Auftrag, sich einen passenden Namen für das neue Familienmitglied auszudenken. Beim Abendessen sollte dann gemeinsam darüber entschieden werden.

Marty ging in die Küche zurück, um sich wieder den halbfertigen Hähnchen zuzuwenden und die Anrichte für die Einkäufe abzuräumen.

Beim Auspacken der Tüten und Kisten stutzte sie plötzlich.

„Nanu?“ wunderte sie sich. Die roten Blecheimer, die hier zum Vorschein gekommen waren, trugen in großen Buchstaben die Aufschrift „SCHMALZ“. „Ich hatte doch gar kein Schmalz auf meine Liste geschrieben oder? Wir haben ja noch Berge von Schmalz vom letzten Schlachtfest.“

Marty griff nach ihrer Liste, um nach der möglichen Quelle dieses Mißverständnisses zu suchen.

„Laß nur!“ sagte Clark. „Du hattest mir tatsächlich kein Schmalz aufgeschrieben.“

Ja, aber ...“ Marty verstand die Welt nicht mehr. Clark schaute etwas verlegen drein.

„Sie sind schließlich rot, weißt du. Und glänzen tun sie auch, und ’n Griff ist dran ... und sieh mal die weißen Buchstaben!“

Jetzt dämmerte es Marty. Missies Eimerchen für Pausenbrote! Rot und glänzend und mit weißen Buchstaben, „SCHMALZ“.

Marty nickte nur.

„Nicht, daß Missie immer gleich alles kriegen soll, was ihr in den Sinn kommt“, beeilte sich Clark hinzuzufügen. Sie braucht nicht zu denken, daß sie uns so einfach um den kleinen Finger wickeln kann – aber wenn du findest, daß wir damit nichts verderben ... ich mein’, bloß dieses eine Mal – dann kann sie ihr geliebtes Eimerchen haben. Und wenn Missie schon eins kriegt, dann mußte ich den beiden anderen wohl oder übel auch eins mitbringen, oder?“

„Da hast du wahrscheinlich recht.“

Clark wandte sich zum Gehen.

„Also, ich überlaß' es dir“, sagte er von der Tür her.

Marty sah sich nach den rotlackierten Schmalzgefäßen auf der Anrichte um. Drei Eimer Schmalz, wo sie doch schon mehr Schmalz im Keller hatte, als sie bis zum nächsten Schlachtfest aufbrauchen konnte. Was in aller Welt sollte sie nur mit all dem Schmalz anfangen?

„Du hoffnungsloser Fall mit deinem weichen Herzen!“ murmelte sie, aber dann mußte sie doch schlucken, und bei dem Gedanken an drei glänzende Augenpaare am Montag morgen, wenn sie die Pausenbrote verteilte, konnte sie es selbst kaum bis dahin erwarten.

Das Vieh war versorgt, und das samstägliche Badewasser stand zum Heißwerden auf dem Herd, als die Familie sich zum Abendessen um den Tisch versammelte.

„Ich hab' mir gedacht, daß die Kinder sich leichter von Bob trennen können, wenn sie 'nen neuen Hund als Ersatz haben“, sagte Clark zu Marty, während sie die Gemüseschüssel füllte. Sie nickte.

Clark trat an den Tisch und half den kleineren Kindern auf ihre Stühle.

„Du, Mama“, sagte Luke, „ich hab' vorhin das Hündchen besucht, und da hat's an Bob gekuschelt geschlafen. Ob Bob wohl denkt, er wär' die Mama von dem kleinen Hündchen?“

Marty lächelte. „Nee, Luke, so dumm ist Bob auch wieder nicht, aber solange der Kleine ihm nicht allzuviel Unruhe stiftet, wird er ihn wohl gern in seinem Bett schlafen lassen.“

„Er ist ja so putzig!“ rief Missie. „Ich wünschte, ich könnte ihn auch in meinem Bett schlafen lassen!“

„O nein, Madamchen!“ sagte Marty bestimmt. „Du weißt ja: Tiere gehören nach draußen, nicht ins Haus.“

Angesichts der Tatsache, daß Pussie sich doch still und heimlich jeden Abend auf ihrem Bett niederließ, beschloß Missie, das Thema lieber ruhen zu lassen.

„Na, ihr Rasselbande“, sagte Clark, „habt ihr euch inzwischen schon ’nen Namen für den kleinen Kerl einfallen lassen?“

„Ich finde, wir sollten ihn ‚Jaguar‘ nennen“, meldete sich Luke zu Wort.

„Was denn, ‚Jaguar‘ für ’nen Hund?“ Missie war nicht sonderlich von diesem Vorschlag beeindruckt.

„Klar, wegen der Flecken.“

„Da finde ich aber ‚Prinz‘ oder ‚Herzog‘ viel besser“, sagte Missie.

„Für so ’nen kleinen Hund?“ Luke war nicht minder entrüstet.

„Er wächst ja noch“, entgegnete Missie eigensinnig.

„Und du, mein Junge?“ fragte Clark den kleinen Arnie. Der war gerade damit beschäftigt, sich einen großen Löffel mit Kartoffeln in den Mund zu schieben, so daß er eine Weile brauchte, bis er antworten konnte.

„Bob“, sagte er endlich.

„Ja, aber wie soll der neue Hund heißen?“

„Bob.“

„Aber … aber so heißt Bob doch schon“, sagte Clark verständnislos.

„Weiß ich“, gab Arnie zurück, „aber ’nen anderen Namen mag ich nicht.“

„Er meint, sie sollen beide Bob heißen“, erklärte Luke, der sich für das einzige Mitglied der Familie hielt, das den kleinen Arnie verstand und für die übrigen dolmetschen konnte.

„Mja“, nickte Arnie, noch immer kauend. „Jetzt haben wir“, und er hielt den Daumen und einen recht kartoffelverklebten Zeigefinger in die Luft, „jetzt haben wir eben zwei Bobs.“

Alle lachten, doch zum guten Schluß kamen sie doch überein, daß der neue Hund auf Arnies Wunsch hin Bob heißen sollte.

„Na ja“, meinte Luke großzügig, „immerhin brauchen

wir nur einen Namen zu rufen, wenn sie beide kommen sollen."

„Seht ihr!" lächelte Clark. „Da haben wir uns am Ende 'ne Menge Zeit und Mühe gespart, nicht?"

Arnie strahlte über das ganze Gesicht.

„Jetzt haben wir 'nen großen und 'nen kleinen Bob!"

Der große Bob sollte tatsächlich seinem Ende nicht mehr fern sein, und wie Clark gehofft hatte, half das kleine verspielte Hündchen den Kindern sehr über diesen schmerzlichen Verlust hinweg.

Tommies Freundin

Das Schuljahr war bald zu Ende, und die Sommerferien brachen an. Einige von den älteren Jungs setzten schon im Frühjahr mit dem Unterricht aus, um ihren Vätern bei der Aussaat zu helfen, doch die meisten blieben bis zum Juni. Missie feierte den Abschluß des Schuljahres auf ihre Weise damit, daß sie Sträuße wilder Wiesenblumen oder saftig-rote Erdbeeren in ihrem inzwischen nicht mehr so hochglänzenden roten Eimerchen nach Hause trug.

So schnell, wie er gekommen war, war der Sommer auch schon vorbei. Dann wurde es Herbst, und wieder waren unzählige Dinge bis zum Schulbeginn zu besorgen und zu erledigen. Luke war noch immer zu jung für das Klassenzimmer und beschwerte sich in den höchsten Tönen, daß er noch ein ganzes Jahr zu Hause bleiben müsse.

Cathy und Missie konnten es kaum erwarten, wieder zur Schule zu gehen. Cathy hatte manchen Sommertag mit den Büchern verbracht, die Herr Whittle ihr zum Aufholen mitgegeben hatte, und hatte in der kurzen Zeit erstaunliche Fortschritte gemacht.

Auch Missie war eine gute Schülerin. Das Lernen fiel ihr leicht, und sie sah dem Schulbeginn erwartungsvoll entgegen.

Nandry war die einzige, die der Gedanke an ein neues Schuljahr mißmutig zu stimmen schien. Zuerst hatte es den Anschein gehabt, als sei die Schule ihr recht gleichgültigt, doch als der erste Schultag immer näher rückte, wagte sie endlich eine Eröffnung.

„Ich geh' nicht wieder in die Schule", erklärte sie mit dem Unterton eiserner Entschlossenheit. „Ich setz' mich nicht wieder zu den Kleinen da."

Keine Macht der Welt konnte sie von ihrem Entschluß abbringen, und so leid es Marty und Clark auch tat, so mußten sie das Mädchen letzten Endes doch gewähren lassen.

„Dann konzentrieren wir uns halt wohl oder übel aufs Haushaltführen und die Kinderpflege", meinte Marty. „Nandry hat das Zeug zu einer erstklassigen Hausfrau und Mutter. Das ist ja immerhin auch schon was. Und 'n bißchen lesen und schreiben kann sie ja jetzt wenigstens."

Clark nickte. Für ihre fünfzehn Jahre war Nandry tatsächlich recht geschickt im Haushalt. Eines Tages würde sich bestimmt ein junger Mann finden, der ihre Fähigkeiten zu schätzen wußte.

Der Schulbeginn fiel Marty diesmal leichter. Es tat ihr nicht mehr so weh, Missie losziehen zu sehen, und durch Nandrys Hilfe waren die beiden Jungen im Haus keine zusätzliche Belastung.

Marty war, wenn sie ehrlich sein sollte, sogar mehr als dankbar für Nandrys tatkräftiges Zupacken im Haushalt, denn in zwei kurzen Monaten erwartete die Familie wieder Zuwachs. Ohne je ein Wort darüber zu verlieren, übernahm Nandry die Sorge für die beiden Jungen. Sie nahm sie mit, wenn sie die Hühner füttern ging, brachte Arnie zu seinem Mittagsschlaf ins Bett und half in der Küche und bei der Wäsche. Marty dankte ihr oft für die unzähligen Handgriffe, die sie ihr so bereitwillig abnahm.

Marty saß gerade in ihrem Schaukelstuhl und stopfte Strümpfe, als sie plötzlich Hufschläge von draußen hörte. Erfreut stellte sie bei einem Blick durch das Fenster fest, daß Tommie Graham der Besucher war.

„Tommie! Nur hereinspaziert!" begrüßte sie ihn. „Du hast uns aber 'ne halbe Ewigkeit nicht besucht!"

Nandry, die auf dem Küchentisch den Teig für einen Blechkuchen ausrollte, sah kurz auf, um gleich darauf den Blick wieder errötend zu senken. Luke nutze den unbewachten Augenblick dazu aus, blitzschnell zu naschen.

„Wie geht's zu Hause?"

„Bestens! Kann nicht klagen. Die kleine Lissie wächst wie Unkraut bei Regen, sag' ich Ihnen!"

„Niedlich ist sie, die Kleine!" sagte Marty. Als sie Mas Enkelin Elisabeth Anne zum letzten Mal gesehen hatte, übte sie sich gerade in ihren ersten Schritten, während die stolzen Großeltern, Onkel und Tanten sie mit begeistertem Applaus belohnten. Bei derselben Gelegenheit hatte Rett Marshall flach im Gras gelegen. Er konnte nicht einmal aufrecht sitzen. Eine bleierne Schwere wollte sich ihr aufs Herz legen. Sie zwang sich, Tommie wieder zuzuhören.

„Du hast 'n eigenes Stück Land, hört man?"

„Jawohl!" sagte er stolz. „Steht auch schon 'n Häuschen drauf. Nicht gerade 'ne Villa zu nennen, aber fürs erste reicht's."

„Hast du schon was ausgesät?"

„Noch nicht. Im nächsten Frühjahr wird's ernst mit dem Farmersleben."

Ein leiser Verdacht durchkreuzte Martys Gedanken. Sollte Tommie etwa ein Auge auf ihre Nandry geworfen haben? Doch da redete er auch schon weiter.

„Hätten Sie nicht Lust, draußen 'ne Runde zu drehen? Ist so 'n schöner Tag heute. Wäre 'ne Schande, nicht an der frischen Luft zu sein!"

Marty griff nach ihrem Schultertuch.

„Aber gern", sagte sie. „Ich hatte sowieso vor dem ersten Frost nochmals am Brunnen nach dem Rechten sehen wollen."

Gemeinsam verließen sie das Haus. Eine Zeitlang unterhielten sie sich über die kleineren Dinge des Alltags. Als sie den Brunnen erreicht hatten, setzte Tommie sich in das kühle Gras und lehnte sich an einen Baumstamm. Marty sah ihn nachdenklich an. Irgend etwas schien ihm zu schaffen zu machen, doch Tommie schwieg. Er riß ein Stück Rinde von dem Baum und zerpflückte sie.

„Es ist 'n Mädchen, nicht?"

Er sah auf. „Woher wissen Sie das?" fragte er überrascht.

„Ich hab's dir an der Nasenspitze abgelesen", lächelte Marty.

Wieder schwieg er, doch dann brach es aus ihm hervor.

„Sie ist 'n Traum von Mädchen, Marty, wirklich! Ich ... ich mußte es einfach jemandem sagen. Ma hätte mich nie verstanden, das weiß ich genau!"

Marty runzelte die Stirn. Ma und ihren Tommie nicht verstehen?

„Da kennst du deine Ma aber schlecht, scheint mir, meinst du nicht auch?"

„Nee, ich glaub', da kenn' ich sie ganz gut. Wenn sie sie bloß mal kennenlernen wollte, dann ... dann würde sie uns verstehen. Aber ... aber ich weiß nicht, wie ich's anfangen soll, Marty. Deshalb bin ich auch zuerst zu Ihnen gekommen. Sie sind doch Mas beste Freundin. Können Sie nicht mal mit ihr reden?"

„Ist dein Mädchen von hier?"

„Nee, nicht direkt. Sie ... sie kommt aus den Bergen. Sie wohnt da oben bei ihrem Großvater."

„Und wie heißt sie?"

„Owa-Tieka."

„Owa-Tieka? Ach du meine Güte, das klingt ja wie ..." Das Lachen erstarb Marty mitten im Satz.

„Sie ist 'ne Indianerin, nicht wahr?" sagte sie tonlos.

Tom nickte nur.

„Ach, Tommie!" Ihr lag es auf der Zunge zu fragen: „Wie konntest du bloß?", doch angesichts des verzweifelten jungen Mannes brachte sie kein Wort heraus.

Sie ging ein paar Schritte umher und versuchte, Ordnung in ihren verwirrten Kopf zu bringen, doch in ihrer Bestürzung konnte sie keinen klaren Gedanken fassen.

„Ach, mein Gott", betete sie bei sich, „hilf du uns doch mit deiner Weisheit!"

Als sie sich wieder gefaßt hatte, ging sie zu Tommie zurück und setzte sich neben ihn auf einen Baumstumpf.

„Erzähl mir mehr über sie, Tommie“, bat Marty.

Tommie atmete tief.

„Ich hab' sie letzten Herbst kennengelernt. Ich war 'n paar Kühen auf der Spur, die sich in die Berge verirrt hatten. Ich bin ihnen nachgeritten, aber finden konnte ich sie an diesem Tag nicht. Auf dem Heimweg bin ich dann auf 'ne Lichtung voller Heidelbeersträucher gestoßen, wissen Sie, die mit den ganz großen, saftigen Früchten. Also hab' ich angehalten und hab' erst mal kräftig zugelangt, und dann hab' ich welche für Ma in meinen Hut gepflückt, damit sie 'ne Torte davon backen konnte.

Wie ich da so pflücke, da fühl' ich mich auf einmal beobachtet. Ich seh' auf. Vielleicht ist's ja 'n Bär oder 'ne Wildkatze, denk' ich noch, aber da steht urplötzlich, wie aus dem Boden gewachsen, 'n Mädchen, die Augen und Haare pechschwarz und das Kleid ganz aus Leder. Stellen Sie sich bloß vor: Die steht da und lacht mich aus! Sie hat versucht, ernst zu bleiben, aber lachen mußte sie doch. Ich hab's an ihren Augen gesehen – den Mund hatte sie hinter den Händen versteckt.

Ich hab' sie gefragt, was denn da so lustig wär', und da hat sie gesagt, daß sie noch nie 'nen Krieger gesehen hätte, der Beeren wie 'ne Squaw pflückt. Da bin ich 'n bißchen böse geworden und hab' ihr gesagt, daß ihre Krieger vielleicht zu dumm wären und 'ne ordentliche Heidelbeertorte nicht zu schätzen wüßten.

Da hat sie endlich aufgehört zu lachen, und ich war auch nicht mehr so wütend. Wir haben uns 'n bißchen unterhalten. Sie hat mir gesagt, wie sie heißt. Owa-Tieka bedeutet ‚kleine Blume‘. Hübscher Name, nicht?

Ich hab' sie wiedergesehen – oft. Im Winter hab' ich ihr Wild und anderes Fleisch gebracht. Sie lebt allein mit ihrem Großvater. Er hat's im Reservat nicht ausgehalten und ist zurück in die Berge gezogen. Owa-Tieka schüttelt immer nur den Kopf, wenn ich sie frag', ob ich ihren Großvater mal besuchen kann. Er ist alt, sehr alt. In Wirklichkeit ist er ihr Urgroßvater. Außer ihm hat sie niemanden. Sie sagt, wenn er stirbt, dann geht sie ins Reservat zurück, damit sie irgendwer bei sich aufnimmt oder 'n Krieger sie zur Frau nimmt. Aber das will ich nicht."

Jetzt sah er Marty direkt an.

„Marty, ich will sie heiraten. Ich liebe sie. Ich ..." Er stöhnte auf. „Wie in aller Welt soll ich das Ma und Pa bloß beibringen?"

Marty schüttelte den Kopf. Armer Tommie! Tommie, für den das beste Mädchen im ganzen weiten Westen gerade gut genug gewesen wäre – und er hatte sich ausgerechnet in eine Indianerin verliebt!

Marty stand auf und zog sich ihren Schal fester um die Schultern. Die Sonne schien plötzlich alle ihre Wärme verloren zu haben.

„Ach, Tommie", seufzte sie, „ich weiß nicht ... ich bin so ratlos."

Auch Tommie stand auf.

„Aber Sie werden doch mit Ma reden, oder? Versuchen Sie's – bitte, Marty!"

„Gut, ich will's versuchen", versprach sie. „Aber, Tommie, weißt du, leicht wird's nicht werden. Weder für deine Eltern, noch für euch beide!"

„Ich weiß." Er schluckte. „Ich weiß, aber ich hab' mir alles genau überlegt. Ich hab' ja mein eigenes Stück Land und mein Haus. Ist zwar bloß 'n kleines Blockhaus, nicht besonders komfortabel, aber sie hat sogar im Winter in Zelten gewohnt. 'n Haus kommt ihr danach bestimmt wie 'n Palast vor. Und mit anderen Leuten brauchen wir ja nicht viel zu tun haben. Mein Land liegt sowieso ziemlich abseits. Wir stören bestimmt keine Seele. Und sie ist nicht weit von den Bergen weg. Ohne ihre Berge könnte sie nicht sein ..."

„Aber Tommie, das Ganze ist doch restlos unausgegoren!“ unterbrach Marty ihn. „Du denkst bloß von zwölf bis Mittag. Kinder, ’ne Familie – was soll aus denen werden? Die kannst du nicht ewig in der Wildnis verstecken!“

Tommie senkte die Augen.

„Das ist das einzige große Fragezeichen“, sagte er leise. „Das einzige; aber wir ... wir werden’s schon irgendwie hinkriegen, wenn’s erst soweit ist.“

Wieder schüttelte Marty den Kopf.

„Bitte, Marty“, bettelte Tommie, „bitte reden Sie mit Ma! Wenn wir Ma erst auf unserer Seite haben, dann werden wir Pa schon rumkriegen. Bitte!“

„Ich will’s versuchen“, sagte sie. Ihre Augen hatten sich mit Tränen gefüllt. „Ich will mein Bestes tun, Tommie, aber ich kann dir nichts versprechen.“

Tommie ging auf sie zu und umarmte sie.

„Danke, Marty“, flüsterte er. „Mehr möcht’ ich ja gar nicht. Und ... und ich nehm’ sie mal mit, damit Sie sie kennenlernen. Wenn Sie sie erst sehen, dann verstehen Sie bestimmt, warum ich mich in sie verliebt hab’. – Jetzt muß ich aber wieder gehen!“

Er wandte sich um.

„Gott befohlen, Tommie!“ flüsterte Marty hinter ihm her. Am liebsten hätte sie die Hände vors Gesicht geschlagen und geweint.

Ein Pastor muß her

Die Felder waren alle winterfertig, und die Farmer hatten jetzt Zeit für andere Dinge. Eine Versammlung war für den ersten Samstag im Oktober einberufen worden. Alle Nachbarn waren eingeladen, und nur die wenigsten blieben dem Treffen fern.

Charles LaHaye ließ sich entschuldigen. Er wäre gern dabeigewesen, aber die Arbeit drängte, und vielleicht konnte er's ja ein anderes Mal einrichten.

Den Nachbarn war es nicht verborgen geblieben, daß Charles' Farm ihn voll und ganz beanspruchte. Er konnte weder Zeit für eine sonntägliche Rast erübrigen noch für einen hilfsbedürftigen Nachbarn, noch für sonstige außergewöhnliche Anlässe. Selbst Clark, der selten Bemerkungen über seine Nachbarn machte, sagte einmal zu Marty: „Die arme Farm weiß ja gar nicht, wie ihr geschieht: Der erste Besitzer rührt keinen Finger, und der nächste pflügt und sät von früh bis spät. Da kommt man direkt ins Nachdenken. Ich hoff' doch, daß es nie so weit mit mir kommt, daß mir meine Erträge wichtiger sind als Gott, Familie und Freunde!"

An dem vereinbarten Samstag versammelten sich die Nachbarn im Schulhaus. Ben Graham war der Wortführer.

„Nachbarn und Freunde", begann er, „ihr wißt alle, worum es heute gehen soll. Uns fehlt 'n Pastor in unserer Gegend. Zweimal im Jahr kommt der Reisepastor zum Predigen und Trauen zu uns, und das ist auch schön und gut so, aber auf die Dauer brauchen unsere jungen Leute mehr als das. Sie brauchen 'nen Pastor hier am Ort, damit sie nicht vom rechten Weg abkommen. Deshalb haben sich ’n paar von uns zusammengesetzt und überlegt, was zu tun ist.

Endlich haben wir ja jetzt ’ne eigene Schule, und das haben wir mit vereinten Kräften erreicht. Jetzt ist es wieder mal an der Zeit, daß wir uns gemeinsam ans Werk machen.“

Hurrarufe und tosender Applaus brachten Ben ein wenig aus dem Konzept, doch bald hatte er sich wieder gefangen und fuhr fort:

„Zuallererst brauchen wir zwei oder drei Männer, die die Suche nach ’nem Pastor organisieren. Es soll einer sein, der das ganze Jahr über hier bei uns ist und predigt, beerdigt und traut.“

Wieder klatschten die Nachbarn Beifall. Ben sah sich nach Ma um. Bestärkt durch ihr aufmunterndes Lächeln hob er die Hand und gebot Ruhe.

„Der Ausschuß soll aus zwei Männern bestehen, vielleicht auch dreien, aber nicht mehr. Ihr wißt ja: Zu viele Köche verderben den Brei.“

Jemand in den hinteren Reihen stand auf und schlug Clark Davis für das Komitee vor. Allgemeine Zustimmung kam von allen Seiten.

Todd Stern schlug Ben Graham vor. Wieder rufen die Nachbarn: „Jawohl!“ oder nickten zustimmend.

Schließlich stand Herr Coffins auf und nannte laut und unüberhörbar Herrn Whittles Namen. Peinliches Schweigen folgte. Niemand war sich sicher, welcher Religion Herr Whittle überhaupt angehörte. Außer Füßescharren und Räuspern war weit und breit kein Ton zu hören.

Ben ergriff das Wort.

„Ihr habt gehört, wen Herr Coffins hier vorgeschlagen hat. Herr Whittle, wären Sie bereit, die Wahl anzunehmen und uns zu helfen, einen neuen Pastor zu suchen?“

Der Schulmeister erhob sich umständlich von seinem Stuhl.

„Ohne mich brüsten zu wollen, möchte ich behaupten, manch eine vielversprechende Verbindung zu den Metropolen der Ostküste zu besitzen, die den verehrten Herren Komiteemitgliedern von ausgezeichneten Diensten sein könnte", sagte er in seiner gekünstelt tiefen Stimme.

„Dann sind Sie also mit von der Partie?" fragte Ben.

„Aber mit dem größten Vergnügen", nickte Herr Whittle diensteifrig. „Ich bin davon überzeugt, daß ein ortsansässiger Geistlicher für die Bürger dieser Gegend ein ausgesprochener Gewinn sein wird."

„Haben Sie herzlichen Dank, Herr Whittle. – Ihr habt also gehört, wer fürs Komitee in Frage kommt: Clark Davis, Herr Whittle und ich. Laßt uns zur Abstimmung kommen!"

Einstimmig wählte die versammelte Menge die drei Männer in den Ausschuß.

Nachdem das Treffen aufgelöst war, kam Herr Whittle auf Clark und Ben zu.

„Meine Herren", sagte er, „unter meinen persönlichen Bekannten befinden sich mehrere Seminaristen, die zweifellos die angemessenen Qualifikationen mit sich bringen. Wünschen Sie, daß ich die Korrespondenz mit ihnen aufnehme?"

Ben runzelte die Stirn, doch Clark antwortete: „Warum nicht? Das Briefeschreiben liegt Ihnen sicher besser als unsereinem. Zuerst hätten wir aber gern ein bißchen über die Kandidaten in Erfahrung gebracht."

„Aber selbstverständlich", nickte der Lehrer. „Ich werde unverzüglich für jeden der fraglichen Herren ein Resümee anfertigen, aufgrund dessen Sie sich dann ein Bild machen und eine Auswahl treffen können."

„Dieses, äh, ... Re-süh-meh, von dem Sie sprachen, ist das so was Ähnliches wie 'ne Beschreibung im Katalog?" fragte Clark ungeniert.

„Beschreibung im Katalog?" Herr Whittle stutzte. „Ja, so kann man es wohl nennen."

„Gut, Herr Whittle, tun Sie das nur, und dann gehen Ben und ich mit Ihnen die Liste durch."

„Bestens, meine Herren, dann ist ja soweit alles geregelt“, sagte Herr Whittle und marschierte höchst selbstzufrieden davon. Vor seiner Reise hierher hatte er oft gehört, daß die Farmer draußen im Westen einem Städter nicht gern Einblick in ihre Angelegenheiten gewährten – und hier war er nun nach einem kurzen Jahr im Westen ein gewähltes Mitglied eines Sonderkomitees! Wenn er erst seinen entscheidenden Beitrag in dieser Sache geleistet hatte, würde ihm sein Platz unter den Nachbarn sicher sein, daran konnte es keinen Zweifel geben!

Studierte Geistliche kannte er schließlich noch von seinen eigenen Studientagen her, und zwar nicht wenige. Einige davon würden vielleicht sogar bereit sein, sich wie er in den Wilden Westen vorzuwagen, um ein wenig von dem einfachen Leben und dem Abenteuer dort zu kosten. Zugegeben, der Westen hatte seine Nachteile, aber er hatte auch gewisse Reize, zu denen zweifelsohne auch Tessie LaHaye zählte. Die Damen an der Ostküste hatten die abscheuliche Angewohnheit, ihm den Rücken zu kehren, sobald sie ihn herannahen sahen. Tessie zeigte nichts von dieser Scheu und Zimperlichkeit. Sie war zwar erst achtzehn Jahre alt und er zweiunddreißig, doch hier im Westen schienen die Leute nicht viel Aufhebens um derlei Äußerlichkeiten zu machen. Er betrachtete sie als eine sehr liebenswürdige junge Dame, und sie schien ihrerseits in ihm einen akzeptablen Mann zu sehen. Wenn er sich nicht irrte, hatte er ihr mit seinem fleckenlosen Filzhut und seinen weißen Gamaschen sogar ein wenig imponiert. Er hatte beschlossen, Tessie in Kürze einen Besuch abzustatten. Er brannte nämlich darauf, in Erfahrung zu bringen, wie hoch er nun tatsächlich bei ihr im Kurs stand. Die heutige Versammlung hatte ihn mit genau dem Selbstvertrauen beseelt, das ihm zu diesem gewagten Schritt gefehlt hatte.

Ein ernstes Gespräch mit Ma

Marty hatte den gefürchteten Besuch bei Ma tagelang vor sich hergeschoben, doch sie wußte, daß sie sich einfach dazu überwinden mußte. Tommie setzte seine ganze Hoffnung auf sie, und sie hatte ihm ihr Versprechen gegeben. Bald würden Frost und Schnee jegliche Besuche unmöglich machen, so daß ihr nicht mehr viel Zeit blieb.

„Was kann ich nur als Grund für 'nen unangekündigten Besuch vorschieben?" fragte sie sich, doch kein Vorwand wollte ihr einfallen. So beschloß sie, einfach aufs Geratewohl loszufahren und die nächste sich bietende Gelegenheit beim Schopf zu packen.

Clark traf seine üblichen Vorbereitungen für die allwöchentliche Einkaufsfahrt in die Stadt. Marty hielt ihren Zeitpunkt endgültig für gekommen.

„Hab' mir gedacht, vielleicht gesell' ich mich dazu, wenn's dir recht ist", sagte sie zu Clark.

Überrascht sah er auf.

„Aber mit Vergnügen!" lachte er. „Schließlich komm' ich nicht alle Tage dazu, meine Frau in der Stadt vorzuzeigen."

„Oh, bis in die Stadt wollt' ich eigentlich gar nicht mit", beeilte sie sich hinzuzufügen. „Ich dachte, vielleicht lädst du mich bei Ma ab und holst mich auf dem Rückweg wieder ab."

Etwas enttäuscht meinte er: „Na, dann hab' ich wenigstens für 'n Stück des Weges deine Gesellschaft."

Marty rief die Mädchen zu sich, um sie von ihren Plänen in Kenntnis zu setzen. Nandry erschien beinahe erleichtert über die Aussicht, am Samstag das Haus für sich zu haben.

Marty schlüpfte in ihren Wintermantel und band sich ihre Haube um. Die Knöpfe ließen sich längst nicht mehr schließen, so daß sie den Mantel lose um ihren wachsenden Leib ziehen mußte.

Clark beobachtete besorgt, wie sie schwerfällig auf den Wagen kletterte.

„Meinst du wirklich, daß 'ne rumpelige Wagenfahrt das Richtige für 'ne Hochschwangere ist?" fragte er.

„Mach dir deswegen keine Gedanken!" beruhigte sie ihn.

Ma öffnete Marty die Tür. Ihre Überraschung schlug schnell in Freude um.

„Da bin ich aber froh, daß du vorm Winter noch mal vorbeikommst!" begrüßte sie ihre Freundin. Sie schien zu meinen, daß Marty einfach eine der letzten Gelegenheiten für einen Besuch ausgenutzt hatte.

Eine Weile plauderten sie über dies und das, während in ihren emsigen Händen die Stricknadeln klapperten. Marty warf einen Seitenblick zur Uhr. Sie mußte sich zwingen, bald zur Sache zu kommen, sonst würde ihr bis zu Clarks Rückkehr kaum noch Zeit dazu bleiben. Schließlich holte sie tief Luft und begann.

„Tommie war neulich bei mir."

Ma sah auf. Es waren weniger Martys Worte als der Unterton in ihrer Stimme, der sie aufhorchen ließ.

„Er wollte sich was von der Seele reden", fuhr Marty fort.

Stille.

„Da steckt doch 'n Mädchen hinter, oder?"

„Genau das. Du hast's also gewußt?"

„Ich hab's mir gedacht. So was sieht 'ne Mutter ihrem Sohn an, weißt du. Das Komische an der Sache ist bloß, daß er einfach keinen Ton sagt. Ich hab' ein paarmal das Gespräch drauf bringen wollen, aber er weicht immer nur aus."

Wieder Schweigen.

„Irgendwas stimmt doch daran nicht, Marty, oder?"

Marty schluckte.

„Nee, ganz so ist es nicht. Ich mein', es ist eben bloß 'n bißchen außergewöhnlich, das ist alles."

„Außergewöhnlich? Was ist denn da so außergewöhnlich?"

Marty nahm ihre ganze Courage zusammen.

„Also, dieses Mädchen, das Tommie da kennengelernt hat – er liebt sie wirklich, Ma, das mußt du mir glauben. So, wie er von ihr redet – also, dieses Mädchen ... sie heißt Owa-Tieka."

Marty sah von ihrem Strickzeug auf. Ob Ma begriffen hatte? Ja, ohne Zweifel hatte sie die Bedeutung hinter Martys Worten gleich erfaßt. Das Klappern ihrer Stricknadeln erstarb plötzlich, und sie wurde bleich.

„Was – mein Tommie und eine Indianerin?"

„Ja, aber sieh mal, Ma", wollte Marty überstürzt erklären, „Tommie hat diese Freundschaft nicht absichtlich angefangen. Er war auf der Suche nach 'n paar Kühen, die ihm weggelaufen waren, weißt du, da oben in den Bergen, und da kam er an 'ner Lichtung voller Blaubeeren vorbei. Er wollte dir welche für 'ne Torte mitbringen und hat zu pflücken angefangen. Und da war da plötzlich dieses Mädchen, und die beiden kamen ins Gespräch, und so hat halt eins zum anderen geführt. Und ... und Tommie liebt sie, sagt er."

Ma legte ihr Strickzeug beiseite und stand auf.

„Aber er darf nicht, Marty, er darf's einfach nicht! Verstehst du denn nicht? Daraus kann nie was werden. Da kommt doch nichts als Kummer und Herzeleid bei heraus!"

„Ich versteh' das sehr gut, Ma", sagte Marty langsam, „aber Tommie nicht."

„Ja, und was hält ihre Familie von der Geschichte? Lassen die sie so einfach gewähren?"

„Sie hat keine Familie mehr – außer ihrem Urgroßvater, bei dem sie wohnt. Dem haben die beiden noch nichts von ihrer Freundschaft gesagt. Owa-Tieka will damit noch warten."

„Warten? Na, wenigstens stürzen sie sich so nicht gleich in ihr Unglück! Wie haben sie sich das denn alles vorgestellt?"

„Das weiß ich auch nicht so genau", sagte Marty kleinlaut. „So, wie Tommie geredet hat, wird der alte Mann wohl nicht mehr lange leben. Und ... und ... ich glaube, sie will ihm auch nichts von Tommie sagen. Ich ... ich glaube, sie möchte wohl warten, bis er nicht mehr ist, und ... und danach werden sie dann wohl bald heiraten."

„Ach, mein Gott!" sagte Ma. „Was machen wir jetzt bloß?"

Marty sank auf ihrem Stuhl in sich zusammen. Wie sollte sie es nur wagen, einer Frau wie Ma Graham Ratschläge zu geben?

„Also, mir scheint", sagte sie, jedes Wort sorgfältig abwägend, „daß dir da nur zwei Möglichkeiten bleiben. Entweder du stellst dich vollkommen dagegen und verlierst Tommie, oder du findest dich damit ab und gewinnst 'ne Indianerin zur Schwiegertochter."

„Bei allem, was recht ist!" rief Ma und schlug die Hände vors Gesicht.

Dann stand sie auf und begann, in der Küche auf und ab zu gehen. Langsam gewann ihr Gesicht wieder Farbe.

„Marty", sagte sie dann unvermittelt, „es gibt noch 'nen dritten Weg. Ich werd's nicht verbieten, und ich werd' auch meinen Segen nicht dazu geben, aber beten, das kann ich ..."

„Beten? Für was denn?"

„Für was? Guck mal, Marty", und jetzt überstürzten sich ihre Worte geradezu, „da kann doch nie was Gutes bei herauskommen, das ist einfach unmöglich. Und ich werd' nie zulassen, daß meinem Tommie soviel Elend und Verachtung widerfährt. Enkelkinder, die keine richtigen Enkelkinder sind, weil sie weder weiß noch rot sind! Das darf einfach nicht sein, Marty!"

„Wenn du so betest, Ma", sagte Marty leise, „betest du dann um Beistand, oder teilst du Befehle aus?"

Ma blieb stehen. Tränen rannen ihr über die Wangen, ohne daß sie sie zu bemerken schien. Dann wurde sie ruhig und ließ sich wieder auf ihren Stuhl fallen.

„Hast ja recht, Marty. Am liebsten würd' ich wirklich beten, daß Gott dieser Freundschaft ganz schnell ein Ende macht. Ich hab' ja solche Angst! So was kann doch nicht gutgehen. Ich werde beten, Marty, Tag und Nacht werde ich beten, und ich will versuchen, ehrlich zu sagen: ‚Dein Wille geschehe.' Aber daß Menschen von verschiedener Hautfarbe heiraten und Kinder in die Welt setzen, die weder hierhin noch dorthin gehören, das kann nicht Gottes Wille sein. Gott will doch nicht, daß sich Rasse mit Rasse, Glaube mit Unglaube vermischt. All das Leid und Elend, das ist nicht von Gott, Marty!"

Ma hielt inne und rieb sich fahrig die Hände.

„Ben und ich müssen erst mal in Ruhe darüber reden. Und dann wollen wir doch mal sehen, ob wir Tommie nicht zur Vernunft bringen können. Er ist so 'n guter Junge, Marty, viel zu gut zum Verlieren!"

Marty nickte nur. Irgendwie hatte sie nicht das erreicht, um dessentwillen sie hergekommen war. Wenn Ma die Tür doch nur einen winzigen Spalt öffnen wollte, anstatt sie so endgültig zu verschließen! Aber vielleicht hatte sie ja recht. Wer war sie, Marty, denn, daß sie sich die Lösung zu wissen anmaßte? Und außerdem würde Ma im Gebet sicher auf einen Ausweg stoßen, selbst wenn es seine Zeit brauchen würde.

Armer Tommie! Er tat Marty unendlich leid. Wie diese Sache auch immer ausgehen mochte, so würde es doch sehr schmerzlich für ihn werden. Wenn ihm dieser Kummer erspart bleiben könnte! Marty wartete jetzt sehnsüchtig auf Clarks Rückkehr aus der Stadt. Auf dem Heimweg würde sie ihm endlich ihr schweres Herz ausschütten.

Kurzer Besuch bei den Marshalls

Marty stand an der Anrichte und rührte den Teig für Clarks Lieblingskuchen. Luke kam von draußen herein, setzte sich rittlings auf einen Stuhl und sah ihr zu.

„Bist du böse auf Pa?“

Marty richtete sich auf und sah ihren Sohn an.

„Was sagst du da?“

„Das wird doch sein Lieblingskuchen“, erklärte das Bürschchen. „Den machst du immer, wenn du ihm böse gewesen bist!“

Damit sprang er vom Stuhl und war wieder draußen, bevor Marty auch nur ein Wort erwidern konnte. Der Junge hatte die unschuldigste Miene der Welt aufgesetzt und so getan, als sei seine Feststellung eine reine Nebensächlichkeit. Marty zog die Stirn kraus. Es brauchte eine Weile, bis sie sich wieder ihren Apfelschnitzen zuwandte.

„Stimmt das denn wirklich?“ murmelte sie. „Und wenn er schon recht hat, ist es denn so auffällig?“

In Wirklichkeit hatte sie nicht die geringste Meinungsverschiedenheit mit Clark gehabt. Sie wollte lediglich ihrem Vorhaben, mit dem Gespann zu Wanda zu fahren, ein wenig Schützenhilfe leisten. Clark war zwar kein Mann, der seine Frau an Haus und Hof gebunden hielt, aber wenn die Zeit der Niederkunft immer näher rückte, dann ließ er nicht mit sich spaßen, und Marty befürchtete, daß er sie heute nicht mehr losfahren lassen würde. Vielleicht würde sein Lieblingskuchen ihn etwas milder stimmen, hatte sie überlegt, aber dann war dieser kleine Schlauberger von Luke ihr auf die Schliche gekommen. Wenn er sie schon so mühelos durchschaut hatte, würde sich Clark ganz gewiß nicht zum Narren halten lassen.

Marty schob die Kuchenform mit einem mutlosen Seufzer in den Ofen. Vielleicht war es ja zwecklos, Clark überhaupt um das Gespann zu bitten, aber sie mußte unbedingt mit Wanda reden.

Es hatte sich nämlich inzwischen in der ganzen Nachbarschaft herumgesprochen, daß mit dem kleinen Marshall-Jungen etwas nicht stimmte, und Marty befürchtete sehr, daß Cam und Wanda unvorbereitet von dem, was die Leute sich erzählten, getroffen wurden. Zwar konnte sie sie letzten Endes auch nicht vor den Gerüchten schützen, aber sie brannte darauf, in Erfahrung zu bringen, ob die jungen Eltern sich des krassen Rückstandes ihres Sohnes bewußt waren oder nicht. Marty wußte, daß Wanda sich einzig und allein vor dem großen Kummer schützen konnte, indem sie die Dinge so hinnahm, wie sie waren.

Der Kuchen verbreitete einen köstlichen Duft im ganzen Haus. Schnuppernd kam Clark von der Arbeit in die Küche.

„Mmm!“ freute er sich. „Gedeckter Apfelkuchen! Da läuft einem ja das Wasser im Mund zusammen!“

Marty lächelte ein wenig unsicher. Nandry brachte Arnie herein und wusch ihm die Hände, bevor sie sich zu den anderen an den Tisch setzte.

Obwohl das Essen herzhaft und wohlschmeckend war, hielt Clark sich nicht lange auf. Die Arbeit drängte, und er hatte es eilig, wieder auf das Feld zu kommen. Marty wußte, daß sie keine Zeit hatte, um den heißen Brei herumzureden.

„Brauchst du das Gespann heute nachmittag?“

Clark sah sie prüfend an.

„Willst du etwa Steine sammeln fahren?“

Marty spürte, wie ihr die Glut in die Wangen schoß, aber anstatt der messerscharfen Antwort, die ihr auf der Zunge lag, sagte sie so beherrscht, wie sie nur konnte: „Ich wollte mal kurz auf ’nen Besuch bei Wanda reinschauen.“

„Könnte kürzer werden, als du gedacht hast."
Marty hatte sofort begriffen.
„Hör mal, Clark", sagte sie altklug, „das ist schließlich nicht das erste Mal. Meinst du nicht auch, daß ich's schon rechtzeitig merken würde, wenn's soweit ist?"
Clark war nicht überzeugt. „... schnell gleichwie der Schmerz ein schwangeres Weib", zitierte er und betonte das Wort „schnell" dabei.
Marty versuchte, sich mit dem Gedanken abzufinden, daß alles verloren war.
Clark leerte seine Kaffeetasse und stand auf.
„Ich mach' dir 'nen Vorschlag", sagte er, während er in seine Jacke schlüpfte. „Wenn dir so sehr daran liegt, zu Wanda zu fahren, dann bring' ich dich schnell rüber."
„Ja, aber deine Arbeit ..." protestierte Marty.
„Die läuft mir schon nicht davon."
„Das ist doch nicht nötig, Clark. Ich komm' schon allein zurecht. Wirklich!"
„Entweder fahr' ich dich zu Wanda, oder du bleibst zu Hause!" sagte Clark. „Du kannst dir's aussuchen."
Marty schluckte ihren Ärger hinunter. Wie entsetzlich starrköpfig er doch war! Da stand er Jedd Larson in nichts nach!
„Also gut", gab sie grollend nach. „Dann wär' ich dir sehr zu Dank verpflichtet, wenn du mich zu Wanda bringen würdest."
„In 'ner Viertelstunde bin ich soweit", erwiderte Clark und ging nach draußen, um das Gespann zu holen.
Marty räumte schnell den Tisch ab und ließ ihren Zorn lautstark an dem schmutzigen Geschirr aus.
„Machst du morgen wieder Apfelkuchen, Ma?" wollte Luke wissen.
Marty hatte große Lust, ihn für diese Bemerkung mit einem kräftigen Klaps zu belohnen.
„Und du, Bursche", sagte sie statt dessen, „du gehst mir gleich nach draußen und holst Brennholz. Und daß

du mir nicht eher aufhörst, bis die Kiste voll ist, hast du verstanden?"

Luke trollte sich. Im Grunde wußte Marty, daß sie ihn zu hart angefaßt hatte. Das Holzholen war zwar seine Aufgabe, und schaden tat es ihm bestimmt nicht, aber sie hätte nicht gleich so aufbrausen sollen.

Die Fahrt zu den Marshalls verlief recht schweigsam. Marty hatte ihren Groll noch immer nicht ganz abgeschüttelt, und Clark machte keine Versuche, sie aus ihrem Schneckenhaus hervorzulocken.

Auf dem kleinen Gut der Marshalls angekommen, ging Clark gleich zur Scheune hinüber, wo er Cam erspäht hatte, und Marty ging zu Wanda ins Haus. Der kleine Rett lag auf einer Decke auf dem Fußboden. Wandas Augen leuchteten, als sie von ihm sprach.

„Er kann jetzt richtig gut sitzen!" strahlte sie.

„Aber Wanda", wollte Marty rufen, „der Junge ist anderthalb! Laufen sollte er können – ach, was sag' ich: rennen! Er müßte hinter seinem Pa herlaufen und Wörter sagen. Und du bist stolz, daß er endlich sitzen kann!"

Aber statt dessen biß Marty sich auf die Zunge und lächelte nur, während Wanda Retts Fortschritte in den höchsten Tönen pries.

Die Männer kamen ins Haus, und alle setzten sich um den Tisch. Mitten in der Unterhaltung spürte Marty plötzlich ein scharfes Ziehen im Leib. Es hatte sie völlig unverhofft getroffen, so daß sie regelrecht zusammenzuckte. Wenn nur niemand etwas bemerkt hatte! Bald konnte sie wieder aufatmen, doch als die nächste Wehe kam, spürte sie Clarks Blick auf sich. Niemand brauchte ihr zu sagen, daß er die Sachlage durchschaut hatte.

Clark lehnte eine zweite Tasse Kaffee ab und sagte, daß es nun wirklich an der Zeit für den Heimweg sei.

Cam, der sich ohne Pause in Lobeshymnen über seinen Sohn ergangen hatte, schob seinen Stuhl zurück und holte mit Clark das Gespann.

Marty lächelte tapfer, als sie sich von Wanda verabschiedete. Sie hoffte von ganzem Herzen, daß Clark sich mit den Pferden beeilen würde.

Auf dem Heimweg schlug Clark ein wesentlich forscheres Tempo an.

„Meinst du, du schaffst's noch bis nach Hause?" fragte er, und Marty nickte mit zusammengebissenen Zähnen.

„Ich hab' Cam zum Doktor geschickt."

Eine Welle von Dankbarkeit durchströmte Marty.

Um zwanzig Minuten nach fünf erblickte die kleine Elvira in der hilfreichen Anwesenheit des Doktors das Licht der Welt.

Missie, Luke und Arnie waren hell entzückt über das winzige Bündel. Selbst Nandry und Cathy begrüßten das kleine Mädchen mit aufrichtiger Freude.

„Können wir sie Elvira nennen, Ma?" fragte Missie.

„Warum nicht? Das ist 'n hübscher Name."

„Au fein! Ich hab' nämlich in der Schule 'ne Geschichte gelesen, da kam 'ne Elvira drin vor, und die hab' ich furchtbar gern gemocht."

Zum ersten Mal hatte Marty nicht Mas Beistand und Hilfe bei der Geburt eines ihrer Kinder in Anspruch zu nehmen brauchen. Nandry übernahm die Führung des Haushalts und machte ihre Sache ausgezeichnet. Marty war von ihrer Tüchtigkeit und ihrem Einsatz angenehm überrascht.

„Nandry", sagte sie in einem ungestörten Augenblick zu dem jungen Mädchen, „manchmal frag' ich mich ernsthaft, was wir nur so lange ohne dich gemacht haben!"

Ein fast unmerkliches Lächeln huschte über das Gesicht des jungen Mädchens.

Die langwierige Suche nach einem Pastor

Herr Whittle nahm seine Aufgabe als Mitglied des Komitees außerordentlich ernst. Er hatte für jeden Kandidaten einen Lebenslauf und eine Ausbildungsbeschreibung auf das sorgfältigste angefertigt und diese Clark und Ben zur Einsicht vorgelegt.

Von den acht Namen, die zur Auswahl standen, zog der Ausschuß drei ernsthaft in Betracht. Herr Whittle in seiner Funktion als Schriftführer wurde beauftragt, die notwendigen Briefe zu schreiben. Das tat er geflissentlich, indem er die kleine Gemeinde, den herzerfrischenden Pioniergeist ihrer Mitglieder und deren tiefe Religiosität in allen Einzelheiten pries. Diese Briefe wurden unter allseitiger erwartungsvoller Spannung abgeschickt.

Der erste Antwortbrief kam von Kandidat A. So überaus vielversprechend das Angebot auch geklungen hatte, so fühlte er sich nach eingehenden Überlegungen doch nicht für diese Stelle berufen. Ben las zwischen den Zeilen, daß das vorgesehene Gehalt nicht seinen Vorstellungen entsprochen haben mußte.

Dann schrieb Kandidat C. Auch er schlug nur äußerst ungern eine derart grandiose Gelegenheit aus, aber er beabsichtigte in Kürze, in den heiligen Stand der Ehe zu treten, und da seine zukünftige Frau eine zarte Gesundheit besaß, hielt er es für wenig ratsam, den gemeinsamen Wohnsitz so weit von den medizinischen Institutionen der Großstadt entfernt aufzuschlagen. „Kann ohne Lehnsessel und Meerschaumpfeife nicht auskommen!“ schloß Ben aus seinen wohlgesetzten Worten. Auch Kandidat B lehnte die Anfrage ab. Er hatte lange darüber nachgesonnen, und vielleicht würde er in späteren Jahren einmal darauf zurückkommen, aber zum jetzigen Zeitpunkt konnte er sich nicht festlegen. „Der wartet auf 'n besseres Angebot", sagte Ben und strich auch den Kandidaten B von der Liste.

Also wurden die fünf übrigen Kandidaten wieder von vorn in die Auswahl gezogen. Weder Clark noch Ben konnten einen darunter entdecken, der ihnen besonders tauglich für die Zwecke ihrer Gemeinde erschienen wäre, doch der Lehrer war anderer Ansicht.

„Nehmen Sie Herrn Pastor Watson zum Beispiel", sagte er leidenschaftlich. „Er hat gerade ein siebenjähriges Studium der Theologie absolviert. An ihm hätten wir einen tüchtigen Geistlichen!"

Clark und Ben fragten sich insgeheim, warum in aller Welt er nur so endlos lange für sein Studium gebraucht hatte, gaben aber schließlich doch ihre Zustimmung dazu, daß Herr Whittle sowohl ihn als auch Herrn Pastor Thomas, dessen Name ebenfalls auf der Liste stand, anschrieb.

Nach mehreren Wochen des Wartens erklärte Herr Pastor Watson sich tatsächlich bereit, das Licht des Evangeliums den Menschenkindern im sündendunklen Westen zu bringen.

Im Hinblick auf das Pfarramt, das nun bald von einem Geistlichen besetzt werden sollte, wurde eine Gemeindeversammlung einberufen, um die letzten Einzelheiten abzuklären.

So wurde beschlossen, daß auch er bei den Watleys untergebracht werden sollte. Herrn Whittles Zimmer war groß genug, um ein weiteres Einzelbett und ein zusätzliches Schreibpult zu beherbergen. Der Herr Lehrer war höchst erfreut. Er hatte seinen ehemaligen Kommilitonen seit Jahren nicht mehr gesehen, und zudem würden ihm die anregenden Gespräche über die tiefgründigen Dinge des Lebens guttun. Diesem von aller Kultur und

Bildung fernen Landstrich fehlte eben doch der intellektuelle Anreiz. Zudem war sein Besuch bei der jungen Tessie wohlwollend aufgenommen worden, so daß er sich geradezu nach jemandem sehnte, den er hin und wieder mit seinen Erfolgen in dieser Richtung beeindrucken konnte.

Alles in allem schienen die Dinge endlich auf das beste geregelt zu sein, und Herr Whittle sah der Ankunft des geistlichen Herrn erwartungsvoll entgegen.

Die Gottesdienste sollten im Schulhaus stattfinden. Es würde zwar recht eng darin werden, aber solange alle still sitzen blieben, würde man sich schon zu arrangieren wissen.

In der ganzen Gegend gab es nur noch ein Gesprächsthema: ein eigener Pastor am Ort! Der Bedarf an den Diensten eines Geistlichen ging schließlich über das, was der Reisepastor bei seinen seltenen Besuchen leisten konnte, weit hinaus. Hochzeiten, Beerdigungen und Kindtaufen wollten das ganze Jahr über gehalten werden.

Insgeheim hegte der Schulmeister die Hoffnung, unter den ersten zu sein, die ein Aufgebot bei dem neuen Pastor bestellten. Zugegeben, es gab noch manches zu regeln, wie beispielsweise die Frage der gemeinsamen Wohnung. Er würde seine junge Braut kaum in seinem Mietzimmer bei den Watleys unterbringen können, obwohl er auch dies anfangs ernsthaft erwogen hatte. Er war jedoch zuversichtlich, daß sich derlei Einzelheiten mit der Zeit von selbst klären würden.

Die Vorkehrungen für die Reise des Pastors in den Westen wurden getroffen, und die Bewohner der kleinen Gemeinde konnten den Tag seiner Ankunft kaum mehr erwarten. Der erste Gottesdienst war für den fünfzehnten März vorgesehen, und die langen Wintermonate versprachen schnell vorüberzugehen.

Tommie

Kurz nach Elviras Geburt kam Ma auf einen Besuch zu Marty. Nachdem sie das kleine Mädchen, das allenthalben liebevoll Ellie genannt wurde, gebührend bestaunt hatte, setzten sich die beiden Frauen zu einer gemütlichen Tasse Kaffee an den Tisch. Ma hatte so viel Neues zu berichten, daß sie nicht wußte, wo sie anfangen sollte.

„Denk dir nur, Marty", strahlte sie, „bald kriegen wir wieder 'nen Schwiegersohn!"

Marty sah überrascht auf.

„Wirklich? Sag bloß! Wer ist denn die glückliche Braut? Doch nicht deine Nellie?"

„Jawohl, meine Nellie!"

„Davon hatte ich ja keinen blassen Schimmer!"

„Die wenigsten haben's gewußt. Nellie redet nicht viel, und der junge Mann – also, daß der den Mund tatsächlich aufgekriegt und um ihre Hand angehalten hat, ist das reinste Wunder."

„Wer ist es denn?"

„Shem Vickers."

„Ach nee!"

Ma nickte mit einem breiten Lächeln auf dem Gesicht.

„Stell dir das bloß vor, Marty! Ich hab' den Jungen erst in den letzten paar Wochen so richtig kennengelernt. Ist 'n anständiger Kerl – selbst wenn er nicht allzuviel zu sagen hat."

Marty lachte leise.

„Der Ärmste hat ja nie viel Gelegenheit gehabt, sich im Sprechen zu üben! Dafür dürfte er geschulte Ohren haben – wenn sie noch nicht verschlissen sind, heißt das!"

Ma kicherte wie ein kleines Mädchen.

„Frau Vickers redet für 'ne ganze Armee, das steht fest."

„Wann soll denn die Hochzeit sein?"

„Sobald der Pastor ankommt; wahrscheinlich im April."

Marty lächelte.

„Ach Ma, das freut mich wirklich für die beiden!"

Ma nickte.

„Nellie ist 'n feines Mädchen. Ich werd' sie mächtig vermissen, aber sie kann's kaum erwarten, 'nen eigenen Haushalt zu haben."

„Mit deiner Nellie hat Shem das große Los gezogen, soviel steht fest."

Marty reichte ihrem Gast die Plätzchen und fragte dann unvermittelt: „Ma, hast du inzwischen mit Ben über Tommie gesprochen?"

Das Lächeln auf Mas Gesicht verblich ein wenig.

„Ja, wir haben über die ganze Sache geredet, auch mit Tommie selbst. Ben macht sich wohl gar nicht soviel daraus. Zuerst hat er sich furchtbar gegrämt, aber jetzt scheint er zu meinen, daß alles schon so kommen wird, wie's kommen muß, und daß man sich am besten irgendwie damit abfindet. Aber recht ist's mir nicht, Marty. Wenn ich an all den Kummer denk' – ach Marty, ich kann doch meinen Tommie nicht mit offenen Augen in sein Unglück rennen lassen! Das Mädchen kann einem auch leid tun. Manchmal wünsch' ich mir, daß alles bloß 'n schlimmer Traum gewesen sei!" Seufzend schüttelte sie den Kopf.

„Es wird schon irgendwie werden", wollte Marty sie trösten. „Tommie ist schließlich nicht auf den Kopf gefallen. Er wird's schon einsehen, wenn's gar nicht gehen will."

„Liebe macht blind, Marty", gab Ma zurück. „So was von Verschossenheit hab' ich mein Lebtag noch nicht gesehen. Jetzt will er sie doch glatt nach Hause mitbringen und sie Ben und mir vorstellen!"

„Warum auch nicht?"

„Also, ich weiß nicht, Marty. Wenn wir ihm das erst erlauben, dann meint er am Ende, er hat uns rumgekriegt. Und die Kinder, was sollen die denn denken: Tommie und 'ne Indianerin! Die Kleinen werden's wohl kaum für sich behalten können, und dann geht mir das Gerede erst richtig los. Demnächst weiß es der ganze Westen. Das taugt einfach nicht, Marty!"

Marty empfand ein tiefes Mitleid für Ma, aber auch der Gedanke an Tommie machte ihr das Herz schwer. Es schien einfach keinen Ausweg zu geben.

„Ma, ich glaub', ich rede am besten noch mal mit Tommie. Schickst du ihn zu mir, sobald er Zeit hat?"

„Wenn du meinst."

„Weißt du was?" sagte Marty. „Ich geb' dir 'nen Zettel für ihn mit, ja?"

Ma nickte verwundert.

„Ich bin gleich wieder da", sagte Marty und füllte Mas Tasse mit frischem Kaffee auf.

In ihrem Schlafzimmer nahm sie einen Briefbogen und einen Bleistift aus der Kommode.

„Lieber Tommie!" schrieb sie. „Es wäre gut, wenn du mir Owa-Tieka bald mal vorstelltest. Bring sie doch nächsten Mittwoch mit zu mir. – In Freundschaft, Deine Marty."

Dann faltete sie den Brief zusammen und ging in die Küche zurück. Ma steckte ihn wortlos in ihre Rocktasche, und Marty wußte, daß sie sich darauf verlassen konnte, daß ihre Worte Tommie sehr bald erreichen würden.

Alltag in der Schule

Eine wolkenverschleierte Sonne warf ihr stahlblaues Licht über die Winterlandschaft. Der Wind wehte eiskalt von Norden her, und Marty hielt besorgt nach ihren Kindern Ausschau, die durch den hohen Schnee von der Schule nach Hause stapfen mußten. Vor ihrem inneren Auge sah sie sie erfroren in einer Schneewehe liegen oder aus letzter Kraft und mit schweren Frostverletzungen das Haus erreichen.

Als die beiden endlich hinter der Wegbiegung auftauchten, schienen sie bester Dinge zu sein und es nicht einmal besonders eilig zu haben, aus der beißenden Kälte in das wohlig warme Haus zu kommen.

Marty öffnete ihnen die Tür.

„Ihr müßt mir ja halb erfroren sein!“ rief sie.

Missie sah sie verwundert an, bevor sie antwortete: „Ist schon ziemlich kalt draußen, das stimmt.“

„Eben drum. Ich hab' mir schon Sorgen um euch gemacht.“

„Wieso das denn?“

„Na, weil ihr den langen Weg durch Kälte und Wind vor euch hattet.“

„Ach, da ist doch nichts dabei!“

Missie schüttelte ihren Mantel ab und mußte sich ermahnen lassen, ihn an den Haken zu hängen.

„Setzt euch!“ sagte Marty. „Ich hab' euch 'n bißchen Milch heiß gemacht. Wärmt euch erst mal richtig auf!“

Widerspruchslos nahmen die beiden Mädchen die heiße Milch und das Stück Gewürzkuchen, das Marty ihnen dazugelegt hatte.

„In der Schule war's auch kalt heute", berichtete Cathy.

„Stimmt", neckte Missie. „Nathan hat Cathy sogar seinen Pullover leihen müssen, so kalt war's!"

Cathy errötete.

„So, so! Dafür ist Willie in dich verknallt!"

„Ist er gar nicht!" gab Missie hitzig zurück. „Diesen blöden Willie LaHaye kann ich nicht ausstehen!"

„Der kann dich aber ausstehen, ganz gut sogar."

„Kann er nicht. Der und ich, wir hassen uns wie die Pest!"

Cathy schien ein anderes Thema anschneiden zu wollen, doch sehr zu Martys Unwillen kam sie im Handumdrehen wieder auf das alte zurück.

„Und wissen Sie was? Heute hat Herr Whittle die beiden Besten im Rechnen und Schönschreiben nach vorn kommen lassen. Und wissen Sie auch, wer's gewesen ist? Sie mußten sich ganz vorn vor die ganze Klasse stellen."

Missie ließ feurige Pfeile aus ihren Augen blitzen, doch Cathy schenkte ihr keine Beachtung.

„Jawohl, ganz vorn mußten sie stehen, und alle haben Beifall geklatscht. Und wissen Sie, wer's war? Missie und Willie!"

„Das ist aber schön, Missie, daß du so gute Noten gekriegt hast!" wollte Marty die beiden Kontrahenten ablenken, doch ohne Erfolg.

„Jawohl, Missie und Willie", wiederholte Cathy effektvoll. „Und wenn ihr groß seid, heiratet ihr bestimmt!"

„Nee, das tun wir nie!" Missie sprang von ihrem Stuhl auf. Dabei hatte sie ihr Milchglas umgestoßen. „Ich heirate Tommie, Cathy Larson, daß du's nur weißt!" Jetzt standen ihr die Tränen in den Augen. In ihrem ohnmächtigen Zorn griff sie nach Cathys Zopf und zog aus Leibeskräften daran, bevor sie schluchzend aus der Küche lief. Jetzt war es an Cathy, in Tränen auszubrechen.

Es war Marty nicht gelungen, den Streit zu verhindern,

und so versuchte sie, Cathy so gut es ging zu trösten, und ermahnte sie gleichzeitig, Missie nicht so arg zum Zorn zu reizen. Dann wischte sie die verschüttete Milch auf und machte sich auf den Weg zu Missies Zimmer, um ihrer Tochter ins Gewissen zu reden.

Missie war nur mühsam davon zu überzeugen, daß man andere Kinder nicht an den Zöpfen zieht, selbst wenn man sich noch so sehr im Recht fühlt. So etwas würde von jetzt an nie wieder vorkommen, schärfte sie ihr ein. Doch der schwierigste Teil des Gespräches kam, als Marty dem Mädchen behutsam erklärte, daß Tommie ein erwachsener Mann war und daß er sich vielleicht auch jemand anderes zum Heiraten suchen konnte. Das war bittere Medizin für Missie. Tommie war doch immer ihr „ganz besonderer Freund" gewesen.

„Ich weiß", sagte Marty, „aber auch die besten Freunde heiraten sich nicht automatisch. Besonders, wenn der eine 'n erwachsener junger Mann ist und der andere noch 'n kleines Mädchen."

„Dann will ich eben nie, nie heiraten!" schwor Missie sich. „Keinen auf der ganzen Welt, wenn ich meinen Tommie nicht kriege!"

Marty strich ihr über das Haar und sagte mit sanfter Stimme: „Das brauchst du auch nicht, Kind, wenn du nicht willst. Aber vielleicht änderst du deine Meinung noch, wenn du größer bist. Du hast doch noch so viel Zeit!"

So wischte Missie sich endlich getröstet die Tränen aus dem Gesicht und ging auf Geheiß ihrer Mutter zu Cathy, um ihre Entschuldigung vorzubringen.

Owa-Tieka

Wie verabredet klopfte Tommie am Mittwoch an Martys Tür. Als sie ihn hereinbitten wollte, wehrte er ab.

„Würde es Ihnen was ausmachen, mit mir zum Brunnen zu gehen?“ fragte er. „Wir möchten lieber nicht hier gesehen werden.“

Marty streifte ihren Mantel über. Clark war aus dem Haus, Ellie schlief fest, und Nandry beschäftigte sich gerade mit Arnie und Luke.

Der Wind hatte sich gelegt, so daß der Frost nicht mehr so durchdringend scharf erschien. Wortlos ging Tommie zum Brunnen voran. Marty hatte sich dieses Mädchen, das dort auf sie wartete, schon oft vorzustellen versucht. Was mochte sie nur an sich haben, daß Tommie sich Hals über Kopf in sie verliebt hatte?

Endlich erreichten sie den Brunnen. Eine hochgewachsene, schlanke Gestalt wandte sich zu ihnen um.

„Wie schön sie ist!“ mußte Marty unwillkürlich denken. Sie trug ein mit Holzperlen geschmücktes ledernes Kleid. Tiefdunkle Augen schauten aus einem empfindsamen, feingeschnittenen Gesicht. Mit leicht geöffnetem Mund stand sie wachsam da und erwiderte Martys gespannten Blick.

„Owa-Tieka!“ sagte Marty ihren Namen leise und schenkte ihr ein freundliches Lächeln. „Ich freu’ mich, dich kennenzulernen!“

Da schmolz auch der Ausdruck des jungen Mädchens zu einem Lächeln.

„Ich freue mich ebenfalls“, sagte sie mit sorgfältig gewählten Worten, „Sie kennenlernen zu dürfen, Marty. Tom hat mir viel von Ihnen erzählt.“

„Du sprichst aber gut Englisch“, staunte Marty.

„Ich ging zur Missionsschule, als meine Mutter noch lebte“, erklärte sie ohne jeden Anflug von Sentimentalität.

„Und deine Mutter?“

„Sie ist tot. Ich wohne jetzt bei meinem Großvater. Er wünscht nicht, daß ich die Missionsschule besuche.“

„Ach so, ich verstehe.“

Tommie hatte sich neben Owa-Tieka gestellt. In seinen Augen stand seine Liebe zu ihr geschrieben. Jetzt wünschte er sich nichts sehnlicher, als daß auch Marty sein Mädchen liebgewann.

„Hast du Tommie denn deinem Großvater schon vorgestellt?“

„Nein, nein“, sagte sie hastig. „Er darf Tommie nicht sehen!“

„Ich würd' ihn so gerne kennenlernen“, sagte Tommie. „Ich hab' ihm so viel zu sagen und ...“

„Er versteht die Sprache des Weißen Mannes nicht“, unterbrach ihn Owa-Tieka.

„Ich könnte ihm wenigstens die Hand geben“, beharrte Tommie, „und ihn anlächeln.“

„Nein“, schüttelte Owa-Tieka den Kopf. „Das ist nicht möglich. Mein Großvater würde dich nicht sehen wollen.“

„Aber guck mal, Marty ist doch auch hergekommen, und sie ist 'ne Weiße ...“

Aus Owa-Tiekas Augen blitzte es förmlich.

„Die weiße Frau hat ihre Söhne und Enkel nicht durch die Pfeile der Indianer verloren, aber mein Großvater hat seine Söhne und deren Söhne zu Grab getragen, weil die Gewehre des Weißen Mannes sie getötet haben.“

Marty legte ihre Hand auf den Arm des Mädchens.

„Schon gut“, sagte sie. „Tom wird nicht in das Zelt deines Großvaters eindringen. Aber bedenk doch mal: Könnt ihr eure Liebe für immer verheimlichen? Wirst du

Tommie noch lange vor deinem Großvater verstecken können?“

„Mein Großvater ist sehr alt“, antwortete Owa-Tieka sanft. „Er ist schwach und von den Jahren gebeugt. Bald wird er in die ewigen Jagdgründe eingehen. Es gibt keinen Grund, ihm alles zu sagen.“

„Ich verstehe.“

Martys Vermutung war also richtig gewesen.

Eine beklemmende Stille folgte. Marty suchte mühsam nach den richtigen Worten, und schließlich brachte sie stotternd die Frage hervor, die ihr auf dem Herzen gelegen hatte:

„Und du, Owa-Tieka, willst du ... willst du Tommie wirklich heiraten?“

„Aber ja!“ Die dunklen Augen wurden samtweich, als sie jetzt den jungen Mann an ihrer Seite ansah. Tommie legte seinen Arm um sie. Wer hätte leugnen können, daß die beiden sich aufrichtig liebten?

Marty atmete tief und ging ein paar Schritte abseits. Nur langsam fand sie zu den beiden jungen Leuten zurück. Ihr Herz war sorgenschwer um die Liebenden unterschiedlicher Herkunft, Religion und Hautfarbe. Was konnte sie nur zu ihnen sagen?

Endlich kamen ihr die Worte.

„Owa-Tieka, ich glaub', ich kann verstehen, warum Tommie dich so liebhat. Du bist 'n hübsches, einfühlsames Mädchen. Ich ... ich wünschte für euch beide, daß ... daß ihr's im Leben leichter hättet, wenn ihr heiraten solltet, aber ich weiß nicht. Ich weiß es wirklich nicht.“

Sie sah dem jungen Mädchen in das wache, aufmerksame Gesicht.

„Aber das eine sollst du immer wissen: ich bin auf eurer Seite.“

„Danke“, flüsterte Owa-Tieka. Marty ging auf die beiden zu, umarmte das Mädchen, warf Tommie einen ernsten Blick zu und wandte sich zum Gehen.

Auf dem Weg zum Haus zurück strömten ihr die Tränen über das Gesicht. Sie würde noch einmal mit Ma sprechen. Sie wußte zwar noch immer nicht, ob es recht war, daß sie sich zwischen Mutter und Sohn stellte, aber sie würde nicht versuchen, diese Ehe vor Ma zu rechtfertigen. Sie konnte Ma nur um Verständnis für Tommies große Liebe bitten.

Dies und das

Am folgenden Samstag kehrte Clark mit der betrüblichen Nachricht aus der Stadt zurück, daß Frau McDonald schwer krank war. Der Doktor, der täglich Hausbesuche bei ihr machte, hatte von einem Schlaganfall gesprochen. Als Folge des Anfalls war eine linksseitige Lähmung eingetreten; sie konnte nicht sprechen und war völlig an ihr Bett gefesselt. Die Aussichten auf eine baldige Besserung waren sehr gering. Frau Nettles und die Witwe Gray aus der Stadt wechselten sich mit der Pflege der Kranken ab. Der Laden sollte so bald wie möglich verkauft werden.

Marty nahm sich die schlimme Nachricht sehr zu Herzen. Sie hatte Frau McDonald nie besonders gern gemocht, und nun überwältigten sie die ärgsten Schuldgefühle.

„Wenn ich mir bloß mehr Mühe gegeben hätte“, warf sie sich vor, „dann hätte ich hinter den neugierigen Augen und der messerscharfen Zunge vielleicht doch noch ’nen liebenswürdigen Menschen entdeckt.“

Doch auch dieser Gedanke konnte sie nicht über ihr schlechtes Gewissen hinwegtrösten.

„Lieber Heiland“, betete sie, „vergib mir doch bitte, daß ich so ungerecht war. Hilf, daß ich von jetzt an das Gute in jedem Menschen suche, auch wenn’s noch so verborgen scheint.“

So konnte sie nichts weiter tun, als Herrn McDonald einen kalten Braten und einen Napfkuchen zusammen mit einem aufrichtig gemeinten Gruß zu schicken.

*

Der Winter nahm seinen Lauf, und die Ankunft des Pastors rückte mit jedem Tag näher.

Auch Nellies Heiratspläne näherten sich ihrer Verwirklichung. Shem Vickers schien endlich seine Sprache gefunden zu haben und redete jetzt mehr als in all den Jahren seiner Kindheit zusammengerechnet. Mit Stolz verbreitete er die Nachricht, daß er bald seine Braut vor den Altar zu führen gedachte.

Herr Whittle machte ebenfalls Fortschritte in seinem Werben um eine Braut, doch die Hoffnung, zu den ersten der von dem neuen Pastor getrauten Paare zu gehören, hatte er vorläufig aufgegeben. Er hatte noch immer keine geeignete Unterkunft für sich und seine zukünftige Frau gefunden und deshalb den bewußten Antrag noch nicht gemacht. Tessie, die den Grund dieser Verzögerung nicht kannte, wurde zunehmend ungeduldiger.

Schließlich wagte Herr Whittle eine Anfrage an den Schulausschuß, ob es wohl möglich wäre, eine Lehrerwohnung neben dem Schulhaus zu errichten. Er überreichte den Herren Ausschußmitgliedern eine schriftliche Aufstellung der Vorzüge eines solchen Anbaus:

Im Winter könne er so den Ofen nach Schulschluß besser im Auge behalten.

Sollte ein Schüler seine Hilfe außerhalb der Unterrichtsstunden benötigen, so wäre er gleich nebenan zu erreichen.

Auch würde er weniger Zeit für den Weg zur Arbeitsstelle aufwenden müssen.

Selbstverständlich war keiner der angeführten Gründe sein eigentliches Anliegen, doch der Schulausschuß entschied nach reiflicher Überlegung, daß eine dem Schulgebäude angegliederte Lehrerwohnung vielleicht keine schlechte Idee war, und bewilligte den Bau eines einfachen, doch angemessenen Hauses im übernächsten Frühjahr.

Sosehr Herrn Whittle sein Erfolg auch freute, so erschien ihm die Wartezeit doch recht lang. Er hatte sich seine eigenen vier Wände zu einem früheren Zeitpunkt erhofft. Vorläufig hielt er es deshalb für das beste, seine Heiratsabsichten für sich zu behalten.

Und so verstrichen die Tage und Wochen. Tessie war zwar weit davon entfernt, ihrem Verehrer den Laufpaß zu geben, doch ihre Geduld neigte sich zusehends dem Ende zu.

Mas großer Kummer

Marty wickelte die kleine Ellie in eine warme Decke zum Schutz gegen den kühlen Märzwind und machte sich auf den Weg zu den Grahams. Sie mußte dringend mit Ma sprechen.

Nandry blieb mit Luke und Arnie zu Hause. Marty hatte ihr vorgeschlagen, die beiden Lausbuben auf einen Spaziergang an die frische Luft mitzunehmen, doch Nandry hatte höflich, aber bestimmt abgelehnt. „Nandry sitzt mir ja den ganzen Tag im Haus!" hatte Marty besorgt zu Clark gesagt. „Junge Leute gehören doch nach draußen!" Die Gesellschaft der beiden Kinder schien jedoch Nandry vollauf zu genügen.

Bei den Grahams ging es ungewöhnlich ruhig zu. Die Kinder waren bis auf Nellie und Tom, der im Geräteschuppen arbeitete, in der Schule. Nellie legte gleich das Handtuch, das sie gerade bestickte, aus der Hand, um die kleine Ellie auf die Arme zu nehmen.

„Haben Sie gehört, daß Sally Anne ihr Zweites erwartet? Im Herbst soll's ankommen. Diesmal hofft Jason, daß es 'n Junge wird – obwohl er seine Elisabeth Anne nicht mal für 'nen Wagentreck voller Jungs hergeben würde!"

Marty freute sich für die junge Familie. Ein Neugeborenes war doch immer ein willkommener Sonnenschein.

Nellie legte den Säugling in eine Wiege, die für kleine Gäste in der Zimmerecke bereitstand, und setzte das Kaffeewasser auf.

Dann mußte Marty all die Tücher und Vorhänge bewundern, die Nellie für die Aussteuer gehandarbeitet hatte. Ma nähte gerade an einer bunten Steppdecke für das junge Paar. Es war schwer zu sagen, wer von den beiden sich am meisten auf den großen Tag freute: die Mutter oder die Tochter.

Der Kaffee war fertig. Die drei Frauen setzten sich zu einem gemütlichen Plauderstündchen an den Tisch und nahmen ihre Näharbeiten zur Hand.

Zunächst tauschten sie einige Neuigkeiten aus der Nachbarschaft aus. Frau McDonald ging es nach wie vor schlecht, und es war ein reiner Segen, daß ihr Mann Hilfe bei ihrer Pflege hatte. Dann sprachen sie eingehend über Nellies Hochzeit und alle Vorbereitungen, die bis dahin noch zu treffen waren.

Als endlich eine Pause entstand, schnitt Marty das Thema an, um dessentwillen sie eigentlich hergekommen war.

„Tommie war letzte Woche bei mir."

Ma nickte. „Ja, er hat mir erzählt, daß er mit dir gesprochen hat."

„Hat er auch erwähnt, daß er nicht allein gekommen ist?"

„Nee, das hat er nicht."

„Owa-Tieka war bei ihm."

Mas Kopf schoß in die Höhe. Nellies Sticknadel blieb mitten in der Luft stehen.

„Ich hab' ihn gebeten, sie mitzubringen", erklärte Marty. „Hab' gedacht, 's wird doch Zeit, daß einer von uns sie mal kennenlernt, und in eurem Haus wär' das vielleicht schwierig geworden."

Mas Augen drängten sie zum Weitersprechen, doch Nellie fragte einfach geradeheraus: „Wie ist sie denn, Marty?"

„Ein bildhübsches Mädchen. Jetzt kann ich gut verstehen, wie Tommie sich in sie verlieben konnte. Sie ist gertenschlank und hat große, schwarze Augen und lange, schwarze Zöpfe. Dumm ist sie auch nicht; sie spricht erstaunlich gut Englisch. Höflich war sie, und ..."

„Mein Gott“, flüsterte Ma und senkte den Kopf. „Was sollen wir bloß tun?“

Marty hielt inne. Eine Zeitlang saßen die drei Frauen schweigend da, und jede hing ihren Gedanken nach. Schließlich fuhr Marty fort.

„Sie nimmt sich auch alles sehr zu Herzen. Sie liebt Tommie, da bin ich mir ganz sicher. Aber Tommie ist der einzige Weiße, dem sie überhaupt über den Weg traut. Ihr Großvater haßt die Weißen, und vielleicht sogar mit gutem Grund. Er hat sie von der Missionsschule genommen. Ich glaub, sie hat mich auch nicht recht gemocht, obwohl sie sich um Tommies willen Mühe gegeben hat. Irgendwie konnte ich ihr das Mißtrauen noch aus den Augen ablesen.“ Marty seufzte. „Ja, Mühe gegeben hat sie sich – aus Liebe zu Tommie. Und vielleicht ... mit der Zeit ... ach, ich weiß auch nicht.“

Ma hatte ihren Blick nicht gehoben. Jetzt strich sie sich mit einer von der Arbeit rauhen Hand über das Gesicht.

„Wenn ich doch bloß wüßte, wie's weitergehen soll! Wenn ich das doch bloß wüßte!“ flüsterte sie ratlos.

Nellie war schnell mit einer Antwort bei der Hand.

„Ich weiß gar nicht, was daran so schwierig sein soll“, sagte sie. „Wenn sie sich lieben, warum sollen sie dann nicht heiraten?“

Jetzt sah Ma endlich auf. „Mein Kind“, sagte sie, „du hast aber auch nichts als Liebe im Kopf. Ich seh' da 'n bißchen weiter. Denk doch mal dran, wie schwer's 'ne Familie im Leben hat, die weder rot noch weiß ist!“

Ellie wurde in ihrer Wiege unruhig und begann zu schreien. Marty stand auf, um sie zu holen. Hatte sie die richtigen Worte gesagt? War es wirklich ihre Sache, sich für das junge Liebespaar einzusetzen? Nein, sie wußte beim besten Willen nicht, ob das recht war. Sie hatte lediglich ihre Eindrücke von dem indianischen Mädchen weitergegeben. Jetzt war es an Ma, zu einem Entschluß zu kommen.

Pastor Watsons Einzug

Ein Gespann wurde losgeschickt, um den Pastor an der Überlandkutsche abzuholen und ihn in die Stadt zu bringen. Dort sollte er sich dann zwei Tage lang in dem kleinen Hotel von den Strapazen der Reise ausruhen, bevor er sein Quartier bei den Watleys bezog. Belle Watley war außer sich vor Entzücken. Man stelle sich vor! Sie hatte die seltene Ehre, nicht nur den Herrn Schulmeister in ihrem Haus zu beherbergen, sondern auch den Herrn Pastor! Dennoch gelang es ihr, ihren Überschwang zu beherrschen. Trotz der Tatsache, daß ihre Gesichtsfarbe sich ins Hochrote gesteigert hatte und ihr Mund von früh bis spät nicht stillstand, begnügte sie sich damit, ihre Töchter mit den notwendigen Vorbereitungen zu beauftragen.

Kurz darauf sprach es sich wie ein Lauffeuer herum, daß der Herr Pastor wohlbehalten angekommen und im Hotel untergebracht worden war. Am kommenden Freitag würden die Watleys ihn von dort auf ihre Farm holen. Auf diese Weise kam er in den Genuß eines freien Tages vor seinem ersten Gottesdienst in der kleinen Farmergemeinde.

Jedermann in der ganzen Nachbarschaft hatte den geistlichen Herrn mit Spannung erwartet, und am Sonntag morgen fuhr ein Gespann nach dem anderen im Schulhof vor. Selbst diejenigen, die sonst selten an dem sonntäglichen Beisammensein um das Wort Gottes teilnahmen, ließen sich herbeilocken. Nur Charles LaHaye war wieder einmal zu Hause geblieben, hatte aber seiner Familie die Erlaubnis gegeben, die Arbeit einmal zur Seite zu legen, um diesen denkwürdigen Gottesdienst zu besuchen.

Marty, die sich auf den Anblick einer schmächtigen, kleingewachsenen Männergestalt aus der Großstadt an der Küste gefaßt gemacht hatte, war angesichts des noch recht jungen Pastors wie vom Donner gerührt. Er war groß, doch sein Umfang wirkte geradezu überwältigend. Es war nicht so sehr sein Gewicht selbst, sondern dessen Verteilung, die einem den Atem verschlug. Er schien seine ganze Last direkt vor dem Bauch zu tragen. Seine Westenknöpfe schienen einer enormen Zugspannung ausgesetzt zu sein, und sein Gesicht schwamm wie ein verkleinertes Abbild dessen, was er vor sich herschob, über dem gestärkten Kragen. So kugelrund und schwer war sein Kopf, daß niemand zu sagen wußte, ob der Herr Pastor überhaupt einen Hals besaß.

Wenn man von runden, rosigen Wangen auf eine heitere Persönlichkeit zu schließen gewohnt war, so sollte Pastor Watson sich als eine Enttäuschung erweisen. Marty hatte selten ein ernsteres Gesicht gesehen. Die Abwesenheit jeglicher Lachfalten um Augen und Mund verriet einen wenig ausgeprägten Sinn für Humor.

„Vielleicht ist er ja noch 'n bißchen müde von der langen Reise", sagte sie sich. „Bis zum nächsten Sonntag hat er sich bestimmt hier eingelebt."

Der gute Herr Pastor besaß eine dröhnende Stimme, und trotzdem der Gemeinde einige Lieder völlig unbekannt waren, verlief das gemeinsame Singen recht erfolgreich. Auch das Gebet war Marty wie aus dem Herzen gesprochen. Wie gut es doch war, endlich regelmäßige Gottesdienste für die ganze Familie zu haben!

Die Predigt jedoch war Marty ein einziges Rätsel. Es lag nicht etwa an mangelnder Lautstärke, sondern es war der Sinn der Worte, der ihr entging. So viele Ausdrücke und Wendungen waren ihr vollkommen fremd. Kaum hatte sie das Gefühl, der Predigt ein wenig gefolgt zu sein, als sie den Faden auch schon wieder verloren hatte. Das mußte an ihrer eigenen Unwissenheit liegen, schalt sie sich und beschloß, Clark auf dem Heimweg um eine Erklärung zu bitten.

Nach dem Gottesdienst verließ die kleine Gemeinde das Schulhaus. Inmitten des allgemeinen Plauderns, das nun den Schulhof erfüllte, hörte Marty manch ein anerkennendes: „Gute Predigt, Herr Pastor!“, worauf sie endgültig davon überzeugt war, die dümmste Person in der ganzen Zuhörerschaft zu sein.

Sobald sie im Wagen saßen, begann sie zaghaft: „Pastor Watson macht seine Sache aber gut, nicht?“

„Ja, so scheint's.“

„Spricht richtig laut und deutlich, nicht?“

„Allerdings.“

„Und singen kann er auch gut.“

„Ja, das kann er.“

„Clark ... über was hat er denn eigentlich gepredigt?“

Jetzt brach Clark in schallendes Gelächter aus.

„'n Königreich für den, der's mir verraten kann!“ brachte er endlich hervor.

„Was denn – du hast auch nichts von der Predigt verstanden?“

„Nicht die Bohne!“ lachte Clark, „und ich möchte den sehen, dem's anders ergangen ist!“

„Liebe Güte, und ich dachte schon, ich wär' ganz allein so dumm!“ gestand Marty, und Clark lachte wieder.

„Also, im Ernst“, sagte er, als er sich wieder gefaßt hatte, „ich glaub', der gute Herr Pastor hat was über den Menschen als Krone der Schöpfung gesagt, die Gott zu einem ganz besonderen Zweck geschaffen hat – aber frag mich nicht, was dieser Zweck sein soll. Das Wort ‚Selbstverwirklichung‘ oder so ähnlich hat er wohl 'n paarmal erwähnt; was er damit meint, ist mir aber immer noch schleierhaft.“

Marty hatte ihm aufmerksam zugehört.

„Vielleicht erklärt er's uns am nächsten Sonntag“, sagte sie dann gedankenverloren.

Ein stiller Abschied

Marty räumte gerade den Abendbrottisch ab, als sie Hufschläge im Hof hörte. Es war Tommie. Er schien in großer Eile zu sein. Marty schickte ein Stoßgebet zum Himmel, während sie zur Tür hastete.

Sein Gesicht war bleich und schmerzverzerrt, doch eine eiserne Entschlossenheit stand in seinem Blick.

„Kann ich Sie mal kurz sprechen?“ fragte er mit rauher Stimme.

„Aber klar, Tommie“, antwortete sie und schloß die Tür hinter ihm. „Was in aller Welt ist denn passiert?“

„Ich geh’ weg von hier!“

„Weg? Aber wohin denn? Und warum?“

„Heut’ nachmittag hab’ ich ’ne Nachricht von Owa-Tieka gekriegt. Wir hatten uns wie immer verabredet, aber sie ist nicht gekommen. Ich hab’ auf sie gewartet, und als ich gerade zu dem Ort gehen wollte, wo sie mit ihrem Großvater wohnt, hab’ ich ’n paar Steine auf dem Boden gefunden. Dazwischen war dieser Brief geklemmt.“

Er reichte Marty ein zerknittertes Papier. Sie nahm es mit bebenden Händen.

„Lieber Tom!“ hieß es darauf. „Großvater muß alles über uns erfahren haben. Er nimmt mich mit sich ins Reservat zurück. Bitte versuche nicht, mir dahin zu folgen, sonst begibst du dich in Gefahr. Ich bin Springendem Hirsch zur Braut versprochen worden. – Owa-Tieka.“

Nun verstand Marty die Seelenqualen in dem Gesicht des jungen Mannes.

„Ach Tommie!“ flüsterte sie. „Das tut mir aber leid!“

Tommie scharrte mit den Füßen. Erst jetzt sah Marty, daß er mit den Tränen kämpfte.

„Aber warum willst du weg von hier?“

„Ich kann nicht hierbleiben!“ Seine Stimme klang bitter. „Das war's doch, was Ma immer gewollt hat. Hoffentlich ist sie jetzt zufrieden!“

Marty legte eine Hand auf seinen Arm.

„Tommie, keine Mutter kann glücklich sein, wenn ihre Kinder Kummer haben. Weißt du das denn nicht? Ma hat sich Sorgen um dich gemacht – um dich und Owa-Tieka. Sie hat gemeint, es würde nie gutgehen mit euch beiden. Aber daß du jetzt so traurig bist, Tommie – darüber kann sie sich nicht freuen. Sie hat Mitleid mit dir, ganz großes Mitleid!“

Tommie strich sich mit dem Handrücken über das Gesicht und wandte sich von Marty ab.

„Ich muß trotzdem weg von hier“, sagte er. „Ich halt's hier nicht mehr aus. Wenn ich dran denke, wie Ma mir am liebsten zum Trost 'n neues Mädchen suchen würde, also ...“

„Ja, das kann ich gut verstehen“, sagte Marty sanft.

„Ich hab' Ma und Pa 'nen Brief dagelassen. Hab' nicht viel geschrieben. Sie sagen's ihnen doch, Marty, ja? Sagen Sie ihnen, warum ich gehen mußte.“

Marty versprach es seufzend.

„Paß nur gut auf dich auf, Junge, hörst du? Und schreib ab und zu!“

Er nickte nur. Seine Stimme wollte ihm nicht gehorchen. Er wandte sich ab und ging. Mit tränenfeuchten Augen sah ihm Marty nach.

Das Leben geht weiter

Niemand nahm sich Tommies Weggang mehr zu Herzen als Missie. Manch einem tat der junge Mann in seinem großen Kummer zwar leid, doch Missie trauerte ihm schmerzlich nach. Es ging einfach über ihren Verstand, warum er seine Heimat so plötzlich verlassen mußte. Sosehr Marty auch versuchte, das kleine Mädchen über seinen Verlust hinwegzutrösten, so blieben alle ihre Bemühungen vergeblich.

Die zahllosen Vorbereitungen für Nellies Hochzeit halfen Ma ein wenig über die schweren Tage nach Tommies plötzlichem Aufbruch hinweg.

Der März zog ins Land, und bald verhieß der April neue Kraft, Wachstum und Leben. Nellie sah ihrem großen Tag mit glänzenden Augen und rosigen Wangen entgegen.

„Lachen alle Leute so, wenn sie bald heiraten?" wollte Luke eines Sonntags nach dem Gottesdienst wissen.

Marty mußte lächeln.

„Ja, die meisten tun das", antwortete sie.

Luke gab sich zufrieden. Die Erwachsenen waren doch eine sonderbare Sorte von Menschen!

Der Pastor hatte inzwischen fünf Predigten in seiner neuen Gemeinde gehalten, und Marty hatte längst die Hoffnung auf irgendwelche allgemeinverständlichen Erläuterungen aufgegeben. Manchem anderen unter den Nachbarn schien es nicht anders ergangen zu sein, denn die ersten Familien begannen, den sonntäglichen Zusammenkünften fernzubleiben. Dennoch blieb kein Platz in dem engen Schulgebäude unbesetzt; aber eine gewisse

Feierlichkeit des Gottesdienstes wollte nicht recht zustande kommen.

Marty hatte sich oft im stillen gewünscht, der Herr Pastor verfüge über etwas weniger „Bildung“. Herz und Seele sehnten sich in ihr nach geistlicher Speise, doch Sonntag für Sonntag mußte sie leer wieder nach Hause gehen. Zugegeben, die Worte, die sie gehört hatte, klangen wohlgesetzt und waren bestimmt sehr gelehrt, doch wie hohl waren sie doch für jemanden, der ihren Sinn nicht erfassen konnte!

Eines Sonntags war der Herr Pastor bei ihnen zu Gast gewesen. Bei der Gelegenheit war Marty dem Grund seines unförmigen Leibes auf die Spur gekommen. Solche Berge von Brathühnchen und Kartoffelpüree hatte sie noch nie in einem einzigen Mund verschwinden sehen. Selbstverständlich enthielt sie sich jeder Bemerkung über dieses Schauspiel, doch als sie sah, wie Luke den geistlichen Herrn mit großen Augen anstarrte, unterdrückte sie mühsam ein Lachen und lenkte den Burschen mit einer Frage ab, um zu verhindern, daß der kleine Lausbub mit einem höchst peinlichen Kommentar herausplatzte.

Allenthalben nahm man den Herrn Pastor, wie er war. Er war immerhin mit einer Mission hergekommen und schien seinen Auftrag ernst zu nehmen. Insgeheim jedoch gab es wohl niemanden unter den Nachbarn, der ihn sonderlich mochte, obwohl kein einziger von ihnen jemals ein Wort darüber verloren hätte.

Rett

Frühjahr und Sommer kamen und gingen, und bald hielt der Herbst wieder Einzug. Die Schule öffnete ihre Pforten nach den großen Ferien, und mit den Mädchen machte sich nun auch ein selbstbewußter Luke auf den Schulweg. Seine einzige Sorge war, wie in aller Welt sein Pa nun ohne ihn mit der Arbeit zurechtkommen sollte, doch Clark versicherte ihm, daß er ja jetzt Arnie zur Hilfe habe.

Luke sprudelte geradezu über von seinen Erlebnissen in der Schule. Missie nannte ihn oft einen regelrechten Petzer, doch selbst das konnte ihn nicht an seinen lebhaften Berichten hindern.

Eines Nachmittags saß Marty mit ihrem Strickstrumpf im Schaukelstuhl. Im ganzen Haus war es so still, daß das Klappern ihrer Stricknadeln und das Ticken der Uhr die einzigen Geräusche weit und breit waren. Nandry pflückte draußen Beeren, Arnie war mit seinem Pa auf dem Feld, die drei Großen waren in der Schule, und Ellie schlief fest.

Martys Gedanken wanderten zu den Marshalls. Die beiden Familien sahen sich recht häufig. Inzwischen sprach die ganze Nachbarschaft über Rett. Alle hatten bemerkt, daß er sich nicht normal entwickelte – alle, so schien es, außer Wanda und Cam. Martys Herz wurde schwer bei dem Gedanken an das Kind. Rett war groß für sein Alter und konnte auch endlich laufen, doch er hatte noch immer keine Sprechversuche unternommen. Er stand außer Zweifel, daß er nie wie andere Kinder werden würde.

Cam prahlte noch immer ständig über seinen Sohn. Wie würde er es aufnehmen, wenn es ihm eines Tages wie Schuppen von den Augen fiel?

Ein einfahrendes Gespann unterbrach sie in ihren Gedanken. Überrascht sah sie, daß es Wanda selbst war, die zu Besuch kam.

Auch Rett war mit von der Partie. Stolz saß er neben seiner Mutter auf dem Kutschbock und hielt das Zügelende in den Händen.

Wanda band die Pferde an und hob Rett vom Wagen. Kaum hatte er festen Boden unter den Füßen, als er auch schon, vor Begeisterung quietschend, auf den Hofhund zulief. Es dauerte nicht lange, und er hatte sich auf das beste mit Bob angefreundet. Als Wanda ihn dann bei der Hand nahm und mit ihm auf das Haus zuging, zeigte er weder Widerwillen noch besonderen Eifer.

Wanda kam gleich zur Sache.

„Ich muß einfach mit dir reden, Marty", begann sie. Um ihr Kinn zitterte es leicht. „Ich brauche jemanden, der mich versteht. Die Nachbarn erzählen sich, Rett sei anders als andere Kinder. Alle sprechen davon, das weiß ich schon lange. Sie meinen wohl, daß Cam und ich ... daß wir nicht Bescheid wüßten. Marty, wir wissen genau, was mit ihm los ist. Als er noch ganz klein war, ist es mir schon aufgefallen. Sicher, ich habe zuerst gehofft und gebetet, alles möge ein Irrtum sein – aber im Grunde war es mir doch glasklar. Eine Zeitlang habe ich mir Sorgen wegen Cam gemacht. Ich hatte Angst, daß er es nicht verkraften würde. Und dann ... eines Abends, da ... da hat er mir gesagt, daß ... daß er's auch die ganze Zeit über gewußt hat."

Wandas Lippen bebten. Es kostete sie Überwindung, weiterzusprechen.

„Marty, hast du ... hast du schon einmal einen erwachsenen Mann weinen sehen? Richtig weinen? Das ist ein Anblick, der einem das Herz bricht!"

Sie wischte sich die Tränen von den Wangen und seufzte tief, bevor sie fortfuhr.

„Ich mußte mir das alles einmal von der Seele reden, Marty. Ich wußte, daß du mich verstehen würdest. Am Anfang fiel es mir entsetzlich schwer – aber weißt du, jetzt würde ich es gar nicht mehr ändern wollen. Er hat uns soviel Freude gebracht. Du weißt doch selbst, Marty, wie sehr ich um ein Kind gebetet hatte. Und ... und Gott hat mich erhört und mir eins geschenkt ... einen kleinen Jungen, der ... der in mancher Hinsicht nie erwachsen sein wird. Kann ich Gott deshalb Vorwürfe machen? Ich glaube nicht, daß er je auch nur zur Schule aus dem Haus gehen wird. Ich werde ... mein Baby ... immer für mich haben!"

„Wanda, liebe Wanda!" Marty legte die Arme um ihre Freundin, und gemeinsam weinten sie, bis die Tränen ihren Schmerz gekühlt und es ihnen leichter ums Herz wurde. Dann erst konnten sie der Zukunft mit neuem Mut und gestärkten Hoffnungen entgegensehen.

Die ganze Zeit über hatte Rett zufrieden mit den Bauklötzen auf dem Fußboden gespielt. Er schob sie unentwegt vor sich hin und her; es schien ihm nicht einmal in den Sinn zu kommen, sie zu Häusern und Burgen aufzutürmen.

Eine richtige Kirche

Im nächsten Frühjahr entstand das kleine Blockhaus neben der Schule, und Herr Whittle und seine Braut konnten endlich Einzug halten. Jedermann am Ort hatte inzwischen den wahren Grund hinter des Schulmeisters Antrag auf eine eigene Lehrerwohnung erraten, denn kaum, daß sein Anliegen in greifbare Nähe gerückt war, hielt er auch schon um Miß Tessies Hand an. Allenthalben lächelte man gutmütig zu der Sache, und nachdem der letzte Hammerschlag an dem kleinen Haus getan war, hielt Pastor Watson die Traurede für das junge Brautpaar.

Die allsonntäglichen Gottesdienste waren jedoch die Quelle wachsender Unzufriedenheit. Anstatt die Fehler bei dem hochgelehrten Geistlichen zu suchen, gab man dem überfüllten Klassenzimmer, das als Kirchenschiff diente, die Schuld. Der Raum war zu klein, die Sitzgelegenheiten unbequem, und es gab kein Nebenzimmer für unruhige Säuglinge und Kleinkinder. Kaum eine Predigt verlief völlig ungestört.

So wurde zwischen der Aussaat und dem Heumachen eine allgemeine Zusammenkunft einberufen, um gemeinsam zu beratschlagen, was zu tun war. Man kam zu dem Schluß, daß die kleine Gemeinde dringend ein eigenes Kirchengebäude brauchte. Eine lange Diskussion über den Bauplatz folgte. Mehrere der Männer boten ein Stück Land aus ihrem Grundbesitz an, doch die Farm der Watleys lag am zentralsten. Sie wurde daher für die Baustelle gewählt. Ein paar Männer erhielten den Auftrag, die Baustelle im Herbst abzuschreiten und einzuzäunen, während eine zweite Gruppe von Männern die Aufsicht über die Baumaterialien führen sollte. Den ganzen Winter über würden die Farmer und ihre Pferde Stamm für Stamm aus dem Wald holen, um sie auf dem Watleyschen Grundstück aufzuschichten.

Jedermann machte sich hochgestimmt auf den Heimweg. Endlich war eine Änderung abzusehen! Die Gottesdienste würden erbaulicher werden, wie es sich alle gewünscht hatten. Die Kirche sollte größer als die Schule werden und zwei Nebenzimmer für eine Sonntagsschulgruppe und Mütter mit Kleinkindern beherbergen.

Auch regelrechte Kirchenbänke aus Holz waren eingeplant, auf der ausgewachsene Männer bequemer als auf den für Kinder zugeschnittenen Schulbänken sitzen konnten. Weder ein Altar noch eine Kanzel durften fehlen. Die Gemeindeglieder begannen, sich ihr neues Gotteshaus in den schönsten Farben auszumalen.

Der Pastor schien mit den Plänen einverstanden zu sein, obgleich er sich nicht übermäßig begeistert zeigte. Er hatte beileibe nichts gegen den Bau einer eigenen Kirche einzuwenden, solange er nur nicht zu Arbeiten wie Holzfällen oder Sägen eingeteilt wurde. Tunlichst wies er darauf hin, daß ihn die Vorbereitungen für seine Predigten eine phänomenale Anzahl von Stunden kosteten.

Die Männer gingen achselzuckend über diese Bemerkung hinweg. Niemand hatte im Ernst die tatkräftige Mithilfe des korpulenten Geistlichen erwartet, zudem bei einem Vorhaben, wie sie es schon unzählige Male ohne fremde Hilfe ausgeführt hatten.

Nachdem die Ernte eingebracht war und die Felder für den Winter hergerichtet waren, machten sich die Männer an die Arbeit. Zuerst fällten sie das Holz für ihren eigenen Bedarf. Sie setzten alles daran, diese Vorräte so schnell wie möglich zu sichern, um dann mit dem Bauholz für die Kirche zu beginnen.

So zog der Winter ins Land, und Tag für Tag schallten die Axthiebe und das Krachen der umstürzenden Bäume durch den Wald. Stamm um Stamm wuchs der Holzvorrat an, und Clark, der die Aufsicht führte, zeigte sich mit den Fortschritten „seiner" Männer äußerst zufrieden.

Zur Schneeschmelze lagen die sauber bearbeiteten Stämme dampfend in der ersten Frühlingssonne. Im Mai sollte das Gotteshaus dann errichtet werden. Zu diesem Zweck hatten die Männer anstatt des üblichen einen Tages zwei Arbeitstage veranschlagt.

Früh an dem vereinbarten Morgen ging es ans Werk. Während die Männer sägten und hämmerten, plauderten die Frauen vergnügt und sorgten gemeinsam für ein deftiges Mittagessen. Der Bau ging gut voran, und als die Farmer sich in der Abenddämmerung müde auf den Heimweg machten, standen die Wände des Gotteshauses aufrecht und fest verankert da. Am nächsten Tag sollte dann das Dach gedeckt und die Tür und die Fenster eingesetzt werden. Die Innenarbeiten würden durch Frühjahr und Sommer hindurch nach und nach erledigt werden.

Bis zum Herbst war es endlich soweit: das Gotteshaus war außen und innen fertig. Es trug sogar einen Kirchturm, der pfeilgerade aufwärts zum Himmel wies. Nur eine richtige Kirchenglocke fehlte, seufzten einige der gefühlvolleren Seelen.

Auf der Ostseite der Kirche wurde ein Friedhof ausgemessen und eingezäunt. Marty, die den Männern eine Weile bei der Arbeit zugesehen hatte, fragte sich im stillen, ob auch anderen ein ähnlicher Gedanke auf dem Herzen lastete: Wer würde der erste sein, der hier zu Grabe getragen würde?

Sosehr sie sich auch bemühte, diese schwermütigen Gedanken abzuschütteln, so musterten ihre Augen unwillkürlich ihre Nachbarn und Freunde. Sie hatte alle auf ihre Art gern. Keinen einzigen unter ihnen würde sie missen wollen. Dann fiel ihr Blick auf ihre eigene Familie, und sie mußte schlucken.

„Komm schon, sei nicht kindisch, Marty!" schalt sie sich selbst. „Unser Leben ist doch in Gottes Hand. Er hat unsere Tage längst gezählt und weiß allein, wann's zu Ende geht mit uns."

Sie ging zu Clark zurück, der eine zappelnde Ellie zu bändigen versuchte. Die Kleine wollte sich mit aller Gewalt aus seinen starken Armen befreien, um mit den anderen Kindern herumzutollen.

Der Eröffnungsgottesdienst in der neuen Kirche sollte am ersten Sonntag im Oktober stattfinden. Aus diesem feierlichen Anlaß war ein gemeinsames Mittagessen für alle geplant.

Bewölkt und böig brach der langersehnte Tag an. Marty war dankbar, daß es nicht auch noch regnete.

Sie verstaute die Schüsseln mit Suppe und Salaten, die sie tags zuvor zubereitet hatte, sorgfältig in ihrem großen Korb und achtete darauf, daß jedes ihrer Kinder warm genug gekleidet war, um gegen Wind und Wetter geschützt zu sein. Arnie konnte kaum stillhalten, bis sie seine Überjacke zugeknöpft hatte.

Die Gemeindeglieder strömten in Scharen in die neue Kirche. Wieviel leichter würden sie jetzt, wo sie ein eigens für diesen Zweck bestimmtes Gebäude hatten, Befriedigung und Erfüllung in den sonntäglichen Gottesdiensten finden!

Aus vollem Herzen stimmte ein jeder in das Eingangslied ein. Inzwischen waren sie mit den meisten Chorälen, die auf der Gottesdienstordnung standen, recht vertraut.

Das Gebet, das nun folgte, war salbungsvoll und lang. Marty formte indessen ihre eigenen einfachen und aufrichtigen Dankesworte in ihrem Herzen.

Anschließend stand die Übergabe des neuen Gebäudes auf dem Programm. Clark, Ben und Herr Watley hatten jeweils ein paar Worte zu sagen. Marty fand, daß dies der schönste Moment des ganzen Tages war. Voll Stolz blickte sie auf Clark, der vorne vor dem Altar stand.

„Seht mal euren Pa an!" schien es aus ihren Augen zu funkeln, „wie aufrecht er dasteht – wie fest seine Stimme klingt – wie er sich freut, zu der Gemeinschaft der Gläubigen zu gehören! Seht ihn nur an!“

Als die drei Farmer wieder auf ihren Plätzen saßen, stieg der Pastor gemessenen Schrittes auf die Kanzel.

„Oh, lieber Gott, mach, daß sein Wort uns heute so richtig anspricht!“ betete Marty bei sich, doch der gute Herr Pastor hatte kaum mit seiner Predigt begonnen, als sie resigniert feststellen mußte, daß sie, nach Gottes Nähe dürstend, wieder enttäuscht nach Hause gehen würde.

Seufzend schob sie alle hohen Erwartungen an die Worte des Pastors beiseite und bemühte sich, dem Gedankengang, so gut sie konnte, zu folgen.

Der geistliche Herr seinerseits hatte ebenfalls dem heutigen feierlichen Anlaß Rechnung tragen wollen und deshalb eine besonders lange Predigt vorbereitet.

Es dauerte nicht lange, bis die ersten Kinder unruhig wurden, und manch ein Vater sah ein wenig neiderfüllt hinter seiner Frau her, die die kleinen Störenfriede in das Nebenzimmer bringen und so dem Rest der schier endlosen Predigt entrinnen konnte.

Als der Gottesdienst dann endlich vorüber und das Schlußlied verklungen war, versammelte sich die Gemeinde draußen auf dem Kirchplatz. Die Männer standen in Gruppen beisammen, die Kinder tollten munter umher, und die Frauen kümmerten sich unverzüglich um die große Mahlzeit.

Es war ein vergnügliches Zusammensein. Junge Paare mußten gutmütig die Neckereien der älteren über sich ergehen lassen; Säuglinge wurden von Arm zu Arm gereicht und ausgiebig bewundert, und allerhand Neuigkeiten aus der Stadt wurden unter den Nachbarn ausgetauscht.

Doch inmitten des fröhlichen Treibens spürte Marty eine Leere in sich. Irgendwie hatte sie sich mehr von diesem Tag erhofft. Es fehlte etwas. Nun, sie würde später mit Clark darüber reden. Vielleicht konnte der ihr ja helfen, der Ursache ihrer Enttäuschung auf den Grund zu kommen.

Aus Kindern werden Leute

Ein kurzer Brief von Tommie kam. Es war das dritte Mal, daß sie von ihm hörten. Bei jeder Nachricht, die er geschickt hatte, hatte Marty ein Dankgebet geseufzt, daß er in Sicherheit war. In diesem Brief schrieb er nun, daß es ihm gutgehe, und daß er für den Winter Arbeit in einem Sägewerk gefunden hatte. Im Frühjahr würde er dann weiterziehen – vielleicht sogar bis zur Westküste. Er hatte immer schon den Pazifischen Ozean mit eigenen Augen sehen wollen, schrieb er. Viele Grüße an alle im Haus!

Er hatte keine Adresse angegeben, und der Poststempel war so verwischt und unleserlich, daß sie noch immer nicht wußten, wo er sich aufhielt. Gerne hätte Marty ihm auf seinen Brief geantwortet und ihm geschrieben, daß sie und ihre Familie oft an ihn dachten und auf seine baldige Heimkehr hofften.

Marty las Tommies Brief beim Mittagessen vor. Clark, der ihn schon selbst gelesen hatte, hörte dennoch aufmerksam zu. Erleichterung spiegelte sich in seinen Augen. Auch er mochte den jungen Mann sehr.

Die Zeit hatte Missies Wunden inzwischen geheilt. Es kümmerte sie wenig, daß Tommie, den sie in ihrem kindlichen Herzen einmal stürmisch geliebt hatte, nun viele Tagereisen von der Heimat entfernt war.

Marty sah sich nachdenklich in ihrer Tischrunde um. Wie sehr sich doch jedes ihrer Kinder seit Tommies Fortgang verändert hatte! Und bestimmt war die Zeit auch an ihm selbst nicht spurlos vorübergegangen.

Nandry war eine regelrechte junge Dame geworden. Sie war zwar noch immer so reserviert und still wie eh und je, doch nie müßig. Marty hatte ihre Versuche aufgegeben, die Schranken ihrer Verschlossenheit zu durchbrechen. Statt dessen akzeptierte sie das Mädchen so, wie es war. „Was für eine Seele von einem Menschen!“ dachte Marty. „Nandry ist ihre zehn Dollar tausendfach wert gewesen!“ Dennoch war sie sich sehr wohl bewußt, daß Nandrys Jahre bei den Davis bald unversehens vorbei sein könnten. Zwei der jungen Burschen schienen ein Auge auf sie geworfen zu haben, und Nandrys Erröten und fliehender Blick zu Boden waren Marty nicht verborgen geblieben.

Auch Cathy näherte sich dem Erwachsensein mit Riesenschritten. Obwohl ihre Schulzeit sich dem Ende zuneigte, war ihr Wissensdurst noch längst nicht gestillt. Marty und Clark hatten manche Nacht damit zugebracht, sich den Kopf über Cathys Zukunft zu zerbrechen. Es war ihr größter Wunsch, Lehrerin zu werden, und Clark war der Ansicht, daß ihr diese kostspielige Ausbildung nicht versagt werden sollte. Marty dagegen war recht unwohl bei dem Gedanken, daß ihr Studium sie in die ferne Großstadt führen würde.

Die elfjährige Missie war ein wahres Energiebündel, das bald das kleine Mädchen von früher, bald die heranwachsende junge Frau zum Vorschein kommen ließ. Sie liebte ihre Schule und war stets für ein neues Abenteuer zu haben.

Luke war neun Jahre alt. Er war ein aufgeweckter Junge, der das Herumtollen dem Lernen vorzog, obwohl seine Leistungen in der Schule keineswegs schlecht zu nennen waren. Sein Pa war noch immer sein großes Vorbild in allen Dingen.

Lukes Bruder Arnie war mit seinen sechs Jahren nun auch alt genug für die Schule.

Die dreijährige Ellie war der wahre Sonnenschein ihrer Eltern und Geschwister. Stets fröhlich und guter Dinge, zauberte sie allen, denen sie begegnete, ein Lächeln auf die Lippen.

In der Wiege schlief das jüngste Mitglied der Familie. Der kleine Larry hatte sich vor kurzem zu der Kinderschar gesellt. Seit seiner Geburt hatte Marty ihrem Gott manches Mal für Nandrys tatkräftige Hilfe gedankt, denn dieser Säugling war im Gegensatz zu seinen Geschwistern ein ausgesprochener Schreihals, der meistens dann seinem Unmut Luft zu machen schien, wenn seine Mutter gerade alle Hände voll zu tun hatte. Nandry tat ihr Bestes, um den Kleinen zu beruhigen und zu trösten.

„Das ist also meine Familie", dachte Marty und sah noch einmal von einem zum anderen, „meine bunt zusammengewürfelte, heißgeliebte Familie!" Als ihre Augen tränenfeucht zu werden drohten, wandte sie sich schnell ihrem Teller zu. Clark lenkte sie ab:

„Hab' Cam heute getroffen", sagte er beiläufig.

„Ja? Wie geht's ihm denn?"

„Er hatte Rett bei sich. Du, der Junge kann doch tatsächlich schon mit 'nem Gespann umgehen. Hättest Cam mal sehen sollen. Stolz wie ein Spanier war er! Hat gesagt, daß aus Rett mal der beste Pferdekenner weit und breit wird. Da könnte er sogar recht haben. Tiere scheinen ihm irgendwie zu liegen."

„Sieh mal an! Wer hätte das je für möglich gehalten!"

„Cam hat gemeint, sein Junge könnte es auch mit 'nem Bären aufnehmen. Er braucht kein Wort zu sagen, aber die Tiere würden plötzlich zahm wie ein Lamm. Herr Cassidy sagt, daß Cam nie ohne Rett in die Stadt kommt."

Herr Cassidy war der neue Besitzer des Gemischtwarenladens, der früher den McDonalds gehört hatte.

Clark schien seinen Gedanken nachzuhängen, bevor er weitersprach.

„Komisch, wie Cam sich verändert hat. Ernster ist er geworden und umsichtiger. Jetzt dreht sich nicht mehr alles um Cameron Marshall bei ihm. Ich glaub', anderen ist das auch aufgefallen. Die Leute haben mehr Respekt vor ihm. Wie er da mit seinem Sohn zur Stadt rausgefahren ist, da mußte ich denken: ‚Sieh mal an, aus Cam ist doch noch ’n richtiger Mann geworden!‘“

Marty nickte nur. Wie glücklich es Wanda machen mußte, ihrem Mann diesen Sohn geschenkt zu haben!

„Hast du Herrn McDonald auch gesehen?“ fragte sie dann.

„Hab’ ich. Saß mit dem alten Tom und Jake Fiedler vor dem Laden. Hab’ ihn nur kurz begrüßt.“

„Und wie geht’s ihm?“

„Ganz gut. Schien froh zu sein, daß er wieder hier ist.“

Frau McDonald war vor zwei Jahren gestorben; sie hatte sich von ihrem Schlaganfall nie erholt. Nach ihrem Tod war ihr Mann in seine Heimat an der Ostküste zurückgekehrt, doch dort hatte es ihn nicht lange gehalten.

„’nen alten Baum soll man halt nicht mehr verpflanzen“, hatte er nur gemeint und sich in Frau Kellers Pension einquartiert. So verbrachte er nun seine Tage damit, vor seinem ehemaligen Gemischtwarenladen zu sitzen und sich mit Plaudern und Kautabak die Zeit zu vertreiben. Herrn Cassidy schien das nicht zu stören, während seine Frau Abend für Abend mit wachsendem Widerwillen die Spuren des Tabaks von den Treppenstufen vor dem Laden beseitigte.

Plötzlich mußte Marty an ihr eigenes Elternhaus an der fernen Ostküste denken. Ihr Vater war inzwischen auch gestorben, und ihre Mutter lebte ganz allein. Der Briefwechsel zwischen Marty und ihr war spärlich; Marty hatte ihr die Ankunft jedes neuen Familienmitglieds berichtet und ihr alljährlich Weihnachtsgrüße geschickt.

Ob sie ihre Heimat je wiedersehen würde? Nach all den Jahren hier im Westen war sie nicht sicher, ob sie sich dort überhaupt noch wohlfühlen könnte.

Sachte schob sie Arnies klebrige Hand von der Butterdose und reichte ihm eine gebutterte Brotscheibe. Ja, die Jahre hatten viele Veränderungen mit sich gebracht – und für die meisten war sie von Herzen dankbar.

Nandry

Josh Coffins war der erste, der sein Interesse an Nandry bekundete. Marty wußte, daß es eines Tages dazu kommen würde, doch jetzt war sie froh und betrübt zugleich darüber.

Die Feldarbeit für den Herbst war getan. Die jungen Burschen hatten nun endlich Zeit, um den Mädchen den Hof zu machen. Josh wagte sich eines Sonntags nach dem Gottesdienst zu Clark vor, um ihn um die Erlaubnis zu bitten, seine Aufwartung zu machen. Clark nahm es mit Humor.

„Klar, Josh, warum auch nicht? Kannst gern mal bei mir vorbeikommen. Da können wir uns so richtig von Mann zu Mann unterhalten, du und ich – draußen in der Scheune vielleicht, wo uns die Frauensleute und Kinder nicht in die Quere kommen."

Josh lief rot an bis in die Haarwurzeln und stotterte, daß er eigentlich an etwas anderes gedacht hatte. Da brach Clark in schallendes Gelächter aus und schlug ihm gutmütig auf die Schulter. Erst jetzt begriff Josh, daß er der Angeführte war. Er stimmte in das Lachen ein und war insgeheim ein wenig stolz, daß ein allseits geachteter und beliebter Bürger wie Clark Davis so freundschaftlich mit ihm scherzte, selbst wenn es auf seine eigenen Kosten ging.

„Also, Spaß beiseite, Josh!" lachte Clark. „Komm nur, und ich versprech' dir auch, dich nicht in der Scheune zu bewirten!"

Josh grinste, murmelte ein Dankeschön und trottete beglückt davon. Na, das wäre geschafft! Jetzt hieß es, Nandry sein Anliegen vorzutragen.

Er fand sie mit einer kleinen Kinderschar um sich auf den Kirchenstufen sitzend. Der kleine Larry zeigte von ihrem Schoß aus mit einem nicht mehr ganzen sauberen Finger auf dem Kirchhof umher und fragte unentwegt: „Was is'n das? Und was is' das?"

Josh schlenderte bewußt lässig auf sie zu und lehnte sich an das Treppengeländer. Nandry sah auf und errötete.

„Hab' gerade mit Clark gesprochen." Es war das erste Mal, daß er ihn nicht „Herrn Davis" nannte.

Nandry starrte ihn verwundert an. Was war nur in Josh gefahren? Er schien ja geradezu in Hochstimmung zu sein. Sie wartete ab.

„Er sagt, ich kann mal kommen."

Nandrys Röte vertiefte sich, doch sie sagte noch immer nichts.

„Ist dir das recht?"

So. Jetzt war es heraus. Er hatte Nandry den Ball zugespielt. Jetzt lag alles an ihr. Mit hochrotem Kopf studierte sie das Kind auf ihrem Schoß. Eine quälende Stille folgte. Joshs Hände waren schweißnaß.

„Ja, ist mir recht", kam die Antwort endlich, und Josh brach in ein befreites Grinsen aus. Am liebsten hätte er seinen Hut mit einem lauten Hurraruf in die Luft geschleudert, doch statt dessen sagte er nur: „Dank' dir!" Er war selbst überrascht, wie ruhig es geklungen hatte. „Vielen Dank. Am Mittwoch also. Ich freu' mich schon!"

Damit wandte er sich ab und ging davon. Nur mühsam konnte er sich beherrschen, um keine Bocksprünge über Wasserpumpen und Weidezäune zu machen.

Nandrys Herz klopfte ihr bis zum Hals. Sie vergrub ihre brennenden Wangen in Larrys weichem Babyhaar. Wie sehr sie gehofft hatte, daß es Josh sein würde! Sie hatte wohl bemerkt, daß Willis Aitkins ein Auge auf sie geworfen hatte, doch Josh mochte sie viel lieber. Er hatte nicht einmal bis zum Samstag warten wollen, wie es unter den jungen Leuten üblich war. Nur die ganz Ungeduldigen verabredeten sich für mittwochs und samstags, und Josh hatte seinen Besuch für Mittwoch angekündigt. Hoffentlich würden Clark und Marty ihre Einwilligung geben! Sie wollte ihnen doch so gern Freude machen, aber sie spürte, daß ihre Zuneigung zu Josh stärker war.

Sie drückte den kleinen Larry so fest an sich, daß er sich protestierend in ihren Armen wand.

„Ach Larry! Wie kann man nur so froh und traurig und aufgeregt zugleich sein?"

Der Kleine verstand nicht, um was es überhaupt ging; er streckte sein kleines Händchen aus, um die in der Sonne glitzernde Träne auf ihrer Wange zu berühren.

Advent

Wieder einmal näherte sich die Weihnachtszeit. Dieses Weihnachten würde ein ganz besonderes werden, dachte Marty oft bei ihren Vorbereitungen. So kindlich gespannt und voller Erwartungen hatte sie den Advent seit Jahren nicht mehr erlebt.

Das Nesthäkchen Larry lief inzwischen tolpatschig im Haus umher. Aus dem kleinen Schreihals war ein aufgeweckter, munterer kleiner Junge geworden. Ellie war noch immer voller Tatendrang, doch sie konnte ihrer Mutter schon mit kleinen Aufgaben zur Hand gehen. Arnie, Luke und Missie sehnten sich die Weihnachtsferien ungeduldig herbei, um endlich den ganzen Tag über im Schnee herumtollen zu können.

Das Schönste am ganzen Weihnachtsfest aber war, daß Cathy aus der Großstadt auf Urlaub erwartet wurde. Marty freute sich von Herzen auf das Wiedersehen mit ihrem zukünftigen Fräulein Lehrerin.

Cathys Briefe waren voller Begeisterung über ihr Studium, ihre neuen Bekannten und Freundinnen, doch nie versäumte sie zu schreiben, wie sehr sie die ganze Familie vermißte.

Unerträglich lange erschienen Marty die Tage und Nächte bis zu Cathys Ankunft. Sie machte sich eine Liste von ihren Lieblingsgerichten und bat Nandry, das gemeinsame Zimmer besonders nett herzurichten. Ihre Vorfreude war geradezu ansteckend.

Dieses Weihnachten versprach in der Tat, ein außergewöhnliches Fest zu werden. Zum ersten Mal war Josh Coffins, Nandrys Verlobter, zum Weihnachtsessen eingeladen worden. Sosehr Marty sich für das junge Paar freute, so wurde ihr doch das Herz schwer bei dem Gedanken, Nandry bald hergeben zu müssen.

Die Hochzeit sollte im Frühjahr sein, und sobald die geschäftige Weihnachtszeit vorüber war, würden Marty und Nandry gemeinsam eine Aussteuer zusammenstellen.

Nandry war rundherum glücklich. Marty hatte ihr das Eiergeld der letzten Monate überlassen, damit sie kleine Anschaffungen für den Haushalt machen konnte.

Doch vor der Hochzeit kamen zuerst einmal die Weihnachtsfeiertage. Clark holte eine kleine Tanne und einen Armvoll grüner Zweige aus dem Wald, die auf die althergebrachte Weise zu Kränzen und Sträußen gewunden und geschmückt wurden.

In diesem Jahr brauchte kein Truthahn für das Festessen gekauft zu werden, denn Nandry hatte ihrer Hühnerzucht ein halbes Dutzend junger Puten hinzugefügt. Sie wählte ein strammes Tier aus ihrer Schar aus, dem sie nun die fetteste Kost angedeihen ließ.

Lebkuchentaler, Zimtsterne und Gewürzkuchen warteten in der wohlgefüllten Speisekammer auf die Feiertage. Marty hatte einen ganzen Samstag in der Stadt zugebracht, und die kleinen bunten Pakete quollen nun förmlich unter ihrem Bett hervor.

Am Morgen des Tages, an dem sie Cathy erwarteten, konnten weder Nandry noch Marty vor Aufregung einen klaren Gedanken fassen. Marty war froh um die zahllosen Handgriffe, die noch zu tun waren, und die ihr die Zeit verkürzten. Dennoch schienen sich die Zeiger der großen Wanduhr heute im Schneckentempo zu bewegen.

Endlich kündete Bobs freudiges Bellen den langersehnten Moment an. Missie kam als erste ins Haus gestürzt.

„Dreimal darfst du raten, wen wir unterwegs aufgegabelt haben!“ rief sie ihrer Mutter schon von der Tür her zu.

„Wo kommst du denn schon her?“ fragte Marty zurück.

„Pa hat uns von der Schule abgeholt!“ strahlte Missie.

Inzwischen waren auch die übrigen Kinder im Haus. Clark kam als letzter mit Cathys Koffer und einer großen Reisetasche herein.

Marty lief dem jungen Mädchen entgegen und umarmte es herzlich.

„Cathy! Meine Güte, du bist ja ganz erwachsen geworden!“

Cathy drückte Marty fest an sich.

„Ich freue mich ja so, wieder zu Hause zu sein!“

Dann ging sie reihum und umarmte ihre Schwester, Ellie und Larry.

„Ihr seid aber mächtig gewachsen!“ rief sie den beiden Kleinen zu, und Nandry wurde mit ihrem Josh geneckt, bis deren Wangen nur so glühten.

Bald wollte das kleine Blockhaus vor lauter Stimmengewirr und Fröhlichkeit schier bersten, so daß Clark sich mühsam bei Marty Gehör verschaffen mußte und ihr ins Ohr rief: „Meinst du nicht auch, daß es langsam Zeit für ’n größeres Haus wird?“

Marty lächelte nur zurück. Zugegeben, manchmal wurde es schon recht eng hier. Das Kinderbettchen mußte wieder einmal in ihrem Schlafzimmer untergebracht werden, und die drei Mädchen, die sich ein Zimmer teilten, konnten sich kaum rühren.

Der Mangel an Platz schien die allgemeine frohe Stimmung jedoch nicht im geringsten zu beeinträchtigen. Unentwegt ging das Gespräch bis in den Abend hinein. Es gab unendlich viel zu fragen und zu berichten.

Nachdem die Kleineren zu Bett gebracht worden waren, setzten sich Marty, Nandry und Cathy in die Küche, um die Unterhaltung weiterzuführen. Clark hörte zu und machte hin und wieder eine Bemerkung.

„Wann soll denn nun die Hochzeit stattfinden?“ fragte

Cathy. Ihre sorgfältige Wortwahl war Marty gleich aufgefallen.

„Ende Mai. Wir wollten warten, bis du zu Hause bist. Du sollst nämlich Trauzeugin sein, weißt du."

„Ich hatte gehofft, daß ihr mich bitten würdet. Und wo werdet ihr dann wohnen?"

„Auf der Coffins-Farm steht 'n kleines Haus. Da haben die früheren Besitzer mal drin gewohnt, bevor die Coffins kamen und sich 'n neues Haus gebaut haben. Wir ziehen fürs erste in das kleine."

„Du mußt wohl sehr glücklich sein?" sagte Cathy.

„Ja, das bin ich wirklich", antwortete Nandry, und das Strahlen in ihren Augen bezeugte es. „Richtig komisch ist's: am liebsten hätte ich heute am Tag noch Hochzeit, aber zugleich wünschte ich, es wären noch Jahre bis dahin."

„Wieso 'n das?" Für einen Moment hatte Cathy ihre gewählte Ausdrucksweise vergessen.

„Das Haus hier und die Kinder ... ich werd' die Kleinen so sehr vermissen!"

Zum ersten Mal hatte Nandry offen über ihre Zuneigung zu den Kindern gesprochen. Martys Herz machte einen Sprung.

„Du ziehst ja nicht weit weg von hier", tröstete sie Cathy. „Ich kann kaum beschreiben, wieviel Heimweh ich am Anfang hatte. Oft habe ich gedacht, daß ich es vor Kummer nicht aushalten würde und mit der nächsten Kutsche nach Hause fahren müßte. Aber dann habe ich doch durchgehalten. Ich habe an das viele Geld gedacht, das mein Studium kostet, und daran, daß so viele hier mir Mut gemacht haben – und dann Ma! Wie stolz sie auf uns wäre, wenn sie uns jetzt sehen könnte!"

Auch Marty nickte.

„Sie würde sich für uns beide freuen", fuhr Cathy fort, „für mich, daß ich wirklich Lehrerin werden darf, und für dich, weil du deinen Josh hast."

Noch nie zuvor hatte Marty die beiden Schwestern von ihrer verstorbenen Mutter sprechen hören. „Ja, sie wäre mächtig stolz auf euch beide“, sagte sie sanft. „Sie hat sich nichts sehnlicher gewünscht, als daß ihr es im Leben mal zu was bringt – und das habt ihr alle beide. Ihr habt auch mir viel Freude gemacht!“

Cathy legte den Arm um Martys Schultern.

„Und wir wissen auch, warum das so ist“, sagte sie. „Wir reden nicht viel darüber, und vielleicht hat es manchmal den Anschein, als ob wir undankbar wären, aber wir wissen genau, warum wir beide es jetzt so gut haben. Danke – tausend Dank euch beiden, Clark und Marty! Ich habe euch von Herzen lieb und werde eure Hilfe nie vergessen!“

Nandry nickte nur wortlos als Zeichen ihrer Zustimmung.

Ein Weihnachtsfest voller Überraschungen

Am nächsten Morgen wurde der ganze Haushalt in aller Frühe aus dem Schlaf gerissen. Arnie hatte seinen Gabentisch entdeckt und jubelte lauthals vor Entzücken. Bald war auch Luke ihm aus dem Schlafzimmer gefolgt, und ein großer Trubel nahm seinen Anfang. Marty kletterte schlaftrunken unter ihrer warmen Decke hervor und schlüpfte in ihren Morgenrock und ihre Hausschuhe. Clark war schon auf; er knöpfte sich gerade das Hemd zu. Gemeinsam betraten sie das Wohnzimmer und sahen den Kindern beim Auspacken ihrer Geschenke zu. Jetzt kam auch Nandry mit dem von dem allgemeinen Lärm aufgeschreckten Larry dazu. Ellie führte gerade einen Freudentanz durch die ganze Stube auf. Vor lauter Begeisterung über die Spielsachen ihrer beiden großen Brüder hatte sie ihren eigenen Gabentisch noch gar nicht in Augenschein genommen.

Die Jubelschreie seiner Geschwister hatten Larry völlig unberührt gelassen. Statt dessen stand er jetzt wie versteinert vor dem glitzernden, buntgeschmückten Weihnachtsbaum in der Ecke, der über Nacht aus dem Nichts hervorgezaubert zu sein schien.

Endlich tauchte auch eine verschlafene Missie in der Zimmertür auf.

„Ist ja noch nicht mal fünf!“ sagte sie ungläubig. „Ich mußte früher immer warten!“

„Und das hätten deine Geschwister auch gemußt, wenn ich hier das Sagen gehabt hätte“, versicherte ihr Clark, doch Marty spürte, wie sehr er dennoch das fröhliche Treiben am frühen Morgen genoß.

Nach und nach ging es etwas ruhiger zu. Marty zündete das Feuer im Küchenherd an und setzte den Wasserkessel auf die Kochplatte. Clark schichtete frisches Holz in dem Kamin im Wohnzimmer auf und entfachte dort ein Feuer.

Die Kinder spielten begeistert mit ihren neuen Sachen, so daß die Erwachsenen einen ruhigen Moment zum Austausch ihrer Geschenke fanden. Cathy war es irgendwie gelungen, jedem Mitglied der Familie eine Kleinigkeit aus der Großstadt mitzubringen. Marty, die wußte, daß ihr Geldvorrat spärlich bemessen war, freute sich um so mehr über ihr Geschenk. Was Cathy an klingender Münze fehlte, hatte sie erfinderisch und unter Aufbietung mancher Abendstunde wettgemacht; ihre Nähkünste hatte sie dabei neu schätzengelernt. Larry bekam einen handgenähten Stoffbär, Ellie eine winzige, mit Taschen ausgestattete Schürze, und Arnie und Luke erhielten bunt gewürfelte Taschentücher. Für Missie hatte sie eine spitzenbesetzte Haube genäht, und Nandry überreichte sie ein Paar feinbestickte Kopfkissen für ihre Aussteuer. Marty wickelte das schönste Spitzentaschentuch aus, das sie je gesehen hatte, doch die kleine Karte, die daran befestigt war, trieb ihr die Tränen in die Augen: „Für Mutter mit Liebe von Cathy." Keins von ihren Kindern hatte sie je „Mutter" genannt, und es rührte sie unendlich, daß Cathy es hier getan hatte.

Auch Cathys Geschenk an Clark war ein aufrichtiger Ausdruck ihres Dankes. Er reichte Marty die beigelegte Karte, worauf zu lesen stand: „In Dankbarkeit für all deine väterliche Fürsorge von Deiner Cathy."

Marty wischte sich verstohlen eine Freudenträne aus dem Augenwinkel und bestaunte die warmen Wollhandschuhe für Clark, die aus dem Paket zum Vorschein gekommen waren.

Auch Nandry hatte für jeden eine Überraschung. Für die kleineren Kinder hatte sie Bilderbücher aus geschnittenen Katalogseiten und Kalenderblättern gebastelt.

Missie bekam zu ihrem großen Entzücken ein Paar neue Zopfbänder. Marty überreichte sie eine kleine Holzschatulle für die zahllosen Kochrezepte, die sich seit Jahren ungeordnet in der Küchenschublade tummelten, und für Clark hatte sie einen Schutzumschlag für die vielbenutzte, abgegriffene Familienbibel bestickt.

Jetzt waren Clark und Marty an der Reihe, ihre Geschenke an ihre Großen zu verteilen. Es war ihnen eine rechte Augenweide, das Strahlen in den Gesichtern der Empfänger zu sehen.

Schließlich wurden Schachteln, Geschenkpapier und rote Schleifen beiseite geräumt und die heißgeliebten neuen Spielsachen an ihren Platz gestellt. Der Vormittag konnte seinen weihnachtlichen Lauf nehmen.

Nach dem Frühstück durften Luke und Arnie nach draußen gehen, um den Schlitten, den Clark für sie geschreinert hatte, auszuprobieren. Ellie spielte, angetan mit ihrem allerliebsten Schürzchen, hingebungsvoll mit ihrem neuen Puppengeschirr, und das Nesthäkchen Larry wurde wieder in sein Bett gebracht, um den versäumten Schlaf nachzuholen. Missie, die sich nun schon zu den Größeren zählte, folgte den Frauen in die Küche, um ihnen dort nach genauen Anweisungen zur Hand zu gehen.

Josh kam etwas früher als erwartet. Verlegen und stolz zugleich überreichte er Nandry sein Geschenk, eine Lampe für den gemeinsamen Haushalt. Eine hübschere hatte Marty noch nie gesehen. Zierliche Rosensträußchen in sanften Rottönen waren auf den Ständer aus feinem Porzellan gemalt, und der Schirm trug eine glänzende Borte aus Goldbrokat. Nandrys Geschenk an Josh bekam die Familie nicht zu sehen, doch Marty hegte den Verdacht, daß es sich vielleicht um eine Barttasse handelte. Josh ließ sich nämlich gerade einen Schnurrbart stehen, der, wie er hoffte, bis zu seiner Hochzeit seinen vollen Wuchs erreicht haben würde.

Die Stunden bis zum Weihnachtsschmaus vertrieben sie sich mit Spielen und Nüsserösten im offenen Kamin. Bevor das Essen aufgetragen wurde, versammelten sich alle in der Wohnstube, um die Weihnachtsgeschichte aus der Bibel zu hören. Selbst Larry schien aufmerksam auf jedes Wort zu lauschen. Marty sah sich in der Runde um und war plötzlich unsagbar glücklich. Als sie sich zum Gebet neigten, schob sie ihre Hand in Clarks, und er umschloß ihre Finger fest.

Der Tisch war gerade gedeckt, als Bobs Gebell die Ankunft eines Besuchers meldete. Es war ungewöhnlich, daß am Weihnachtstag ein unerwarteter Gast an die Tür klopfte. Marty betete, daß dies nur keine schlimme Nachricht bedeuten möge.

Schritte näherten sich von draußen. Marty öffnete die Tür.

„Tommie, mein Junge!“ Ihre Überraschung war grenzenlos.

„Tommie!“ rief auch Clark. „Das freut mich aber!“ Und er klopfte ihm freundschaftlich auf die Schulter.

Da hatte ihn auch schon der Rest der Familie umringt, und jeder wollte ihn stürmisch begrüßen.

„Momentchen mal!“ lachte Tommie mitten in den Trubel hinein. „Ich hab’ euch doch was zu zeigen.“

Er verschwand durch die Tür, um im nächsten Augenblick mit einer zierlichen jungen Frau an der Hand zurückzukehren.

„Darf ich euch meine Frau vorstellen?“ sagte er stolz. „Meine Frau Eveline. Ich nenn’ sie Evie.“

„Ach du liebe Güte, Tommie!“ rief Marty fassungslos. „Du hast geheiratet? Warum hast du denn nichts davon geschrieben?“

Tommie lachte vergnügt.

„Da seid ihr aber platt, wie? Fünf Monate sind’s schon her. Ich wollte euch doch alle überraschen. Sie ist ’n wahrer Schatz, meine Evie!“ Wieder sah er sie an und legte seinen Arm um ihre schmalen Schultern. Evie lächelte schüchtern.

„Ich freu' mich, Sie kennenzulernen", sagte sie und reichte Clark und Marty die Hand.

Marty ging auf sie zu und umarmte sie.

„Und wir erst! Wir freuen uns, dich kennenzulernen! Kommt doch rein, ihr beiden, und zieht eure Mäntel aus. Das Essen ist gerade fertig. Setzt euch doch zu uns!"

„Um Himmels willen, bloß nicht!" wehrte Tommie ab. „Das würde Ma uns nie verzeihen. Wir wollten nur schnell auf dem Weg bei euch reinschauen."

Marty wußte, daß er recht hatte, aber es gab so unendlich viel zu fragen und zu berichten.

„Das ist aber schade, daß ihr gleich wieder weiter wollt", sagte sie. „Ich bin doch so neugierig, wie es dir ergangen ist, Tommie."

„Das Erzählen kann warten", meinte Tommie. „Wir haben schließlich nicht vor, morgen gleich wieder abzureisen. Ich hab' doch noch mein Stück Land hier. Wollen mal sehen, ob sich nicht 'ne ansehnliche Farm draus machen läßt. Evies Eltern haben ein Geschäft draußen im Westen. Das ist mal was ganz Neues, was?" lachte er. „Da kommt 'n junger Bursche daher, heiratet die Tochter vom Fleck weg und zieht mit ihr in Richtung Osten zurück anstatt westwärts!"

„Tommie, ich wünsch' euch beiden alles Glück der Welt!"

„Ich glaub', das haben wir schon gefunden", gab Tommie still zurück, und seine Augen bestätigten es.

Dann verabschiedete sich das junge Paar und versprach, bald auf ein paar geruhsame Stunden wiederzukommen.

Die Familie setzte sich an den Tisch, und Marty sprach aus, was alle dachten: „Dieses Weihnachten steckt aber auch voller Überraschungen!"

Sie falteten die Hände, und Clark dankte seinem

himmlischen Vater für all das Gute, das er den Menschen immer wieder zuteil werden läßt, und besonders für Tommies glückliche Heimkehr und die Freude, die heute bei den Grahams herrschen würde.

Marty mußte plötzlich an die hübsche Owa-Tieka denken. Ob sie an der Seite ihres Springenden Hirschs wohl ebenso glücklich geworden war? Marty hoffte es aufrichtig.

Wieder ohne Pastor

Nur widerwillig gestanden sich die Männer und Frauen am Ort ein, daß der studierte Pastor Watson schlicht und einfach nicht zu der kleinen Farmergemeinde paßte. Nachdem sie endlich zu dieser Einsicht gekommen waren, konnte plötzlich niemand so recht verstehen, wie man diesen Mißstand nur so lange ertragen hatte. Die nächste große Frage war nun, was zu tun war, und die Antwort war beileibe nicht leicht zu finden.

Wieder wurde ein Ausschuß gewählt, und sehr zu Martys Verdruß ernannte man Clark zum Vorsitzenden. Der Ausschuß setzte eine Gemeindeversammlung an, bei der man dem geistlichen Herrn das Anliegen in aller Offenheit vorzutragen gedachte.

Pastor Watson fühlte sich geschmeichelt, zu einer wichtigen Zusammenkunft eingeladen zu werden, doch das Treffen selbst hatte seine peinlichen Momente. Es stellte sich heraus, daß der gute Herr Pastor insgeheim erwartet hatte, daß seine Gemeinde ihm heute eine besondere Anerkennung aussprechen und ihm eine für seine Begriffe längst überfällige Gehaltserhöhung anbieten wollte. Er war bitter enttäuscht, als von alledem keine Rede war.

Im Verlauf des Gesprächs mit ihm ergab sich, daß der Pastor nicht nur die Früchte seines eigenen gründlichen Studiums eingesetzt hatte, sondern auch von den schriftlich niedergelegten Erkenntnissen anderer gebildeter Theologen Gebrauch gemacht hatte. Ein großer Teil seiner Predigten stammte wortwörtlich aus Büchern dieser Art.

Pastor Watson war regelrecht schockiert, daß es überhaupt jemanden geben konnte, der seinen hochintellektuellen Predigtstil nicht zu schätzen wußte. Er hätte nie gedacht, daß den hiesigen Kirchgängern jegliche Schulung auf philosophischem und theologischem Gebiet fehlte. Aber er wußte Rat. Er hatte von einem äußerst gebildeten Religionswissenschaftler gehört, dessen Schriften sich neuerdings im Druck befanden, und obwohl sie ausgezeichnetes Material enthielten, waren sie in der allgemeinverständlichen Sprache des Laien geschrieben. Er würde umgehend ein oder zwei Exemplare dieser Bücher bestellen. Zweifelsohne würden die Schriften dieses großartigen Gelehrten jedermann am Ort zusagen.

Unter Aufbietung aller diplomatischen Künste machte das Komitee, insbesondere Clark, dem geistlichen Herrn endlich begreiflich, daß sie ihn hergebeten hatten, um ihn von seinen Diensten als Pastor freizustellen.

Clark sagte es so: „Herr Pastor, Sie sind ein gelehrter Mann, und wir hier, wir sind ein bißchen langsam in solchen Sachen. Wir wollen Sie aber auf keinen Fall davon abhalten, einer Gemeinde zu dienen, die Ihre Vorträge versteht und schätzt. Deshalb wollen wir Ihnen freistellen, sich, sobald Sie möchten, eine neue Gemeinde zu suchen."

Der geistliche Herr geriet ins Stottern. „Wollen Sie etwa damit sagen, meine Herren", keuchte er schließlich, „daß ich meines Amtes fristlos enthoben bin?"

„Liebe Güte, nein", beeilte sich der alte Coffins, der ebenfalls zu den Mitgliedern des Ausschusses zählte, „nicht enthoben! Bloß freigestellt."

So stellten sie den Pastor also von seinen Diensten frei, gaben ihm ein angemessenes Reisegeld und ihre besten Wünsche mit auf den Weg und machten sich auf die Suche nach einem Nachfolger für ihn. Diesmal verzichtete man jedoch tunlichst auf Herrn Wilbur Whittle als Kontaktperson.

Kaum hatte Pastor Watson seine Koffer gepackt und die Gegend verlassen, als die kleine Gemeinde es bedauern sollte, keinen eigenen Pastor mehr zu haben. Bislang stand noch kein einziges Grabmal auf dem Friedhof neben der Kirche. Alle wußten, daß sich das eines traurigen Tages ändern würde, und ungesagt stand das große „Wer“ in der Luft: Wer würde der erste sein, um dessentwillen ein Sarg gezimmert und ein Grab ausgehoben werden mußte?

Manch einer sah sich insgeheim in der Nachbarschaft um. Opa Stern war nicht mehr der Jüngste, und gesundheitlich stand es nicht gut um ihn. Frau LaHaye hatte ihre Kräfte nie recht wiedergewonnen. Eins der Coffins-Mädchen war außergewöhnlich zart und kränklich. Ihre Eltern ließen sie nicht einmal zur Schule gehen. Frau Vikkers litt an hohem Blutdruck, und manch einer sah voraus, daß sie sich eines Tages noch zu Tode reden würde. Als es aber dann geschah, traf es die kleine Gemeinde wie aus heiterem Himmel. Mit diesem traurigen Verlust hatte niemand gerechnet.

Es war Tessie. Die Nachbarn waren fassunglos. Tessie war doch immer so kräftig und gesund gewesen, und allenthalben hatte man geschmunzelt, als es sich herumsprach, der Schulmeister sehe bald Vaterfreuden entgegen. Was Herrn Whittle selbst betraf, so war sein hoher Filzhut nie energischer gebürstet, sein Schnauzbart sorgfältiger gezwirbelt und seine Gamaschen häufiger geweißt worden. Er war äußerst zufrieden mit sich und der Welt. Nicht genug damit, eine junge und hübsche Frau sein eigen zu nennen – nun würde sie ihm obendrein auch noch Nachwuchs schenken! Herr Whittle war im siebten Himmel. Die älteren Schuljungen amüsierten sich grenzenlos über seine Stimme, die sich nun immer häufiger überschlug, doch das schien der Lehrer nicht einmal zu bemerken.

Endlich kam der Tag der Niederkunft für Tessie, und man bestellte den Doktor. Am Morgen darauf verließ er das kleine Haus mit müdem Blick und hängenden Schultern. Weder Tessie noch ihr kleiner Junge hatten die Nacht überlebt. Wie ein Lauffeuer sprach sich die tragische Nachricht herum, und die bestürzten Nachbarn trauerten mit dem jungen Witwer.

So tischlerten sie einen einfachen Fichtensarg, hoben das Grab aus und bereiteten die sterblichen Überreste zum Begräbnis vor. Herr Whittle selbst war wie betäubt vor Schmerz. Der Verlust war unfaßbar. Etwas in ihm weigerte sich, diesen schweren Schicksalsschlag zu akzeptieren. Mangels eines Pastors am Ort bat er Clark in einem Funken von Geistesgegenwart, die Grabrede zu halten.

Am Tag der Beerdigung wehte ein kühler, regenschwerer Wind. Der Fichtensarg wurde in den feuchten Erdboden herabgelassen und mit Wiesenblumen und Erde bedeckt.

Mit tränenverschleierten Augen sah Marty auf die frische Grabstelle. „Der Boden ist aufgebrochen", dachte sie. „Dieser jungen Mutter mit dem Kind in ihren Armen wird von jetzt an einer nach dem anderen folgen. Ach Tessie! Wer hätte je gedacht, daß ausgerechnet du die erste sein würdest?"

Der Unterricht wurde bis auf weiteres abgesagt, doch Herr Whittle sah sich nicht in der Lage, seine Arbeit wiederaufzunehmen, so daß dieses Schuljahr bereits im April endete, und im Mai, als die Rosen knospten und die Vögel neue Nester bauten, legte er einen Blumenstrauß auf den einsamen Grabhügel. Dann bürstete er seinen Hut ein letztes Mal, nahm seine Koffer und reiste an die Ostküste zurück.

Josh und Nandry

Zwei jungen Menschen in der kleinen Gemeinde hatte der Weggang des Pastors besonders schlaflose Nächte bereitet. Josh und Nandry begannen sich ernsthafte Sorgen um ihre Heiratspläne zu machen. Clark hatte ihre Gedanken nur zu leicht erraten und stellte seinerseits ein paar Nachforschungen an.

So stieß er auf einen Pastor im übernächsten Ort und bestellte diesen für den festgelegten Tag, und als er endlich sicher sein konnte, daß seinem Vorhaben nichts mehr im Weg stand, weihte er Josh und Nandry ein.

„Ihr beiden hattet doch mal vom Heiraten gesprochen, nicht?“ begann er. „Habt ihr's euch inzwischen anders überlegt?“

„Nee, 's bleibt dabei“, sagte Nandry eilig mit einem Blick auf Josh.

„Na, ohne Pastor wird das wohl nicht so einfach sein, oder?“

Josh nickte nur, und Nandry schien den Tränen nahe zu sein, was man sonst an ihr nicht kannte.

Jetzt hatte Clark die beiden aber lange genug auf die Folter gespannt.

„Hab' zufällig von dem Pastor gehört, der zu Pferd zu erreichen ist.“

Zwei Augenpaare sahen ihn gespannt an.

„Wo denn?“ fragte Josh. „Meinen Sie, zu dem können wir hin?“

„Das wird wohl kaum nötig sein“, sagte Clark betont lässig. „Er hat gesagt, er kommt gern nach hier.“

Nandry saß wie erstarrt da. Dann sprang sie plötzlich mit einem Freudenschrei auf.

„Sag bloß, du hast 'nen Pastor für uns gefunden!" rief sie.

Clark grinste über das ganze Gesicht.

„Ja, so könnte man's nennen."

„Oh, danke, danke!" jubelte sie. Um ein Haar wäre sie Clark um den Hals gefallen, besann sich aber und umarmte Josh statt dessen. Dem schien das wiederum gar nicht unrecht zu sein.

Marty lächelte. „Nandry kann in ihm noch immer nicht den Vater sehen", dachte sie. „Er ist von Anfang an bloß ‚der Mann' gewesen – der Mann, auf dessen Liebe sie kein Anrecht zu haben glaubte und für den sie doch ihr Leben gegeben hätte."

„Wann denn?" fragte Nandry jetzt. „Wann kann er kommen?"

„Nanu, ich denk' die Hochzeit soll am achtundzwanzigsten sein, oder nicht?"

„Ja ... eigentlich schon", stotterte Josh. „Sie ... Sie wollen doch nicht etwa sagen, daß wir tatsächlich auch dann ... und in der Kirche ... und mit unseren Freunden und allem ...?"

„Jawohl, mein Sohn, genau das will ich sagen."

„Mensch, prima!" brach Nandry begeistert aus. „Er erhört also doch Gebete!"

Das junge Paar ging für ein paar Minuten in den Garten, um allein zu sein.

„Liebe Güte, Clark", sagte Marty, die das Glück der jungen Leute regelrecht angesteckt hatte, „wie hast du das bloß hingezaubert?"

„Nichts da, gezaubert", schmunzelte er zurück. „Bloß tief in die Tasche gegriffen, weiter nichts!"

So fand die so lang herbeigesehnte Hochzeit wie ursprünglich geplant statt. Der angereiste Pastor waltete seines Amtes und traute das junge Paar.

Nandry war eine bildhübsche Braut, und Cathy als Trauzeugin an ihrer Seite strahlte beinahe ebenso.

Joshs jüngerer Bruder Joe stand als Trauzeuge neben ihm. Es war eine Hochzeit wie aus dem Bilderbuch, und als die Trauung vorüber war, verbreitete sich schnell die heiterste Stimmung unter den Gästen. Lachen und gutgemeinte Scherze flogen über den Tischen hin und her.

„Sieh dich bloß mal an!" rief Todd Stern zu Clark hinüber. „Selbst noch grün hinter den Ohren, und jetzt bist du schon Brautvater!"

Clark warf einen Blick auf seine kleine Missie, aus der über Nacht eine junge Dame zu werden schien.

„Nicht mehr lange", sagte er abwesend, „und diese hier geht mir auch aus dem Haus."

Todd wurde plötzlich ganz ernst.

„Ich weiß, was du meinst", sagte er. „Kommt mir vor, als wär's erst gestern gewesen, daß ich meine Kinder auf dem Schoß hatte, und jetzt bin ich stolzer Opa. Manchmal wünscht man sich, die Zeit hätte 'nen Schwanz, damit man feste dran ziehen und die Jahre 'n bißchen bremsen kann."

*

Den ganzen Sommer über stand die Kanzel in der Kirche leer, doch die Gemeindeglieder ließen sich dadurch nicht allzusehr aus der Ruhe bringen. Sie vertrauten darauf, daß ihr Herrgott ihnen schon zur rechten Zeit einen neuen Pastor schicken würde.

Auch die Schultür war seit Monaten verschlossen. Der Schulausschuß hielt eine Besprechung ab und beschloß, Cathy die leergewordene Lehrerstelle für den Herbst anzubieten. Sie konnte ihr Glück kaum fassen. Frisch von der Ausbildung zurück, hatte sie schon eine eigene Schule in Aussicht gestellt bekommen, und obendrein war es ihre Heimatschule! Allenthalben war man mit dieser Lösung einverstanden, obwohl die meisten Herrn Whittle noch nicht vergessen hatten und täglich für ihn beteten.

Auch Marty freute sich von ganzem Herzen für Cathy.

„Dann haben wir dich endlich wieder hier! Wir haben dich ja so vermißt!“

„Ihr seid wirklich gut zu mir“, erwiderte Cathy, „und ich würde auch gern wieder bei euch wohnen – aber andererseits ... weißt du, ich möchte auch einmal auf eigenen Füßen stehen. Am liebsten würde ich mich in dem kleinen Lehrerhäuschen neben der Schule einrichten. Das Geschirr und alles, was man sonst braucht, ist ja noch dort, und Frau LaHaye meint, ich könnte gleich einziehen, wenn ich wollte. Das täte ich furchtbar gern. Außerdem habe in einen Fernkursus zu absolvieren, und dazu brauche ich wirklich meine Ruhe.“

Marty war zwar enttäuscht, aber nachdem sie sich mit Clark besprochen hatte, gab sie schließlich ihre Einwilligung. Cathy würde ja nicht ans Ende der Welt ziehen. Sie würde immerhin in wenigen Minuten zu erreichen sein.

So war es also beschlossene Sache, daß Cathy den Sommer über Missies Zimmer mit ihr teilen würde, das seit Nandrys Heirat sonderbar leer erschien. Gegen Ende der Sommerferien sollte sie dann mit ihrem Hab und Gut in dem Lehrerhäuschen Einzug halten.

Man hatte auch begonnen, sich nach einem neuen Pastor umzuhören. Mehrere Namen fielen und wurden in Betracht gezogen, um schließlich doch wieder von der Liste gestrichen zu werden. Die Suche gestaltete sich außerordentlich schwierig, weil zum einen für den Westen wenige Pastoren zur Auswahl standen, und zum anderen fand sich kaum einer unter ihnen, der mit einer so kleinen Gemeinde und dem entsprechenden Gehalt zufrieden gewesen wäre.

Gegen Herbst erwähnte Herr Cassidy einen jungen Mann, von dem er neulich gehört hatte.

„Kommt aus meiner Heimatstadt“, sagte er zu Ben. „Junger Bursche. Nicht, daß er die Weisheit mit Löffeln gefressen hätte – hat wohl seine praktische Ausbildung, aber bis zum Seminar hat er's noch nicht geschafft. Kennt die Bibel in- und auswendig; hält nichts vom Auf-der-faulen-Haut-Liegen, aber ziemlich grün ist er halt noch."

„Grün sind wir hier selbst", gab Ben zurück. „Vielleicht können wir das ja gemeinsam ändern."

Bald darauf ritten zwei Männer los, um den jungen Mann ausfindig zu machen. Sie blieben eine ganze Woche aus, doch sie kehrten mit einer guten Nachricht zurück.

Sie hatten den jungen Pastor tatsächlich gefunden und ihm ihr Anliegen vorgetragen. Er wollte immer schon in die Gemeindearbeit gehen; er hatte zwar gehofft, seine Ausbildung am Seminar zu vervollständigen, aber wenn man ihn so nähme, wie er war, würde er gern sein Bestes geben. So war man sich schnell einig geworden.

Pastor Joseph Berwick kam am fünften September in dem kleinen Ort an, am selben Tag, an dem Fräulein Cathy Larson den Unterricht in der Landschule aufnahm. Seine erste Predigt sollte er erst am kommenden Sonntag halten, doch in der Zwischenzeit lag ihm daran, seine neue Gemeinde persönlich kennenzulernen.

Er bezog sein Quartier bei den Watleys. Frau Watley musterte den hochgewachsenen jungen Mann eingehend und blinzelte ihren beiden Töchtern vielsagend zu. Während sie ihm in der guten Stube Tee servierte, seufzte sie insgeheim: „Diesmal muß es einfach klappen!"

Pastor Berwick hielt es indessen nicht lange beim Tee. Den Reisestaub noch an den Schuhen, machte er sich auf den Weg, um die ersten Hausbesuche bei seinen Gemeindegliedern zu machen.

Es sprach sich bald herum, daß es durchaus nicht unter seiner Würde war, hier und da bei der Arbeit der Siedler tüchtig mit anzufassen. Der Witwe Rider spaltete er geschwind einen Armvoll Brennholz, half Jason Stern beim Einschlagen eines Zaunpfahls und gabelte Heu mit den Grahams-Jungen.

Bis Donnerstag hatte er sich auf diese Weise bis zum

Schulhaus vorangearbeitet, und gegen vier Uhr nachmittags suchte er die kleine Lehrerwohnung auf.

Cathy, die keinen Besuch erwartet hatte, kniete gerade in einem der seit Monaten vernachlässigten Blumenbeete und jätete Unkraut. Ihr schulterlanges Haar hatte sie mit einem Stück Zwirn gebändigt, und ihre schmalen Hände trugen die erdigen Spuren ihrer Arbeit.

Plötzlich hörte sie Hufschläge hinter sich und sah überrascht auf. Der breite Schmutzstreifen quer über ihrer Nase verlieh ihr ein kleinmädchenhaftes Aussehen.

Der neue Pastor stieg ab und baute sich in seiner vollen Größe vor ihr auf.

„Ich bin Pastor Berwick", stellte er sich höflich vor. „Ist dein Vater wohl zu Hause?"

Cathy schüttelte sprachlos den Kopf. Krampfhaft überlegte sie, welchen Vater er gemeint haben konnte, und wo dieser nur zu erreichen sein mochte.

„Und deine Mutter?"

„Nein, die auch nicht. Ich ..." Sie dachte nach. „Meinen Sie die Davis?" fragte sie endlich. „Oder die Larsons?"

Jetzt war es an dem Pastor, verwirrt dreinzuschauen.

„Ich meine natürlich den Lehrer", sagte er, „ganz gleich, wie er heißt. Ich kenne seinen Namen ja nicht einmal."

„Es gibt keinen Lehrer mehr an dieser Schule."

„Wie bitte?"

„Der Lehrer ist weggezogen", stotterte Cathy. „Er wohnt nicht mehr hier."

„Aber entschuldigen Sie mal", wunderte sich der Pastor. „Man hat mir doch gesagt, daß der Unterricht gerade angefangen hat."

„Das hat er auch."

„Gehst du auch hier zur Schule?"

Cathy richtete sich von ihrem Blumenbeet auf und stemmte die Hände in die Hüften. Gegen den hochgewachsenen, breitschultrigen jungen Mann hatte sie tatsächlich Ähnlichkeit mit einem Schulmädchen.

„Ich bin hier die Lehrerin“, sagte sie mit Betonung auf dem ersten Wort.

„Die Lehrerin?“ Er wurde ein wenig rot. „Meine Güte, da habe ich aber feste ins Fettnäpfchen getreten! Dann sind Sie es ja, der ich einen Besuch abstatten wollte, und nicht Ihr Vater! Das heißt ... ich meine ... ich wollte die Lehrerin besuchen, sonst niemanden.“

Eine verlegene Pause folgte. Dann sagte er: „Wissen Sie was? Wir fangen noch mal ganz von vorne an, ja?“

Er ging ein paar Schritte zurück und kam von neuem auf sie zu.

„Guten Tag“, grüßte er mit einem schelmenhaften Lächeln. „Ich bin der neue Pastor hier. Berwick ist mein Name. Ich möchte gern die Gemeindemitglieder in meinem Pfarrbezirk kennenlernen. Sie sind also die neue Lehrerin, hört man?“

Cathy sah bestürzt auf ihre vor Schmutz starrende rechte Hand, doch der Pastor zögerte keine Sekunde. Er ergriff sie und schüttelte sie mit einem festen Händedruck.

„Entschuldigen Sie vielmals“, stotterte sie und wandte den Blick wieder auf ihre unpräsentierlichen Hände.

„Und wissen Sie was? Auf der Nase haben Sie auch Dreck“, lächelte er amüsiert.

„Ach du liebe Zeit!“ Verlegen rieb sich Cathy über die bewußte Stelle, doch nur, um den dunklen Fleck auf ihrer Nase noch breiter zu machen.

Jetzt lachte er herzlich, zog ein blütenweißes Taschentuch hervor und wischte ihr die Nase sauber.

Cathy stockte der Atem. Ihr Hals war wie zugeschnürt, und ihr Herz pochte so laut, daß sie befürchtete, der Pastor würde es auch hören.

Er steckte sein Taschentuch wieder ein.

„Also, wie gesagt, ich gehe gerade von Haus zu Haus

und besuche meine Gemeindeglieder. Werde ich Sie am Sonntag im Gottesdienst sehen?"

„Aber ja", flüsterte Cathy errötend.

„Und Sie sind tatsächlich die Lehrerin hier am Ort?"

Sie nickte.

„Komisch, als ich noch zur Schule ging, hatten wir ganz andere Lehrerinnen!"

Sie fing das Zwinkern in seinen Augen auf, und ihre Wangen erglühten noch heißer.

„Auf Wiedersehen am Sonntag also!"

Wie vom Donner gerührt, nickte sie nur.

Er bestieg sein Pferd und war gerade im Begriff loszureiten, doch dann machte er noch einmal kehrt.

„Sie haben mir ja gar nicht gesagt, wie Sie heißen."

„Cathy ... Cathy Larson."

„Fräulein Cathy Larson?"

„Genau."

„Cathy. Welch ein hübscher Name! Also bis Sonntag, Fräulein Larson."

Sie sah ihm nach, wie er davonritt.

So hatte der neue Pastor sich auch bei Cathy vorgestellt, und von Stund an trug sie einen merkwürdig gedankenverlorenen Ausdruck im Gesicht. Gleich bei seinem ersten Gottesdienst hatte sie alle Mühe, der Predigt zu folgen – doch es verging kein Sonntag, an dem ihr Platz in der Kirche leer geblieben wäre.

Pastor Joe

Der neue Geistliche, den bald jeder am Ort „Pastor Joe" nannte, hatte schnell das Wohlwollen der Farmer gewonnen. Dadurch, daß er die Landarbeit nicht scheute, hatte er sich bei allen beliebt gemacht.

„Der hat keine Angst, sich auch mal die Hände dreckig zu machen."

„Nee, das hat er nicht. Packt genauso zu wie unsereiner!"

Doch mehr noch als seine Hilfsbereitschaft schätzten sie seine Gottesdienste am Sonntag. Der junge Pastor fertigte sich eine Liste von allen Chorälen an, die die Gemeinde auswendig kannte, und ließ sie Sonntag für Sonntag kräftig singen. Hin und wieder wurde das Liedgut erweitert, indem er die Strophen eines neuen Liedes auf eine von der Schule geborgte Tafel schrieb.

Seine Gebete waren schlicht und aufrichtig gehalten, und seine Predigten gehörten zu den Höhepunkten der ganzen Woche. Einfach im Aufbau und direkt aus der Bibel entnommen, gaben sie den Gemeindegliedern endlich die langersehnte geistliche Nahrung.

Sogar die Kinder und Jugendlichen hörten aufmerksam zu, und Clint Graham überraschte seine Eltern mit der Ankündigung, er wolle auch einmal Pastor werden.

Nur Frau Watley war grenzenlos von dem neuen geistlichen Herrn enttäuscht – und das hatte nicht das geringste mit seinen Gottesdiensten zu tun. Sie hatte sich solche Mühe gegeben, seine Aufmerksamkeit auf ihre Töchter zu steuern – welche von beiden es nun sein sollte, war ihr gleichgültig –, doch der Mann schien einfach keine Augen im Kopf zu haben.

Die Gemeinde wuchs sowohl im Glauben als auch an der Zahl. Willie LaHaye ließ sich keinen Gottesdienst entgehen, und sogar sein Vater kam jetzt gelegentlich mit in die Kirche. Manche meinten, Tessies Tod hätte ihn milder gestimmt. Marty hatte mehrmals beobachtet, wie sein Blick durch das Kirchenfenster auf den stillen Grabhügel draußen im Friedhof gerichtet war. Ein sauber getischlertes Kreuz stand jetzt auf der Grabstelle. Es trug die Aufschrift: „Tessie LaHaye Whittle und ihr neugeborener Sohn. Ruht in Frieden."

Die Besuche des neuen Pastors bei seinen Gemeindegliedern beschränkten sich nicht nur auf Einladungen zum Sonntagessen. Überall, wo er hinkam, war er stets willkommen.

Dick Graham hörte man einmal zu seinem Zwillingsbruder Lem sagen: „Weißt du auch, warum den alle so mögen? Der pfeift nämlich auf die schlauen Bücher genauso wie wir hier!" Worauf Lem zurückgab: „Da vertu dich mal bloß nicht. Der hat nämlich 'ne Menge mehr auf dem Kasten, als er sich sonntags morgens anmerken läßt. Schließlich gibst du 'nem Kalb auch nicht gleich 'nen ganzen Heuhaufen zu fressen."

Was Cathy betraf, so kannte sie sich selbst kaum wieder. Um sich von ihrer inneren Unruhe abzulenken, verbrachte sie jede freie Minute mit ihrer Fortbildung. Der Fernkursus, den sie bis zum Sommer beenden sollte, war zu Weihnachten bereits absolviert.

Der neue Pastor war stets freundlich und höflich zu ihr, aber das war er eigentlich allen Mitgliedern seiner Gemeinde gegenüber. Dennoch spürte sie jedesmal, wenn sie an ihn dachte, dieses lächerliche Herzklopfen. Wer weiß – vielleicht war sie ihm doch irgendwie aufgefallen, und er schenkte ihr ein winziges Bißchen mehr Beachtung als den anderen Mädchen? Bald war sie der Verzweiflung nahe, bald wieder himmelhoch jauchzend, bald starrte sie träumend in die Ferne.

Und dann, am Ostersonntag, nach einem besonders erbaulichen Gottesdienst, schüttelte der junge Pastor an der Tür ihre Hand ein paar Sekunden länger als gewöhnlich. Sie hatte die Schultafel vor dem Altar abgebaut und war deshalb die letzte, die die Kirche verließ.

„Guten Morgen, Fräulein Larson“, lächelte er freundlich. Dann beugte er sich vor und flüsterte: „Schade, daß Sie allein wohnen! Wie in aller Welt soll ein Mann da schicklich um eine Aufwartung bitten?“

Cathy stockte der Atem.

Sie ließ – unauffällig, wie sie hoffte – ein paar Wochen verstreichen und zog dann wieder bei den Davis ein.

Das neue Haus

Clark und Marty saßen bei einer Tasse Kaffee am Tisch. Diese ungestörten Momente zu zweit waren in den letzten Jahren selten geworden.

„Unsere kleine Kirche scheint bald aus allen Nähten zu platzen“, meinte Clark. „Wenn wir mal bloß nicht anbauen müssen!“

„Da hast du recht. Ich freu’ mich so, daß die Leute sogar von weither kommen.“

„Darauf wollte ich eigentlich gar nicht hinaus.“

„Worauf denn dann?“

„Nandry und Tommies Evie scheinen beide Nachwuchs zu erwarten.“

Marty lächelte. Auch sie hatte es bemerkt.

„Wo wir schon beim Thema Anbau sind“, sann Clark, „manchmal denk’ ich, für uns wird’s höchste Zeit damit.“

„Wie meinst du das?“

„Na, unser Haus. Ist doch viel zu klein für uns. Hätten uns vor Jahren schon ’n neues bauen sollen.“

„Kommt das nicht ’n bißchen zu spät? Guck mal, außer uns beiden und Larry ist doch kaum noch eins zu Hause. Und wenn unser Nesthäkchen sich auch bald selbständig macht, sind wir zwei ganz allein hier.“

„Stimmt zwar“, warf Clark ein, „aber sie kommen doch alle mal wieder, und zwar mit Kind und Kegel.“

Marty mußte an Josh und Nandry und ihr ungeborenes Kind denken. Auch mit Cathy und dem jungen Pastor schien es langsam ernst zu werden, und sogar Missie war auf dem besten Weg, eine umworbene junge Dame zu werden.

„Vielleicht hast du ja recht“, seufzte sie. „Vielleicht brauchen wir tatsächlich ’n größeres Haus. Es ist nur so still hier, wenn sie alle in der Schule sind.“

„Ich glaube, ich schlage den Winter über schon mal das Holz. Ich denke schon seit ’ner ganzen Weile darüber nach. Richtige Bretterwände sollen es sein, kein Blockhaus wie dieses hier.“

„Hm, das kostet aber ein Vermögen!“

„Nicht unbedingt. Hinterm Bach steht doch jetzt die Sägemühle. Da krieg’ ich fertig zugeschnittenes Bauholz für meine Stämme. Und dann der Bauplan – was hältst du von einem richtigen zweiten Stockwerk obendrauf, anstatt bloß einem Heuboden, mit ’ner Treppe, keiner Leiter, wie’s die feinen Leute drüben an der Küste auch haben?“

Marty starrte ihn an.

„Da hast du dir aber viel vorgenommen!“

„Vielleicht schon, aber ich hätte gern, daß du dir’s auch mal in Ruhe durch den Kopf gehen läßt. Du sollst dich schließlich in deinem neuen Haus wohl fühlen. Vielleicht hättest du gern mehr Fenster oder richtige Kleiderschränke anstatt Nägeln in der Wand. Nimm dir Papier und Bleistift und mal dir dein Traumhaus aus! Dann wollen wir doch mal sehen, ob sich der eine oder andere Traum nicht verwirklichen läßt.“

Marty konnte ihren Ohren kaum trauen.

„Wann denn, Clark?“

„Im nächsten Jahr wohl noch nicht, denke ich. Das Holzfällen dauert seine Zeit, weißt du. Aber bis zum Jahr darauf steht’s ganz bestimmt.“

„Das klingt ja alles wie im Märchen!“ sagte Marty restlos überwältigt.

Clark grinste lausbubenhaft und stand auf. Er strich ihr leicht über das Haar.

„Hab’ ich Ihnen je gestanden, daß ich Sie liebe, Frau Davis?“

„So ganz neu ist's mir nicht, Herr Davis, aber ich hör's trotzdem ab und zu gern nochmals."

Er beugte sich zu ihr hinunter und gab ihr einen Kuß auf die Nasenspitze.

„Ach, übrigens", sagte er, „der Kaffee ist heute nicht schlecht!"

Neue Zeiten brechen an

Missies letztes Schuljahr neigte sich dem Ende zu. Nach den Sommerferien würde ihr Bruder Larry zu den Abc-Schützen zählen. Cathy hatte sich nur noch für ein weiteres Jahr verpflichtet; danach setzte die Schule ihre Hoffnung auf Missie als Junglehrerin, denn auch sie hatte sich zu dieser Laufbahn entschlossen.

Cathy wohnte bei den Davis, und es war nicht schwer zu erraten, daß sie nicht den Rest ihres Lebens im Schuldienst zu verbringen gedachte. Marty fand, daß sie das Zeug zu einer erstklassigen Pastorsfrau hatte.

Obwohl Davis' Haushalt den Löwenanteil von Pastor Berwicks Hausbesuchen abbekam, hatte niemand unter den übrigen Gemeindegliedern das Gefühl, von ihm vernachlässigt zu werden – niemand, bis auf ein paar junge Damen in der Nachbarschaft, die die häufigen Besuche des Pastors bei den Davis mit gerunzelter Stirn zur Kenntnis nahmen.

Marty wurde das Herz schwer bei dem Gedanken an Missies Weggang in die Großstadt. So ungern sie Cathy hatte ziehen lassen, jetzt war sie noch betrübter darüber, daß Missie bald das elterliche Nest verlassen sollte. Sie war ja wesentlich jünger, als Cathy damals gewesen war, weil sie mit sechs Jahren zur Schule gekommen war, während Cathy trotz zwei übersprungener Schuljahren wegen ihres späten Anfangs zu den älteren Schulabgängern gehörte.

Clark verbrachte die Wintermonate damit, Holz zu fällen und die Stämme zur Sägemühle am anderen Bachufer zu schaffen. Er kam recht gut mit der Arbeit voran und war zuversichtlich, das neue Haus im nächsten Jahr bauen zu können.

Nandry hatte ein kleines Mädchen zur Welt gebracht. Es hieß Tina Marthy nach ihren beiden Großmüttern mütterlicherseits, wie Nandry erklärt hatte, und Marty mußte schnell ein paar Tränen hinunterschlucken.

Kurze Zeit später kam auch Evies und Tommies Baby an. Es war ein strammer Junge, den sie Ben nannten.

Sally Anne gebar ihr drittes Kind, doch die kleine Emily wurde nur drei Tage alt, und ein winziges Grab wurde auf dem Friedhof neben der Kirche ausgehoben.

Rett Marshall konnte inzwischen ein Gespann wie ein erwachsener Mann führen. Er fühlte sich auf eine sonderbare Weise zu Tieren aller Art, ob wild oder zahm, hingezogen. Er hielt sich sogar einen Präriehasen als Haustier. „Ein regelrechter Sonderling", sagten die Leute, doch jetzt lag Bewunderung in ihrer Stimme.

Marty mußte oft an eine Unterhaltung zwischen Frau Vickers und dem Doktor zurückdenken, die sie zufällig mitangehört hatte.

„Sagen Sie mal, Herr Doktor", hatte Frau Vickers gefragt, „kriegt man's in Ihrem Beruf nicht manchmal mit der Angst zu tun, daß man's mit der Hilfsbereitschaft 'n bißchen zu weit getrieben hat? Ich meine ... wünschen Sie sich nicht manchmal, daß Sie damals nicht ganz so hart um den kleinen Marshall-Jungen gekämpft hätten?"

Darauf hatte der Doktor ihr ruhig ins Gesicht gesehen.

„Natürlich nicht", hatte er schließlich geantwortet. „Ich hab' doch das Kind nicht ins Leben gerufen. Das hat der Allmächtige persönlich getan, und der hat schon seine Gründe dafür gehabt. Warum er's getan hat, das müssen wir schon ihm überlassen."

Jedesmal, wenn Marty den Jungen mit einem Vogel um die Wette pfeifen oder Freundschaft mit einem Präriehund schließen sah, mußte sie wieder an die Worte des Doktors denken. Auch die zärtliche Liebe in Wandas Augen und Cams Vaterstolz erinnerten sie an das, was der Doktor damals zu Frau Vickers gesagt hatte.

Das Gehöft der LaHayes hatte kaum noch Ähnlichkeit mit dem Stück Land, das einmal Jedd Larson gehört hatte. Charles LaHaye war ein guter Farmer mit einem Gespür für den Ackerbau. Seine Felder brachten ertragreiche Ernten, und das Gehöft machte einen gepflegten Eindruck. Neue Ställe und Geräteschuppen und ein zweiter Brunnen entstanden über Nacht. Schnurgerade Zäune grenzten sein Land ein.

Sosehr die Farm jedoch blühte und gedieh, so schlecht stand es um Frau LaHayes Gesundheit. Nathan heiratete ein Mädchen aus der Stadt und bezog den Anbau des elterlichen Hauses mit ihr. Die junge Frau nahm ihrer Schwiegermutter manche Arbeit ab und leistete ihr oft an ihrem Krankenbett Gesellschaft.

In der Nachbarschaft hatte sich vieles verändert. Ständig zogen neue Farmer zu, und es gab kaum noch unbebautes Land. In der Stadt wurde ein Geschäft nach dem anderen eröffnet. Man hatte eine eigene Kirche dort bauen und einen zweiten Pastor einstellen müssen, und neuerdings gab es sogar eine Sheriffstation und eine Bank. Bei zwei Kirchen, einer Schule und einem eigenen Doktor am Ort waren die frühen Siedlertage endgültig vorbei, dachte Marty oft.

Im Sommer darauf gaben sich Cathy und der junge Pastor das Jawort. Anstatt einen Pastor von außerhalb für die Hochzeit zu bestellen, ging das junge Paar selbst auf Reisen. Pastor Joe brannte darauf, seiner Familie endlich seine Braut vorstellen zu können, und es war sein Wunsch, von dem Pastor seiner Heimatgemeinde und seinem guten Jugendfreund getraut zu werden. Es tat den Davis unendlich leid, der Hochzeit fernbleiben zu müssen, aber sie nahmen sich statt dessen vor, das junge Paar nach ihrer Rückkehr mit einem festlichen Abendessen zu ehren.

Inzwischen war täglich eine Überlandkutsche zwischen den Orten der Umgebung eingesetzt, so daß Cathy und ihr Verlobter per Kutsche anstatt zu Pferd reisen konnten.

Als gemeinsames Quartier hatte man ihnen das Lehrerhäuschen neben der Schule in Aussicht gestellt, da Missie, die neue Junglehrerin, es vorgezogen hatte, weiter bei ihren Eltern zu wohnen.

Ein Schatten über Familie Davis

Trotz eines bösen Mißgeschicks mit seiner Axt gelang es Clark während der Wintermonate, die Holzvorräte für das neue Haus vollständig zu beschaffen.

Er war ganz allein gewesen, als es passierte. Die Axt, mit der er gerade eine Kerbe in den Stamm schlagen wollte, prallte schräg an der Rinde ab und traf ihn mit der Schneide am Fuß. Die Wunde war tief. Er hatte gleich sein Hemd in Streifen gerissen und den Fuß, so gut er konnte, notdürftig verbunden. Tom Graham stieß auf ihn, als er gerade auf seinem neuen Zugpferd Prinz nach Hause reiten wollte.

Prinz war es nicht gewohnt, einen Reiter auf dem Rükken zu tragen, und Clark hatte alle Hände voll zu tun, ihn am Aufbäumen zu hindern. Er hatte viel Blut verloren und fühlte sich schwach und elend. Erleichtert ließ er sich von Tom in dessen Wagen helfen, wo er sich der Länge nach ausstrecken konnte.

Tom trieb sein Gespann zur Eile an, um Clark so schnell wie möglich nach Hause zu bringen. Dort angekommen, warf er Zaumzeug und Sattel über den Weidenzaun und galoppierte auf Dixie in die Stadt, um den Doktor zu holen. Dixie wurde oft sattellos geritten.

Marty wurde schwarz vor Augen, als Clark ins Haus kam. Er versuchte, sie zu beruhigen, doch sein Gesicht war kalkweiß, und seine Hände zitterten so sehr, daß Marty ganz entsetzt war. Sie half ihm gleich in sein Bett und machte sich an Kopfkissen und Decke zu schaffen.

„Solange Sie kein frisches Blut sehen“, hatte Tommie sie ermahnt, „lassen Sie den Fuß am besten ganz in Ruhe, bis der Doktor kommt.“

Marty suchte den Verband nach frischen Blutspuren ab, doch zum Glück schien die Blutung jetzt gestillt zu sein. Nun sorgte sie sich um Clarks leeren Magen.

„Meinst du, du kannst ’n bißchen heiße Brühe essen? Du mußt doch bei Kräften bleiben, weißt du!“

Obwohl ihm eigentlich nicht im geringsten nach essen zumute war, nickte er schwach. „Nicht zu heiß – lauwarm genügt.“

Marty brachte ihm die Brühe. Die Stunden bis zur Ankunft des Doktors erschienen ihr wie eine Ewigkeit. Endlich hörte sie sein Pferd im Hof wiehern. Sie ging in die Küche, während der Arzt die Wunde reinigte und nähte. Jedesmall, wenn durch die dünnen Wände ein dumpfes Stöhnen zu ihr drang, wollten ihre Knie unter ihr nachgeben.

„Und Sie, meine Liebe“, sagte der Doktor kurze Zeit später zu ihr, „Sie sind ja bleicher als der Patient selbst. Machen Sie sich am besten erst mal ’ne Tasse schwarzen Tee mit Honig!“

„Herr Doktor, wie steht’s denn um ihn?“

„So was heilt zwar nicht von heut auf morgen, aber er wird schon wieder werden. Er ist ja jung und kräftig. Unkraut vergeht nicht, Sie wissen ja. Sie müssen mir allerdings jetzt darauf achten, daß er den Fuß schont, bis die Wunde verheilt ist. Könnte mir denken, daß das bei Ihrem Mann gar nicht so einfach ist. Können Sie ihm nicht ’nen Strickstrumpf oder ’ne Stickerei in die Hand geben?“

Der Doktor zwinkerte mit den Augen, und Marty mußte beinahe gegen ihren Willen lachen. Die Vorstellung von Clark mit einem Paar Stricknadeln in seinen großen Männerhänden war einfach zu drollig.

Obwohl die Wunde tief gewesen war und Clark eine beträchtliche Menge Blut verloren hatte, heilte der Fuß schnell und sauber. Luke und Arnie nahmen ihrem Vater die Versorgung der Stalltiere ab und leisteten ganze Arbeit dabei.

Wie der Doktor vorausgesehen hatte, bestand Martys schwierigste Aufgabe bald darin, ihren Mann am Aufstehen zu hindern. Die Schmerzen waren für ihn leichter zu ertragen gewesen als das ungewohnte Stillsitzen.

Pastor Joe kam, sooft er es ermöglichen konnte, auf eine Runde Halma oder Mühle herüber. Cathy begleitete ihn dabei meistens. Auch von den Nachbarn schaute gelegentlich der eine oder andere herein. Sie hatten untereinander abgemacht, Clarks gefällte Stämme, wie er es ursprünglich geplant hatte, bis zur Schneeschmelze für ihn zur Sägemühle zu schaffen. Und Clark nahm dankbar ihre Hilfe an.

Missie brachte ihm Bücher aus der Schule mit, die ihm manche Stunde seines Krankenlagers kurzweiliger machten.

Endlich war die Schonfrist vorüber, und der Doktor erklärte die Wunde für geheilt. Obwohl er den einen Fuß nachzog, freute sich Clark wie ein Schneekönig, wieder auf den Beinen sein zu können. Das Humpeln verlor sich nie mehr völlig, doch Marty fiel auf, daß es an manchen Tagen besonders deutlich war. „Der Fuß muß ihm doch noch ziemlich zu schaffen machen“, dachte sie, doch nie kam eine Klage über seine Lippen.

Das Haus war tagsüber jetzt still und leer, weil die jüngeren Kinder unter Missies Aufsicht die Schulbank drückten.

Sobald Clark wieder völlig bei Kräften war, ging er zum Holzfällen in den Wald. Die Nachbarn hatten seine Baumstämme ihrem Versprechen getreu zur Sägemühle geschleppt, doch für den Hausbau fehlten ihm noch immer etwa vier Wagenladungen Holz.

Morgen für Morgen sah Marty ihm besorgt nach, um ihn abends, wenn er unverletzt und guter Dinge nach Hause kam, mit einem dankbaren Herzen zu begrüßen. Dem Frühling sah sie erwartungsvoll entgegen. Man stelle sich nur vor: bevor das Jahr vorüber war, würden sie in ihrem neuen Haus wohnen! Der Beginn der Bauarbeiten bedeutete zudem das Ende von Clarks täglichen Fahrten zum Holzfällen in den Wald.

*

Es wurde ein ereignisreicher Sommer. Marty beobachtete gespannt, wie das Haus langsam Gestalt annahm. Es war größer, als sie je zu träumen gewagt hatte. Viele Fenster verliehen ihm ein freundliches Aussehen, und sowohl das Wohnzimmer und die Diele als auch das Elternschlafzimmer waren jeweils mit einem Kamin ausgestattet.

Clark hatte zwei Männer aus der Stadt in seine Dienste genommen, so daß die Bauarbeiten nicht stillstanden, während er seine Felder bestellte. Marty hatte die Fenster ausgemessen und mehrere Stoffballen gekauft, die sie bis zum Einzug zu Vorhängen verarbeiten wollte.

Weihnachten im neuen Haus! Marty klopfte das Herz vor Freude bei dem Gedanken. Das würde eine fröhliche Tischrunde um den Festschmaus geben! Nandry und Josh mit ihrer kleinen Tina und dem bis dahin erwarteten jüngsten Familienmitglied würden dabeisein, und auch Pastor Joe und Cathy hatten ihren Besuch schon vorsorglich im voraus angekündigt – doch das Schönste vom Schönsten war, daß das neue Haus genug Platz bot, um jedermann bequem über Nacht zu beherbergen!

Marty freute sich so sehr auf das Weihnachtsfest in diesem Jahr, daß sie alle Mühe hatte, nicht schon im Hochsommer Weihnachtslieder vor sich hin zu summen.

Dieser Willie

Missie klappte das Aufsatzheft, das sie gerade durchgesehen hatte, mit einem zufriedenen Seufzer zu. Manchmal konnte sie es selbst kaum fassen, daß dieses schon ihr zweites Schuljahr als Lehrerin der kleinen Landschule war. Sie liebte ihren Beruf. Zugegeben, sie hatte manchen Wildfang unter ihren Schülern, und auch ihr eigener Bruder Larry hatte nichts als Flausen im Kopf, aber alles in allem war sie äußerst zufrieden mit ihrem Dasein als Lehrerin.

Sie ordnete die Bücher auf ihrem Pult und stand auf, um die Tafel zu wischen. Ihren Rücken hatte sie der Tür zugewendet, so daß sie die Gestalt, die sich jetzt von hinten anschlich, nicht bemerkte. Plötzlich spürte sie ein Paar Hände über ihren Augen. Entsetzt schrie sie auf.

„Nun mal halblang! Ist ja schon gut!“ sagte eine Männerstimme hinter ihr entschuldigend. „Ich wollte dich nicht erschrecken. ’s sollte bloß ’ne Überraschung sein.“

Missie fuhr herum. Vor ihr stand ein etwas verlegener Willie LaHaye. Schlagartig fielen ihr seine Lausbubenstreiche wieder ein: die tote Maus unter der Bank, die Heuschrecke, der Frosch im Kleiderschrank. Ihr Schreck verwandelte sich in Zorn. Wütend stampfte sie mit dem Fuß auf den Boden.

„Willie LaHaye!“ rief sie. „Wirst du denn nie erwachsen?“

Im nächsten Moment hätte sie sich auf die Zunge beißen mögen, denn es war nicht schwer zu erkennen, daß aus Willie LaHaye sehr wohl ein ausgewachsener Mann geworden war – zumindest äußerlich.

Kräftige Muskeln spielten um seine breiten Schultern, wenn er sich bewegte; dichte Backenbärte umrahmten sein glattrasiertes Gesicht, und Missie mußte ein gutes Stück nach oben sehen, um ihm ihre Zornesblitze entgegenzuschleudern.

Doch Willie grinste sie nur auf seine knabenhafte Art an. Missie wirbelte auf dem Absatz herum.

„Na bitte, jetzt hast du also deinen Spaß gehabt. Du weißt ja wohl noch, wo hier die Tür ist."

„Aber ich wollte doch die Lehrerin persönlich sprechen", sagte er, völlig unbeirrt von ihrer Ärgerlichkeit. „Ich glaub' nämlich, ich brauch' 'ne Nachhilfestunde im Abc.

A wie Apfel, B wie Birne, C wie charmant, E wie einmalig – weiter weiß ich nicht."

„Das ist gar nicht komisch, und außerdem hast du das D ausgelassen."

„D", sagte Willie. „D ... D... ich kenn' bloß ein Wort, das mit einem D anfängt: du."

Missie war so aufgebracht, daß sie um ein Haar mit dem nassen Tafelschwamm nach ihm geworfen hätte.

„Willie LaHaye!" begann sie.

„Ich weiß, ich weiß", beschwichtigte Willie. „Das war wirklich nicht besonders komisch. Außerdem bin ich hergekommen, um dir was Wichtiges zu sagen."

„So? Was denn?"

„Ich geh' weg von hier."

„Du gehst ... wie bitte?"

„Ich geh' weg. Ich will weiter nach Westen." Plötzlich war er ernst geworden.

„Wohin denn da?"

„Weiß noch nicht. Als wir herkamen, da hatte Pa eigentlich mit uns viel weiter ziehen wollen. Wenn Ma nicht so krank geworden wär', dann wären wir nie hiergeblieben. Ich war aber nie ganz zufrieden; wollte immer schon sehen, was hinter der nächsten Biegung liegt. Pa hat jetzt 'ne große Farm hier, und Nathan ist verheiratet – wenn ich's mir recht überlege, werde ich hier sowieso nicht mehr gebraucht."

Missie hatte sich etwas beruhigt und war zu einem Gespräch bereit, wenn Willie sich nur vernünftig aufführte.

„Was meint denn dein Pa dazu?"

„Hab's ihm noch nicht gesagt."

„Und wann willst du losziehen?"

Willie zuckte mit den Achseln. „Weiß nicht genau. Das kommt darauf an."

„Auf was?"

„Ma zum Beispiel. 's geht ihr nicht gut, weißt du, und ... und 'n paar andere Sachen. Hab' gedacht, vielleicht nächsten Sommer."

„Also gar nicht so bald?"

„Kommt darauf an."

Missie wandte sich wieder der Tafel zu und wischte die Zahlenreihen und Wörter der heutigen Lektionen aus.

„Wie klappt's mit dem Unterricht?" fragte Willie.

„Ganz gut", sagte Missie. „Bloß, daß ich Larry heute wieder in die Ecke schicken mußte."

„Was hat er denn schon wieder verzapft?"

„Er hat Elisabeth Annes Zopfbänder in das Tintenfaß getunkt."

„Der Lausbub!"

Missie dachte an die vielen Zopfbänder, die sie als kleines Mädchen voller Tintenflecken nach Hause gebracht hatte.

„Das ist überhaupt kein lustiger Streich. Zopfbänder kosten schließlich Geld!"

„Da hast du recht. Daran hab' ich nie gedacht."

„Ich hab' Larry gesagt, daß er jetzt seine Groschen so lange sparen muß, bis er ein neues Paar Zopfbänder für Elisabeth Anne gekauft hat."

„Du bist 'ne kluge Lehrerin."

„Gar nicht klug, bloß ..."

„Hübsch?"

„Unsinn! Hör mal, wenn du nicht gleich vernünftig redest, kannst du gehen!"

Missie trat ans Fenster, um es zu schließen, doch der verflixte Rahmen klemmte wieder einmal.

„Komm, ich helf' dir!"

Willie stellte sich hinter sie und langte nach dem Griff. Missie war plötzlich zwischen seinen beiden Armen gefangen. Eine heiße Röte stieg ihr in die Wangen. Sie wagte nicht, sich umzudrehen.

Willie schien keine Eile zu haben, das Fenster zu schließen, und seinen kräftigen Armen nach zu urteilen, konnte das kaum an dem klemmenden Fensterrahmen liegen.

„Schaffst du's auch nicht?" fragte sie. Sie war überrascht, wie ruhig es geklungen hatte.

„Das dumme Ding sitzt fest."

„Willie LaHaye!" rief sie jetzt mit einer ruckartigen Drehung um die eigene Achse. „Du bist ein schamloser Lügner!"

„Stimmt!" grinste er. Das Fenster glitt mühelos ins Schloß, und Missie stand nur Zentimeter von ihm entfernt zwischen seinen ausgestreckten Armen.

Bevor Willie auch nur wußte,. wie ihm geschah, hatte Missie sich blitzschnell geduckt und war unter seinem Arm hindurch zur Seite gesprungen. Aus ihren Augen sprühte es geradezu vor Empörung. Dann drehte sie sich auf dem Absatz um und nahm ihren Mantel vom Haken.

„Mach die Tür hinter dir zu, wenn du gehst!" zischte sie ihm zu und war auf und davon.

Herrenbesuch für Missie

Die ersten jungen Burschen begannen, Missie ihre Aufwartung zu machen. Marty hatte zwar gewußt, daß es eines Tages soweit sein würde, aber als es dann geschah, traf es sie doch wie aus heiterem Himmel.

Missie war immer die Jüngste in ihrer Klasse gewesen, und obwohl sie sich dessen vielleicht nicht einmal bewußt war, hatten ihre Schulkameraden sie ausnahmslos gemocht und geachtet. Gelegentlich hatte sie zu Hause von dem einen oder anderen gesprochen, ohne daß Marty je das Gefühl hatte, sie hege eine besondere Zuneigung für einen unter ihnen.

So war ihre Überraschung grenzenlos, als sie eines Nachmittags einem hochgewachsenen, blonden jungen Mann die Tür öffnete. Er machte einen äußerst gepflegten Eindruck. Ein offensichtlich nicht billiges Reitpferd stand an den Pfosten angebunden.

„Guten Abend! Mein Name ist Grant Thomas. Ist Fräulein Melissa Davis wohl zu sprechen?“ Seine Stimme klang selbstsicher.

Marty geriet ins Stottern. „Ja, äh ... ja, sie ... sie ist zu Hause.“ Endlich besann sie sich. „Kommen Sie doch bitte rein!“

„Vielen Dank. Und Sie sind gewiß Melissas Mutter, nicht wahr? Sie hat oft von Ihnen gesprochen.“

Marty war ihrer Verwirrung noch immer nicht ganz Herr geworden.

„Ja, das ... das ist richtig. Treten Sie doch ein. Ich ruf' Missie ... äh, Melissa gleich her.“

Missie schien erfreut zu sein, den jungen Mann zu sehen. Marty brannte darauf zu erfahren, ob es mehr mit den beiden auf sich hatte.

Grant blieb zum Abendessen und erwies sich als ein ruhiger, angenehmer Gast. Clark schien recht angetan von ihm zu sein. Marty versuchte verzweifelt, ihm unauffällige Zeichen zuzuspielen, daß er dem jungen Mann nur nicht unnötig viel Mut machen sollte.

Grant wollte noch vor Einbruch der Dunkelheit in die Stadt zurückreiten. Missie sattelte das Reitpferd, um ihn ein Stück des Weges zu begleiten. Lachend und scherzend ritten die beiden los. Sie schienen sich zu mögen, stellte Marty stirnrunzelnd fest. Missie war doch noch so jung – erst siebzehn! „Bitte, bitte, laß sie uns noch für 'ne Weile!" betete sie mit einem stillen Seufzer.

Als Missie nicht lange darauf zurückkehrte, brachte sie Lady an das Zaungatter und ließ sie auf die Weide hinaustraben. Dann ging sie an das Waschbecken an der äußeren Hauswand, um sich die Hände zu waschen. Eigentlich sah sie ganz normal aus, fand Marty – gar nicht wie ein junges Ding, das bis über beide Ohren verliebt ist. Auf dem Weg in die Küche blieb sie stehen, um Ellies Kreuzstichstickerei zu bewundern. Ein Lied vor sich hinsummend, wie sie es so oft tat, kam sie endlich in die Küche. Marty brannten tausend Fragen auf den Nägeln.

„Dieser Grant ... also, ich wüßte nicht, daß du je von ihm erzählt hättest."

„Och, da gibt's auch nicht viel zu erzählen. Laß mal sehen ..."

„Aha!" dachte Marty. „Das alte Spielchen kenn' ich doch: Erzähl deiner Mutter irgendwas Unwichtiges, und sie wird sich schon zufriedengeben."

„Er ist drei Jahre älter als ich, hat keine Geschwister, seine Mutter leitet ein Frauenkränzchen, sein Vater ist Arzt. Wohnen tun sie in der Ahornstraße, in einem großen Haus aus Ziegelsteinen, gar nicht weit von der Schule. Sie haben gern Gäste, deshalb laden sie Grants Freunde zum Tennis oder Tee oder so ein. – So, weißt du jetzt Bescheid?"

Marty war nicht so leicht abzulenken.

„Was mich interessiert, ist: Gehörst du auch zu seinen Freunden?"

„Denk' schon."

„Zu den engeren Freunden?"

„Ach Ma", seufzte Missie, „wie bringst du bloß 'nem Jungen bei, daß du ihn magst – aber nicht mehr?"

„Hast du's ihm denn nicht einfach gesagt?"

„Ja, vor längerer Zeit schon."

„Und diesmal?"

„Ich hoff', er hat's irgendwie kapiert."

Missie ging in ihr Zimmer, und Marty nahm ihr Strickzeug wieder zur Hand. Am besten knöpfte sie sich gleich morgen früh die Jungs einmal vor, um ihnen einzuschärfen, Missie gegenüber keine einzige abfällige oder nekkende Bemerkung über Grant fallen zu lassen. Armer junger Mann!

*

Martys mühsam wiedergewonnener Seelenfrieden sollte jedoch nicht von langer Dauer sein. Lou Graham hatte Clark um Erlaubnis gebeten, Missie zu besuchen. Sosehr Marty den jungen Graham-Sohn auch mochte, so konnte sie sich doch nur schwer damit abfinden, daß Missie im Begriff war, eine erwachsene Frau zu werden. Nandry und Cathy waren beide etwas älter gewesen, als sich die ersten Verehrer eingestellt hatten, und im stillen hatte Marty wohl gehofft, Missie würde ihrem Beispiel folgen. Nun, selbst wenn Missie keine Eile mit den jungen Männern gehabt hatte, so schienen diese ihr erstes Stelldichein mit ihr kaum erwarten zu können.

So kam es auch, daß Lou und Missie eines Abends in der Wohnstube über dem Mühlebrett beisammensaßen.

Marty bemerkte, wie Missie eine Runde nach der anderen absichtlich verlor. Missie war eigentlich eine hervorragende Mühlespielerin und ließ sich so leicht von niemandem schlagen. Lou schien jedoch gar nicht so recht bei der Sache zu sein, und Missie schien ihm wohl eine peinliche Lage ersparen zu wollen.

Luke, Arnie und Larry konnten beim besten Willen nicht begreifen, warum Lou nicht gleich zu ihnen hinter die Scheune kam, um sich mit ihnen im Hufeisenwerfen zu üben, wie er es sonst so oft getan hatte. Die drei Brüder rätselten noch immer daran herum, als sie schließlich zu Bett geschickt wurden.

Nach dem Mühlespiel kochte Missie eine Kanne Kakao und tischte ein paar Scheiben Sandkuchen auf. Die ältere Generation setzte sich zu den jungen Leuten an den Tisch, und gemeinsam plauderten sie noch eine Weile.

Schließlich brachte Missie ihren Gast zur Tür und wartete, bis er sein Pferd losgebunden und bestiegen hatte. Sie hatten einander seit ihrer frühesten Kindheit gekannt, doch jetzt überfiel beide eine unerklärliche Befangenheit. Missie sah ihm nach, wie er davonritt.

„Besucht er dich bald wieder?“ fragte Clark, als sie in die Küche zurückkehrte.

„Denk’ schon.“

Übermäßig erfreut hatte es nicht geklungen, fand Marty.

„’n netter Junge“, meinte sie.

„Ja, ziemlich. Die Grahams sind alle nett.“

„Weißt du noch, als du Tommie ums Verplatzen heiraten wolltest?“

Jetzt mußte Missie lachen.

„Der arme Tommie! Den hab’ ich wohl damals ganz schön in Verlegenheit gebracht. Allen Leuten hab’ ich’s verkündet – und er hat’s stillschweigend hingenommen!“

„Nun ja, das ist schon lange her“, sagte Marty. „Tommie hat ja jetzt seine Evie.“

„Und ich?“

Marty sah überrascht auf.

„Darauf wolltest du doch hinaus, Ma, oder? Was wird aus mir?“

„Also schön, was wird denn nun aus dir?“

„Ich weiß auch nicht“, gab Missie zu. „Ich glaub’, ich brauch’ noch ’ne Menge Zeit, bis ich mir da sicher bin.“

„Laß dich nur nicht hetzen. Schließlich treibt dich niemand zur Eile an.“ Clark hatte Marty aus der Seele gesprochen.

Lou kam tatsächlich wiederholt zu Besuch. Missie behandelte ihn freundlich und kameradschaftlich, doch ihr Herz schien sie eigentlich nicht an ihn verloren zu haben.

Rastlose Tage

Missie wollte gerade das Schulhaus verlassen, als sich die Tür öffnete und Willie eintrat.

„Oh! Hätte ich anklopfen sollen?“ fragte er.

„Das wär’ keine schlechte Idee gewesen.“

„’tschuldige“, sagte er. „Nächstes Mal klopf’ ich bestimmt an.“

Missie knöpfte sich den Mantel zu.

„Wenn ich’s mir genau überlege, wird’s wohl gar kein nächstes Mal geben.“

Missie sah auf.

„Ich bin nämlich gekommen, um mich zu verabschieden.“

„Du gehst also endgültig weg von hier?“

„Ja.“

„Wann denn?“

„Übermorgen.“

„Aber du hast doch gesagt, du wolltest erst im Sommer los.“

„Ich hab’ gesagt, es kommt darauf an.“

„Ja, jetzt fällt’s mir wieder ein. Geht’s deiner Mutter besser?“

Willie schüttelte den Kopf.

„Nee, tut’s leider nicht. Ich glaub’ auch kaum, daß sie je wieder ganz gesund wird.“ Es hatte traurig geklungen.

„Das tut mir aber leid“, sagte Missie sanft, und dann: „Wohin soll denn die Reise gehen?“

„Ich nehm’ die Kutsche bis zur Bahnstation. Von da aus fahr’ ich mit dem Zug nach Westen, so weit ich komm’. Danach kauf’ ich mir dann ’n Reitpferd oder sogar ’n Gespann; mal sehen.“

„Und was hast du da draußen im Wilden Westen vor, wenn man fragen darf? Unter die Goldwäscher gehen vielleicht?“

Die beißende Ironie in Missies Stimme war Willie nicht entgangen, doch er blieb ernst.

„Ich wollt’ mich immer schon in der Viehzucht versuchen. Hab’ vor, mir ein paar Tiere und ein gutes Stück Land anzuschaffen. Das ist eher was für mich als die Farmerei.“

„Viel Glück wünsch’ ich dir!“ Missie war selbst überrascht, wie aufrichtig sie das gemeint hatte.

„Danke“, sagte Willie. Er schwieg einen Moment, bevor er fortfuhr.

„Ach, übrigens, ich hab’ dir was mitgebracht. Alte Schulden sozusagen.“

Er griff in seine Tasche und zog ein Paar rote Zopfbänder hervor.

„Ich glaub’, deine waren ’n bißchen röter, aber rötere als diese konnt’ ich nirgendwo auftreiben.“

„O Willie!“ flüsterte Missie. Plötzlich war sie den Tränen nahe. „Das hättest du doch nicht gebraucht. Solche Zopfbänder trag’ ich ja gar nicht mehr.“

„Dann heb’ sie dir für dein kleines Mädchen auf. Wenn sie ihrer Mama nachschlägt, dann sorgen die Jungs in ihrer Klasse bestimmt für jede Menge von Tintenflecken in ihren Zopfbändern.“

Er wandte sich zum Gehen. „Wiedersehen, Missie!“ sagte er mit rauher Stimme. „Laß dir’s gutgehen!“

„Wiedersehen, Willie … Dank’ dir … und Gott befohlen!“

Später wußte sie nicht zu sagen, ob sie das leise „Ich hab’ dich lieb“ wirklich gehört hatte, oder ob ihre Phantasie ihr einen Streich gespielt hatte.

*

Missie wälzte sich unruhig auf ihrem Kopfkissen. Sie verstand die Welt einfach nicht mehr. Eines war ihr klargeworden: sie würde allen Mut zusammennehmen müssen, um Lou endgültig zu verstehen zu geben, daß sie ihn zwar als Kameraden mochte, aber daß sie nicht mehr für ihn empfand. Doch selbst, nachdem sie zu dieser Erkenntnis gekommen war, konnte sie keinen Schlaf finden. Sie langte unter ihr Kissen, um wohl zum hundertsten Mal die roten Zopfbänder hervorzuziehen. Dieser Willie LaHaye! Warum mußte er ihr auch ihre Ruhe rauben! Und warum stimmte es sie so traurig, daß er in zwei kurzen Tagen seine Heimat verlassen würde? War es möglich, daß sie nach all den Jahren am Ende doch ihr Herz an ihn verloren hatte? Was für ein hirnverbrannter Gedanke, dachte sie, doch sie war dennoch nicht völlig überzeugt.

Am nächsten Morgen machte sie sich, erschöpft nach einer schlaflosen Nacht, auf den Weg zur Schule.

Die Coffins-Kinder brachten die traurige Nachricht: Frau LaHaye war in der vergangenen Nacht gestorben. Irgendwie schaffte es Missie, diesen schweren Tag hinter sich zu bringen. Willie tat ihr unendlich leid. Er hatte so sehr an seiner Mutter gehangen. Was würde er jetzt tun? Bestimmt würde er nun am nächsten Morgen nicht einfach per Kutsche abreisen.

Wenn sie doch nur mit ihm sprechen könnte! Sie hatte ihm so viel zu sagen: wie tief auch sie der Tod seiner Mutter getroffen hatte, und wie leid es ihr tat, daß sie all die Jahre über so gemein zu ihm gewesen war.

Endlich war die letzte Unterrichtsstunde vorbei. Missie verkündete ihren Schülern, daß die Schule am nächsten Tag wegen des Trauerfalls geschlossen bliebe, und schickte sie nach Hause. Sie nahm sich nicht einmal Zeit, um die Tafel zu wischen und ihr Pult zu ordnen, sondern griff ihren Mantel vom Haken und hastete zur Tür hinaus.

An diesem Abend kam Lou wieder zu Besuch. Missie fand es einfach nicht angebracht, daß ein junger Mann am

Vorabend einer Beerdigung seine Aufwartung machte, und in ihrer Empörung fiel es ihr leicht, ihr Vorhaben auszuführen und Lou endgültig den Laufpaß zu geben.

Am nächsten Tag wurde den beiden einsamen Grabhügeln auf dem Friedhof ein dritter hinzugefügt. Missie stand inmitten der kleinen Trauergemeinde am Grab. Der kühle Nordwind zerrte an ihrem langen dunklen Mantel.

Nach der Grabrede gingen alle in die Kirche, wo heißer Kaffee auf sie wartete. Missie sonderte sich ab. Sie wollte bei der Baumgruppe hinter dem Friedhof allein sein.

Sie hatte eine Weile, still an einen Baum gelehnt, dagestanden, als sie plötzlich eine Hand auf ihrem Arm spürte. Sie schrak nicht einmal auf; es war, als hätte sie ihn erwartet.

„Missie?"

Sie wandte sich zu ihm um.

„Willie, das mit deiner Ma tut mir so leid!" Zwei Tränen rannen über ihre Wangen.

Willie senkte den Kopf, um seine eigenen Tränen zu verbergen, doch dann wischte er sie hastig mit dem Handrücken ab.

„Danke", sagte er. „Ich bin ja bloß froh, daß es noch passiert ist, bevor ich losgefahren bin. Wenn ich nicht hier gewesen wär', als sie starb, dann ... dann hätt' ich es vielleicht nie verwunden."

„Fährst du denn jetzt trotzdem?"

Willie sah sie überrascht an.

„Du hast doch gesagt, das hing' von deiner Mutter ab, und ich wußte nicht, wie du das gemeint ..."

„Das schon; aber ich hab' auch gesagt, 's kommt noch auf was anderes an."

„Auf was denn?" Die Frage war Missie unversehens herausgerutscht.

Einen Moment lang herrschte Schweigen; dann sagte Willie langsam: „Auf dich, Missie – auf dich und Lou. Ist dir bestimmt nicht neu, daß ich dich immer schon gemocht hab'. Aber jetzt, wo du ... mit Lou ... wo ihr befreundet seid, jetzt gibt's nichts mehr, was mich noch hier hält."

„Aber Lou und ich sind doch gar nicht ..."

„Er kommt dich doch öfters besuchen."

„Das ist alles vorbei. War sowieso nicht viel dabei – und gestern abend, da hab' ich Lou gebeten, nicht mehr zu kommen."

„Wirklich? Wirklich, Missie?"

„Ja, wirklich."

Wieder sagte keiner von beiden etwas. Willie schluckte.

„Meinst du, ich kann ... darf ich ... dich wohl mal besuchen?"

„Ach, du unmöglicher Willie LaHaye!" Befreit schlang sie ihre Arme um seinen Hals. „Wann wirst du endlich erwachsen?"

Willie sah sie forschend an. Hatte sie nur Spaß gemacht? Nein, in ihren Augen stand die Liebe geschrieben, auf die er kaum noch zu hoffen gewagt hatte. Zärtlich zog er sie an sich. Willie LaHaye war plötzlich ein erwachsener Mann geworden.

Zukunftspläne

Wie Clark versprochen hatte, war das neue Haus noch vor dem Weihnachtsfest fertig geworden. Bei hohem Schnee und klirrender Kälte ging der Umzug vonstatten. Willie LaHaye war inzwischen ein häufiger, gerngesehener Gast bei den Davis. Clark und Marty mochten den jungen Mann; wenn sie ihre Tochter schon einmal hergeben mußten, dann hätte Missie durchaus eine schlechtere Wahl treffen können, fand sie.

Doch am Heiligabend sorgte Willi unversehens für große Aufregung bei den Davis. Die Männer unterhielten sich, und Josh hatte gerade von seinen Plänen erzählt, ein besseres Zuchttier für seine Schweinezucht anzuschaffen.

Das war genau, was auch er vorhatte, sagte Willie. Er würde gern mit ein paar Rindern bester Qualität anfangen und nach und nach seine Herde vergrößern. Zuerst würde er sich allerdings nach einem guten Stück Land umsehen müssen. Er hoffte, im Frühjahr eine Erkundungsfahrt nach Westen zu machen, um sich sein Land in Ruhe aussuchen zu können. Nachdem er alles geregelt hatte, würde er zurückkommen, um Missie zu holen.

Clark starrte ihn ungläubig an, und Martys Kopf fuhr in die Höhe.

„Wie ... du willst dir kein Farmland hier in der Nähe roden?“ fragte Clark.

„Ich will mir überhaupt kein Farmland roden“, antwortete Willie. „Mich interessiert die Viehzucht.“

„Wo gibt’s denn heutzutage noch brauchbares Weideland zu halbwegs erschwinglichen Preisen?“

„Ein paar hundert Meilen westwärts läßt sich bestimmt etwas finden, denke ich.“

Marty spürte, wie ihr die Knie weich wurden. Willie wollte also tiefer in den Westen. Er wollte aber auch ihre Missie heiraten. „Ach, mein Gott!“ rief es in ihr. „Jetzt nimmt er uns unsere Missie weg!“

Unauffällig stand sie auf und flüchtete sich in die Küche. Dort lehnte sie ihren Kopf gegen eine Schranktür.

„Lieber Herr im Himmel“, betete sie weiter, „hilf doch, daß er sich diese verrückte Idee aus dem Kopf schlägt! Am Ende weiß Missie noch nicht mal davon!“

Doch niemand anders als Missie war ihr in die Küche gefolgt.

„Mama“, sagte sie sanft und legte eine Hand auf Martys Arm. „Mama, fühlst du dich nicht wohl?“

Marty richtete sich auf.

„Nein, nein ... mir geht's gut.“

„Es war, was Willie da gesagt hat, nicht wahr?“

„Nun ja, ich muß zugeben, das kam alles ein bißchen unerwartet. Ich hatte ja keine Ahnung, davon, was er vorhat.“

„Ich hätt's euch eher sagen sollen.“

„Dann wußtest du also Bescheid?“

„Na klar! Willie hat schon immer davon geträumt.“

„Ach so.“

„Ich hätt's euch wirklich gleich sagen sollen“, entschuldigte Missie sich wieder. „Willie denkt bestimmt, das hätt' ich schon längst getan.“

„Mach dir deswegen keine Gedanken, Kind!“

„Ist nicht so einfach für dich, Mama, nicht?“

„Das ... das ist es wohl nicht.“ Martys Stimme zitterte ein wenig.

„Du, Mama“, sagte Missie, „dir ergeht's jetzt sicher wie deiner Mutter damals, als du mit Clem losziehen wolltest.“

„Jetzt hör mir mal gut zu, Fräulein“, wollte Marty losstürmen, „das ist nicht fair von dir, mir das ausgerechnet jetzt aufzutischen!“ Statt dessen sagte sie nur ruhig: „Ja, Missie, da magst du recht haben.“

Zum ersten Mal in ihrem Leben konnte Marty verstehen, warum ihre eigene Mutter sich damals mit allen Fasern ihres Herzens gegen ihre Heirat mit Clem und die Reise in den Westen gesträubt hatte. Endlich konnte sie sich ein wenig in ihre Lage versetzen.

„Ja", sagte sie noch einmal, „so ist es ihr wohl ergangen."

„Aber du hast Clem liebgehabt", fuhr Missie fort, „und du mußtest einfach mit ihm losziehen."

„Ja, ich hab' ihn liebgehabt."

Missie nahm sie in die Arme.

„Ach, Mama, ich hab' Willie doch auch so lieb. Wir haben sogar zusammen darüber gebetet. Der Westen braucht neue Leute, die das Land erschließen, Schulen bauen, Kirchen gründen und aus jungen Siedlungen Städte machen. Kannst du das denn nicht verstehen, Mama?"

Marty drückte ihre Tochter fest an sich.

„'türlich kann ich das verstehen. 'türlich. Ich muß mich bloß erst an den Gedanken gewöhnen, weiter nichts. – So, Missie, jetzt geh du wieder rein zu den anderen. Ich will nur eben draußen 'n bißchen frische Luft schnappen."

Widerwillig und ein wenig zögernd wandte sich Missie ab, um dem Stimmengewirr und Lachen ins Wohnzimmer zu folgen.

Marty legte sich ein wollenes Schultertuch um und ging in die klirrende Winterkälte hinaus.

Der Himmel war sternenklar. Marty hob ihr Gesicht nach oben.

„Himmlischer Vater", flüsterte sie, „sie ist dein Kind. Wir haben kein Recht auf sie. Du weißt, wie weh es mir tut, daß sie weggeht, aber wenn du es so gewollt hast, Vater, dann … dann hilf mir doch, das anzunehmen und sie ziehen zu lassen. Führ du sie doch, und beschütze sie … schütze mein kleines Mädchen!"

Vorboten des Frühlings

In den Wochen und Monaten, die nun folgten, ging Willie LaHaye beinahe täglich bei den Davis aus und ein. Eigentlich hätte er geradesogut in das Gästezimmer ziehen können, fand Marty. Sie und Clark mochten Willie und hatten gern ihre Einwilligung zu der Verbindung zwischen den beiden jungen Leuten gegeben, aber Marty wußte, daß die verbleibende Zeit mit Missie viel zu kurz werden würde. Wenn Missie nach einem langen Tag in der Schule nach Hause kam, fiel es ihnen schwer, sie mit Willie teilen zu müssen.

Missie und Willie jedoch steckten voller Pläne und Träume. Willie hatte mit mehreren Männern gesprochen, die den fernen Westen bereist hatten, um gutes Weideland auszukundschaften. Sie hatten ihm geraten, vom Rande des Gebirges aus südwärts zu ziehen. Dort herrschte ein milderes Klima, und das Land war geradezu wie geschaffen für die Viehzucht. Man mußte allerdings sicherstellen, hatten sie gewarnt, daß man ein Stück Land wählte, das das ganze Jahr über reichlich mit Frischwasser versorgt wurde.

Eines Abends, nachdem Missie sich vor der Tür von Willie verabschiedet hatte, kehrte sie, vor Zorn glühend, in die Küche zurück. Aus ihren Augen schossen feurige Blitze, und ihre Wangen brannten. Mit einer hastigen Handbewegung strich sie sich über das Gesicht, um ihre Tränen zu verbergen.

Clark und Marty sahen überrascht auf, doch sie stellten ihr keine Fragen.

„Dieser ... dieser ... dieser Willie LaHaye!" schnaubte sie und stürmte die Treppe hinauf zu ihrem Zimmer.

Sie sollten nie erfahren, was der Anlaß dieser Meinungsverschiedenheit gewesen war, doch zwei Abende später schien alles wieder in schönster Ordnung zu sein. Der Streit war vergeben und vergessen.

Am zehnten Mai machte Willie sich auf den Weg, um sein zukünftiges Stück Land ausfindig zu machen. Missie und er hatten sich in aller Stille voneinander verabschiedet. Seine Abenteuerlust war geradezu ansteckend. Sie wünschte sich nichts sehnlicher, als daß er bald auf den Flecken ihrer gemeinsamen Träume stieß, doch ach, wie sehr sie ihn derweil vermissen würde! Zudem war das Leben draußen im Westen nicht ungefährlich, und niemand konnte ihr garantieren, daß sie ihren Willie gesund und wohlbehalten wiedersehen würde. Er hatte ihr versprochen, auf seine Sicherheit bedacht zu sein, doch sie hatte von Männern gehört, die dort draußen durch Krankheit oder Unfall ihr Leben lassen mußten, und sosehr sie sich auch bemühte, sie konnte ihre Befürchtungen nicht ganz abschütteln.

Auch Willie hatte sein Zweifel. Es zog ihn zwar nach Westen, aber vielleicht hatte er doch alles ganz falsch angefangen. Vielleicht hätte er lieber zuerst heiraten sollen, um dann seine junge Braut mitzunehmen; so würde ihnen die Zeit der Trennung erspart bleiben. Doch für Missie wäre das nicht einfach gewesen. Die Suche nach geeignetem Grund und Boden war ein rechtes Zigeunerleben, und es konnte eine gute Weile dauern, bis man ein geeignetes Stück Land gefunden hatte. Manch einer war gezwungen, ganze Monate im Planwagen umherzufahren. Nein, das konnte er Missie nicht zumuten. Er würde allein losziehen und sie später holen. Bestimmt würde ihm das Abenteuer der Landsuche die Zeit sogar ein wenig verkürzen.

Etwas anderes machte ihm jedoch das Herz schwer. Missie war ein hübsches Mädchen, und die Nachbarschaft steckte voller junger Burschen auf Freiersfüßen. Ob sich ein einsames Mädchen gegen ihre Versuche, ihr während seiner Abwesenheit den Hof zu machen, behaupten konnte? Der Gedanke stimmte ihn unruhig.

Missie, die mit ihrer Hand in der seinen neben ihm ging, riß ihn aus seinem sorgenvollen Nachsinnen.

„Du, das werden mir 'n paar mächtig lange Monate werden."

„Für mich auch." Er schluckte. „Ich hoffe und bete, daß sie schnell vergehen."

„Ach, Willie!" schluchzte Missie. „Ich bete jeden Abend für dich ... daß Gott dich bewahrt und ... und dich bald gesund wieder herbringt!"

„Und ich für dich."

Willie liebkoste Missies Wange. Sie lehnte ihr Gesicht an seine Brust und ließ ihren Tränen freien Lauf. Er hielt sie fest in den Armen und strich ihr über das braune, lokkige Haar. „Ein Mann weint doch nicht!" sagte er sich verzweifelt, während ihm die Tränen über das Gesicht strömten.

Die Zeit war gekommen. Willie mußte gehen. Er küßte sie innig, flüsterte ihr zu, wie sehr er sie liebte, und schob sie dann sanft von sich. Als er auf sein wartendes Pferd zuhastete, wagte er nicht, sich nach ihr umzusehen.

„Er kommt ja wieder", sagte Missie halblaut vor sich hin. „Er kommt ja wieder. Ganz bestimmt!"

Doch Willies Abschied von der Heimat war noch nicht vorbei. Charles LaHaye begleitete seinen Sohn in die Stadt und bestand darauf, in letzter Minute noch diese und jene überflüssige Besorgung für ihn zu machen. Als der Kutscher endlich die Reisenden zur Abfahrt rief, ging Charles auf Willie zu, um ihm die Hand zu schütteln und ihm ein paar letzte Ratschläge mit auf den Weg zu geben.

„Paß gut auf dich auf, Junge! Sei höflich zu allen, die dir begegnen, aber laß dich auch nicht übers Ohr hauen! Und gib auf deine Ausrüstung acht! Die besten Geräte nützen einem nichts, wenn man sie nicht in Ordnung hält.

Laß dich nicht mit Schiebern und Beutelschneidern ein. Komm gesund wieder, mein Junge, hörst du?“

Willie nickte, dankte seinem Vater und wollte sich gerade zur Kutsche wenden, als Charles LaHaye plötzlich alle Zurückhaltung überwand und seinen Sohn in die Arme nahm. Willie erwiderte die Umarmung dankbar. Die letzte Erinnerung, die er von zu Hause mitnahm, war das Bild seines hochgewachsenen Vaters, der sich hastig eine ungebetene Träne aus dem windzerfurchten Gesicht wischte.

Ein frohes Wiedersehen

Willies unerwartete Rückkehr sorgte für helle Aufruhr im ganzen Haus. Marty holte gerade zwei duftende Brotlaibe aus dem Ofen, als Larry in die Küche gehüpft kam.

Missie, die gerade eine Tischdecke säumte, schenkte ihrem jüngsten Bruder wenig Beachtung, bis er plötzlich zu singen begann:

„Horch, was kommt von draußen rein?
Hollahi, hollaho,
Wird wohl Missies Willie sein!
Hollahiaho!“

„Larry, jetzt hörst du mir aber auf mit dem Unsinn!“ schalt Marty. Sie sah es nicht gern, wenn ihre Lausbuben sich auf Missies Kosten lustig machten.

„Aber da kommt er ja wohl!“ protestierte Larry und zeigte zum Fenster hinaus auf die Straße.

Missie sprang auf.

„Er hat recht, Ma!“ rief sie und stürzte aus dem Haus.

„Na, siehst du!“ sagte Larry und folgte seiner Schwester nach draußen.

Marty sah vom Fenster aus zu, wie Willies Pferd aus dem vollen Galopp zum Stehen kam und Willie mit einem Satz zu Boden sprang.

„Meine Güte!“ murmelte sie. „Der Junge ist im wildesten Westen gewesen, und hier riskiert er Kopf und Kragen vor meiner Haustür, so eilig hat er's plötzlich!“

Als die beiden jungen Leute sich in die Arme fielen, wandte Marty sich wieder ihrem Brotteig zu. Es war kaum zu glauben, daß Willie fast ein ganzes Jahr lang unterwegs gewesen war. Marty hatte sich insgeheim über die Aussicht gefreut, ihre Tochter noch eine Weile für sich behalten zu dürfen, doch die Sehnsucht in Missies Blick und die dunklen Ringe unter ihren Augen hatten Marty schnell davon überzeugt, daß sie Willies baldige Rückkehr herbeiwünschte. Dennoch hatte sie die Hoffnung gehegt, Willie hätte es sich mit seiner Viehzucht inzwischen anders überlegt oder hätte gar kein geeignetes Land auftreiben können.

Die abendliche Tischrunde war ein einziges Stimmengewirr. Missie und ihre Geschwister steckten voller Fragen, und Willie konnte seine Augen kaum von Missie wenden. Clark und Marty hofften, etwas über den eigentlichen Zweck von Willies Erkundungsreise zu erfahren.

„Du hast also dein Stück Land gefunden", meldete Clark sich endlich auch zu Wort.

„Ja, das hab' ich."

„Und wie sieht's aus?"

„Mein Land", sagte Willie mit vor Stolz glänzenden Augen, „mein Land ist so ziemlich der schönste Fleck auf dem ganzen Erdboden. Es gibt keine hohen Wälder in der Gegend. Die Hügel sind niedrig und mit saftigem Gras bewachsen. An dem einen Ende von meinem Land liegt ein Tal so hübsch wie im Bilderbuch, mit einer kleinen Anhöhe, die für ein Haus wie geschaffen ist. Dort ist alles windstill und grün, und unterhalb fließt ein klarer Gebirgsbach. Überhaupt hab' ich jede Menge Frischwasser: drei Quellen allein habe ich schon ausfindig gemacht, und wer weiß, vielleicht gibt's noch mehr!"

Willies Begeisterung war geradezu ansteckend.

„Wenn ich dir so zuhör', wünschte ich beinahe, ich wäre nicht so alt und wackelig auf den Beinen", sagte Clark augenzwinkernd.

Marty, die hinter seinem Stuhl stand, strich ihm zärtlich über das Haar zum Zeichen, daß sie ihm da ganz und gar nicht zustimmte.

„Und hast du den Vertrag unterschrieben?" Clark war ein praktisch denkender Mann. Ein gutes Stück Land gefunden zu haben bedeutete noch lange nicht, daß man Eigentumsrechte anmelden konnte.

„Das war's ja, was mich so lange aufgehalten hat", antwortete Willie. „So was ist ein endloser Papierkrieg. Man wird hierhin und dahin geschickt, muß sich von diesem Mann die Genehmigung und von jenem die Unterschrift einholen, und schließlich wartet man Wochen und Monate auf die Papiere der Regierung. Ich hab' manchmal gedacht: Wenn bloß nicht alles für die Katz war!"

Jetzt grinste er. „Schließlich hat's aber doch geklappt. Ich hab' den Kaufvertrag mit meinem Namen drauf in der Tasche. Und es ist längst nicht so weit weg von hier, wie ich zuerst gedacht hatte. Mehrere Wagentrecks fahren jeden Sommer in die Richtung. Das sind eigentlich Gütertrecks, aber kein Mensch hat was dagegen, wenn sich ein paar Reisende anschließen. So kommt man mitsamt allem Gepäck sicher an Ort und Stelle an."

Missie würde also im Planwagen nach Westen reisen. Marty hatte insgeheim gehofft, daß sie es ein wenig bequemer haben würde. Sie trat an den Herd und legte gedankenverloren ein Holzscheit nach dem anderen auf das Feuer, bis ihr plötzlich bewußt wurde, daß ihre Küche bald das reinste Treibhaus sein würde, wenn sie nicht sofort mit dem Nachlegen aufhörte.

Es hatte keinen Zweck, sich etwas vorzumachen. Ihr kleines Mädchen würde in den Westen ziehen, und zwar sehr bald. Marty hatte sich nie ausdrücklich dagegen ausgesprochen, doch eine stille Hoffnung hatte sie gehegt, daß sich alles noch ändern würde und die jungen Leute am Ende doch hierbleiben würden. Und hier saß nun der stolze Grundbesitzer mit seinen Dokumenten in der Tasche an ihrem Tisch, und Missie neben ihm schien die Abreise nach Westen kaum erwarten zu können, so sehr glühte sie vor Freude und Spannung. Es gab kein Zurück mehr. Marty beschloß, unbemerkt von den anderen zum Brunnen zu gehen, um mit ihrem Gott allein zu sein.

Ellens Erbe

Die Hochzeit rückte mit jedem Tag näher. Das ganze Haus zeigte Spuren von Missies Reisevorbereitungen. Jedes Teil, das sie mitnehmen wollte, mußte sorgfältig verpackt werden, um die lange Fahrt im Planwagen unversehrt zu überstehen.

Aus den Tiefen ihrer alten Truhe hatte Marty eine Spitzentischdecke hervorgeholt, die ihre eigene Großmutter ihr vor vielen Jahren als Hochzeitsgeschenk mit auf den Weg gegeben hatte. Die meisten Dinge, die sie einst in dieser Truhe hergebracht hatte, waren längst unzählige Male benutzt worden, doch diese Tischdecke war ein ganz besonderes Stück. Auch die handgenähte Steppdecke, die ihre Mutter für sie gearbeitet hatte, lag noch unbenutzt in der Truhe. Eines schönen Tages würde Marty sie an Ellie weitergeben.

Neben ihrer Aussteuer hatte Missie ihre Reisegarderobe zu nähen. Marty wollte absolut sichergehen, daß ihre Tochter für alle Notfälle gerüstet war. Die Kleider mußten leicht genug für heißes Sommerwetter und zugleich strapazierfähig und reisefest sein.

Missie war mit allem Eifer bei der Sache. Sie nähte ohnehin gern, und die Vorfreude auf ihr gemeinsames Abenteuer mit Willie ließ ihr die Arbeit zum reinen Vergnügen werden. Strahlend weiße Hauben und bunte Schürzen nahmen unter ihren geschickten Händen Gestalt an. Kleider wurden sorgfältig genäht und gesäumt, um dann in stabile Holzkisten verpackt zu werden. Marty sorgte sich um all die Dinge, die ihr selbst damals auf der Reise gefehlt hatten: Kochtöpfe, Besteck, Wasserkessel,

Geschirr, Verbandszeug, Eingemachtes, Blechdosen – die Liste war schier endlos, so daß Missie oft lachend ausrief: „Ach Ma! Das wird ja der reinste Auszug aus Ägypten!“

Marty fand keine Ruhe bei dem Gedanken an Missies neue Heimat. Dort draußen gab es weder Ärzte noch Pastoren, Schulen, Nachbarn oder Geschäfte. Oh, wie schwer es ihr fiel, Missie in diesen abgeschiedenen, rauhen Landstrich ziehen zu lassen!

Missie selbst jedoch summte und sang bei der Arbeit und tanzte geradezu im ganzen Haus umher.

Beim Wiehern eines Pferdes vom Hof her sprang sie von der Nähmaschine auf.

„Da kommt Willie! Er wollte mir helfen, ’n paar Erdbeeren zum Abendessen zu pflücken. Wir sind bald wieder da, Ma!“

Marty legte seufzend ihr Nähzeug aus der Hand und stand auf, um einen Tortenboden für die Erdbeeren zu backen.

Die beiden jungen Leute machten sich auf den Weg zum Obstgarten. Willie schwenkte Missies altes rotlakkiertes Eimerchen in seiner freien Hand.

Auf dem Weg in die Küche blieb Marty bei der Nähmaschine stehen, um Missies halbfertiges Sommerkleid zu begutachten. Sie hatte saubere Arbeit geleistet. Marty war stolz auf sie.

Beinahe zärtlich strich sie dann über die Nähmaschine. All die Jahre hindurch, seitdem sie Missies Mama geworden war, hatte diese Maschine unzählige Kleidungsstücke für jedes ihrer Kinder genäht. Sie hatte Risse geflickt, Handtücher umsäumt, drei Brautaussteuern gefertigt und junge Hände geduldig die Kunst des Nähens gelehrt. Es war eine gute Nähmaschine. Treu hatte sie ihr Jahr um Jahr gedient. Zugegeben, sie hatte ein wenig von ihrem ursprünglichen Glanz verloren, aber sie war in Ehren alt geworden.

Marty stand so tief in Gedanken versunken da, daß sie nicht bemerkte, wie Clark das Zimmer betrat und sich neben sie stellte.

Sie spürte nicht einmal, wie ihr plötzlich die Tränen kamen. Erst als er nach ihrer Hand griff, schaute sie auf. Sie brauchte eine Weile, bis sie sprechen konnte.

„Clark, ich hab' gedacht, daß ich Missie gern Ellens Maschine mitgeben würde. Ist dir das wohl recht?"

Es war einen Moment lang still, bevor Clark antwortete.

„Die Maschine gehört doch dir. Wenn du sie ihr wirklich geben willst, hab' ich nichts dagegen."

„Ja, ich möchte, daß sie sie bekommt. Sie wird sie gebrauchen können. Und Ellen war schließlich ihre Mutter."

„Und du? Was wird aus deiner Näherei?"

„Ich kann ja wieder von Hand nähen. Das hab' ich doch gelernt, aber Missie hat von Anfang an auf der Maschine genäht. Ohne sie wäre sie verloren. – Ja, ich möchte sie ihr wirklich gern mitgeben."

Sie wischte sich entschlossen die letzten Tränenspuren aus den Augenwinkeln und strich noch einmal über die glänzenden Metallteile und das glatte Holz der geliebten Nähmaschine.

„Kannst du wohl 'ne große, feste Kiste für die Maschine bauen, Clark? Und leg 'ne alte Decke um sie, damit sie unterwegs nicht verkratzt wird."

Clark nickte.

„Ja, das mach' ich gleich morgen früh."

„Danke", sagte Marty und ging in die Küche, um sich die Zutaten für den Tortenboden herbeizusuchen.

Missies großer Tag

Der Tag der Hochzeit zog frisch und klar ins Land. Marty hatte es nicht anders erwartet. Das Wetter war wie geschaffen für diese glückliche, strahlende junge Braut und eine schöne Hochzeit.

Bevor Marty aufstand, betete sie kurz: „Himmlischer Vater, bewahre du doch unser kleines Mädchen und ... und schenk's, daß sie später mal mit Tränen der Freude auf diesen Tag zurückblicken kann!"

Es gab noch so viel zu tun. Marty wußte, daß sie keine Zeit für Sentimentalitäten hatte. Hastig schlüpfte sie in ihre Kleider und ging in die Küche. Clark war schon auf. In dem alten Herd brannte ein wärmendes Feuer. Als sie in ihr neues Haus gezogen waren, hatte Clark sie zu einem neuen, moderneren Küchenherd überreden wollen, doch Marty hatte sich dagegen gesträubt.

„Das bring' ich einfach nicht übers Herz, Clark", hatte sie erklärt. „Man setzt doch einen alten Kameraden nicht mir nichts, dir nichts an die Luft. Wie viele Jahre lang haben wir zwei zusammen Kaffee für Freunde gekocht, Brot für die Familie gebacken – und sogar Pfannkuchen für besondere Gelegenheiten gezaubert!" hatte sie augenzwinkernd hinzugefügt.

So hatte der alte Herd also seinen Platz in der neuen Küche behaupten können. Marty sah jetzt nach dem Feuer und schob den Wasserkessel auf die heiße Platte.

Missie hatte in ihrem Elternhaus getraut werden wollen.

„Wißt ihr, ich stell's mir traumhaft vor, an Pas Arm die Treppe hinuntergeführt zu werden. Wirklich, Ma, wenn du alle Zimmer dazunimmst, ist das Haus nicht kleiner als die Kirche."

Clark und Marty hatten gern ihre Einwilligung gegeben.

Der Vormittag flog im Nu dahin. Die letzten Handgriffe für das Festessen mußten noch getan und Blumen aus dem Garten geholt und in Vasen verteilt werden. Jemand mußte bei den Kindern, von denen jedes seine Aufgabe für den großen Tag zu erledigen hatte, nach dem Rechten sehen. Marty hatte alle Hände voll zu tun.

Die Trauung war auf drei Uhr nachmittags festgesetzt worden. Es war schon nach zwei, als Marty endlich die Küchentür hinter sich schließen konnte. Sie lief nach oben in ihr Schlafzimmer, wo Arnie ihr ein warmes Bad bereitet hatte. Dann schlüpfte sie in ihr neues Kleid. Als sie sich das lange Haar hochsteckte, bemerkte sie erst, wie sehr ihre Hände zitterten. Nach einem letzten Blick in den Spiegel ging sie in Missies Zimmer.

„Ach Ma!" flüsterte Missie. So hübsch hatte Marty ihre Tochter noch nie gesehen. In ihrem spitzenbesetzten Hochzeitskleid, die Wangen gerötet und die Augen vor Zärtlichkeit glänzend, war sie das Bild einer strahlenden, glücklichen Braut. Marty schluckte.

„Wie allerliebst du aussiehst, Missie!" flüsterte sie und nahm das Mädchen in die Arme.

„Du, Ma", seufzte Missie, „ich muß dir was sagen. Ich hab's dir noch nie gesagt, aber ich bin so froh, daß du ... daß du meine Mama geworden bist und ... und daß du Pa und mich so liebhast. Danke, Ma!" Wortlos zog Marty sie an sich und küßte ihr braungelocktes Haar.

In dem Moment kam Clark dazu und legte seine Arme um die beiden. Seine Stimme klang ein wenig rauh, als er jetzt sagte: „Gott befohlen, Missie. Gott befohlen, Marty." Er gab jedem von ihnen einen Kuß auf die Wange; dann legte er seine Hand auf Missies Kopf, räusperte sich und betete leise:

„Der Herr segne und behüte dich;
der Herr lasse sein Angesicht leuchten über dir und sei dir gnädig;
der Herr hebe sein Angesicht über dich und gebe dir Frieden. Amen."

Dann war es auch schon an der Zeit, daß Missie auf den Flur hinausging, wo Pastor Joe ihr ein paar letzte Anweisungen zu geben hatte.

Clark legte seinen Arm um Marty. Zuerst sagte er nichts, sondern sah ihr nur tief in die Augen, wie um ihr Kraft und Frieden für die kommenden Stunden zuzusprechen.

„Ist nicht so einfach, was?" flüsterte er dann.

Marty nickte nur.

„Sieht sie nicht zauberhaft aus, unsere Missie?"

Clarks Augen wurden dunkel.

„Ja, wie eine Prinzessin."

„Ach Clark, ich hab' sie so lieb!"

„Ich weiß."

Er zog sie an sich und strich ihr über die Schultern.

„Deshalb läßt du sie ja gehen."

Von unten drangen die ersten Verse des Eingangsliedes zu ihnen herauf. Martys Platz in der vorderen Reihe wartete auf sie. Bald würde Clark seine hochzeitlich geschmückte Tochter die Treppe hinunter vor die versammelten Freunde und Nachbarn führen.

Sie erwiderte seinen Blick und nahm die darin liegende Kraft dankbar an. Sie war bereit.

Nein, sie würde nicht weinen. Nicht heute, an Missies Hochzeit. Heute wollte sie sich mit Missie freuen; heute wollte sie als Mutter der glücklichen Braut den neuen Schwiegersohn willkommen heißen.

Auf dem Treppenabsatz hielt sie inne, seufzte ein kurzes Gebet und ging dann lächelnd der Hochzeitsgesellschaft entgegen.

Weitere Bücher der Autorin Janette Oke:

Janette Oke
Nur einen Sommer lang

Auf brillante, humorvolle Weise beschreibt die Autorin die letztlich erfolglosen Versuche des 12jährigen Josch, die Heiratskandidaten seiner Tante abzuwimmeln. Ein Buch zum Schmunzeln, in dem aber zentrale Glaubensaussagen nicht zu kurz kommen.
2. Auflage, gebundene Ausgabe
240 Seiten
Best.-Nr. 15 363

Janette Oke
Liebe wächst wie ein Baum
Dieses Buch ist das erste einer Familiensaga, die die Zeit der Besiedlung des amerikanischen Westens beschreibt: Alles beginnt mit einer Vernunftehe, die die Folge eines schlimmen Unglücks ist. Fast unmerklich beginnt in diesem „Zweckbündnis" die Liebe zu erwachen: langsam, aber stark und stetig wachsend wie ein Baum.
2. Auflage, gebundene Ausgabe
224 Seiten
Best.-Nr. 15 364